华章
传奇派

品味无限不循环的人生

犯罪动机 ③

很久很久以前

戴西 著

图书在版编目（CIP）数据

犯罪动机. 3, 很久很久以前 / 戴西著. -- 重庆：重庆出版社, 2024. 11. -- ISBN 978-7-229-18886-3

Ⅰ. I247.5

中国国家版本馆CIP数据核字第2024880HW4号

犯罪动机3：很久很久以前
FANZUI DONGJI 3：HENJIU HENJIU YIQIAN

戴西 著

出　　品：	华章同人
出版监制：	徐宪江　连　果
特约策划：	乐律文化
责任编辑：	王昌凤
特约编辑：	曹福双
营销编辑：	史青苗　刘晓艳
责任校对：	彭圆琦
责任印制：	梁善池
封面绘图：	非　鱼
封面设计：	DOLPHIN Book design 海豚 QQ:592439371

重庆出版集团 重庆出版社 出版

（重庆市南岸区南滨路162号1幢）

三河市嘉科万达彩色印刷有限公司　印刷

重庆出版集团图书发行公司　发行

邮购电话：010-85869375

全国新华书店经销

开本：880mm×1230mm　1/32　印张：9.75　字数：206千
2024年11月第1版　2024年11月第1次印刷
定价：49.80元

如有印装质量问题，请致电023-61520678

版权所有，侵权必究

目录

楔　子		1
第一章	撕开伪善的面具	4
第二章	躲在黑暗里的人	31
第三章	无声的控诉	60
第四章	第二个人	87
第五章	背后的人	105
第六章	游荡的人	137
第七章	在爱的迷宫里迷路	172
第八章	生容易活下来太难	196
第九章	你看彼岸花开了	219
第十章	很久很久以前	254
尾　声		303

楔子

死亡终究不可避免。

黑夜中，篝火燃起，一双双贪婪的眼睛在酒精的刺激下变得愈发通红，躁动不安的目光死死盯着场地中央的那个人。

"你们会付出代价的！你们一定会付出代价的！"声嘶力竭的怒吼断断续续地传出，很快就被呼啸的山风吞没了。

她张大嘴巴却已无力发出任何声音，绝望的眼神逐一扫过面前一张张被黑暗笼罩的脸，仿佛在拼命记住他们的长相，一个，二个，三个，四个，五个。

口哨声响起，疯狂的盛宴便开始了。

有人早就迫不及待地潜伏到场地中央，躲到她的身后，高高举起的木棒猛地用力落下，凄厉的惨叫声撕破呼呼的山风，很快便又被刺耳的哄笑声吞没。

他们如觅食的野兽一般蜂拥而上，重重的拳脚、冰冷的铁棒开始交替朝她砸去。呼哨声、讥讽声在漆黑的夜空中肆无忌惮地回荡着。

很快，痛苦的惨叫声戛然而止。

风停了，破败的身体重重地摔在地上，仿佛震碎了火光。

他们停了下来,只有火光在不停地摇曳着。

"装,装死?"

举着棍棒的人试图踹醒地上的人,突然被赶来的人制止了。

"真的死了?"他们嗓音微微有些发颤,夹杂着不可置信。

此刻,夜死一般寂静,只有篝火熊熊燃烧,时不时蹦出几声噼啪声,仿佛悲恸的嚎叫。

一个男人抱着一个女人走向了黑暗……

第一章　撕开伪善的面具

社会最大的悲哀不是坏人的嚣张,而是好人的沉默。

秋日的早晨，薄雾遮住了明媚的阳光。

安平大桥是一座完工于20世纪末的钢索斜拉桥，连接主城区和工业园区，桥面仅有四条车道。除去周末，上下班高峰期的时候这里必定会堵车。

此刻，安平大桥临时封锁才半个钟头，桥两侧就已经成"停车场"了。李振峰看着坐在桥梁上方动都不动的嫌疑人张凯，不停踱着步子，内心那叫一个焦躁不安，万一张凯出点什么事，那有关齐倩倩的线索就断了。

齐倩倩，现年二十六岁，户籍地是沙市，应届研究生，刚拿到本市城开集团的录用通知，在本市无亲无故，通过飞马中介门店翠庭华府分店正式签约租下翠庭华府小区13栋801室，9月1日入住。本来9月2日上午8点她要与房东马成宇一起去区社保中心申请租房补贴的，但马成宇老人在约定地点等了很久都没等到齐倩倩，打电话也没人接，于是在9月3日报了警。经过现场勘查、监控调取，齐倩倩在9月1日入住后就再没有出去过，门锁也没有被撬过的痕迹。这姑娘凭空消失了。

张凯，二十七岁，飞马中介翠庭华府门店的员工，齐倩倩是他的客户。

警方投入大批警力，走访勘查，最终锁定了嫌疑人张凯，但仍旧没有直接证据证明齐倩倩的失踪与张凯有关，此次只是传唤，却发生了这种事情。

"李队，老这么封着也不行啊，这家伙油盐不进，什么都听不进去。你再朝桥两边看看，大家都急着上班呢，我那维持秩序的几个兄弟嗓子都快喊哑了。"交警老田把手中的高音喇叭往车前引擎盖上一撂，抓过一瓶水拧开盖子猛灌了几口，"得赶紧想办法把他弄下来才行，再僵持下去，局面我可控制不了了。"

"我上去吧，李哥。"罗卜坐不住了。

"一边儿待着去。"李振峰沉着脸，目光落在桥梁上，从嫌疑人所在位置到海面距离，目测将近三十米，他一旦掉下去，这下落的速度加上百来斤体重的增持，最终能活着被捞上来的可能性微乎其微。

桥面上虽然已经铺好救生气垫，但张凯所坐的那根横杆与桥面护栏几乎齐平，形势就变得愈发尴尬了起来。想到这儿，李振峰的双眉逐渐拧成了疙瘩。

"他面朝大海，往前面倒必定掉下海，要是向后倒，便会直接落在气垫上，各百分之五十的概率啊，李队。"老田征询的目光看向李振峰，"我找人上去？"

"不，我上去。"李振峰果断地一把抓过老田手中的高音喇叭，拍了拍话筒的位置，确认好使，这才转身把喇叭塞给罗卜，"尽可能吸引他的注意力，尽量别让他回头，说啥随便你，反正目的达到就行，我从那头上去。"紧接着，他又凑到老田耳边叮嘱："跟消防说，气垫务必对准，我控制住他后一起往后倒，摔折了胳膊腿没关系，重要的是保住小命。"

李振峰所强调的"那头"，是指安平大桥桥梁钢架的另一个方向。因为地势特殊，当年的设计方案不得不进行变更，翘起的桥面分别被安装在桥面两旁的两根巨大的支撑钢索连接着，并且几乎是以接近75度角的斜度矗立。钢索是不能爬的，钢索下面所依附的钢管也只能堪堪支撑住一个成年人的重量，而且钢管表面非常光滑，没有着力点，要想上去就非得像爬树那样手脚并用才行，爬到三米以上高度才有可能拽住钢索稳定住自己的身体继续前进。

"明白。"罗卜担忧地看了看钢管，又看看身边站着的李振峰，话到嘴边又硬生生咽了下去，只说了句"注意安全"。

李振峰冲着罗卜点点头，然后抬头看着桥梁，心一横，紧走几步来到桥面所铺设气垫正对着的那根钢管旁。因为角度的关系，又面向阳光，横梁上面的张凯看不到李振峰此刻的冒险行为。

李振峰利索地把脚上的鞋袜一脱，光着脚试了试钢管的硬度和阻力就要发力往上爬。守在气垫另一边的年轻消防员眼尖，刚要开口制止，瘦高的身形却已经往上蹿了将近两米的高度，这已经是接近钢索一半的距离了。

警方突然采取的冒险举动迅速引起被拦在警戒带外围观群众的一阵惊呼。

此时，罗卜拿着喇叭对着张凯喊道："张凯，你有什么诉

7

求，下来咱们谈谈，没必要拿自己的生命开玩笑。你想想你的亲人……"

可张凯仍旧默不作声，眼睛死死盯着大海。罗卜虽然看不到张凯的表情，但是仍旧喋喋不休地喊着话。

躁动不安的人群中，一位身穿灰色夹克的中年男人嘴角上扬，双手抱着胳膊，默不作声地继续观察着眼前所发生的一切。

人在桥面上站着的时候不会感觉到风有多大，可爬上钢管后，就感觉到风越来越大，吹得人几乎都快睁不开眼了。终于，借助钢索，李振峰的右手触碰到了冰冷的横梁，他小心翼翼地挪动着身体，在钢管上走了至少五六米才成功到达张凯的正下方。

就在这紧要关头，诡异的一幕发生了，底下围观群众中发出一阵骚动。虽然位置背风，李振峰一时之间听不清楚他们具体在议论些什么，但罗卜在高音喇叭中的喊声他却是听得一字不落。

"大爷，下来！大爷，你是怎么上去的？危险，听到没有！快下来……"

罗卜的声音同样一字不落地传到了张凯耳朵里，他扭头看到了老人，表情不由得僵硬起来。

现场顿时乱了套，就连救人的消防和维持秩序的交警也没了主意，不知道仅有的那一张气垫到底该用来救谁才好。

李振峰抬头，瞬间屏住了呼吸，心悬到了嗓子眼——

此刻，与自己相距五米左右的左手方向的钢管上，不知何时竟然出现了一个满头白发的老人，他肩上斜挎着一个黑色小皮包，包被甩在身后。老人对警方的持续警告充耳不闻，向着嫌疑人所在的位置坚定不移地爬了过去，并且丝毫没有停下来的意思，而他所处的位置因为和嫌疑人处于同一条水平线上，肯定会比李振峰先到达对方的身边。

看到这惊奇的一幕，嫌疑人也感到有些莫名其妙，但很快又摆出了一副幸灾乐祸的旁观架势，看着正在逐步接近自己的白发老人。他全然不知身后的李振峰也在向他迅速靠近。

老人的出现就像变戏法一样，李振峰不敢多想，深吸一口气，索性继续向前一步一步地挪着。这是个难得的时间差，他必须要快点，再快点。

很快，老人便靠近了坐在横梁上的张凯，随即把自己的一只手搭在了张凯的肩膀上。然后他颤颤巍巍地在这个年轻人身边坐了下来，只是坐的姿势不同，老人是两腿分开横跨在横梁上的。

这时候，桥面上鸦雀无声，见到这一幕的所有人几乎无一例外地紧闭嘴巴，仰头向上看着。

海风从未停歇。

没有人能听清楚老人凑到嫌疑人耳边说了些什么，只见张凯听了，浑身一震，背对着李振峰，腰背瞬间都挺直了。他双手紧紧地抓着横梁，摆出了一副防御的架势。

桥面上，几个好事的年轻人开始起哄，讽刺老人的同时也在刺激张凯，耻笑对方不敢跳。声音此起彼伏，很快便招来了罗卜他们的严厉呵斥。

9

李振峰心中隐隐感觉到一丝不安。

老爷子的突然搅局，还有桥面上那些看热闹不嫌事大的人不断发出的讽刺声，让事件的变数陡然增多。

站在人群里的中年男人目光落在李振峰身上，又看看不远处坐在老人身边垂着头、浑身僵硬的张凯，轻轻叹了口气，摇摇头，脸上露出嫌弃的表情，低声嘀咕："真没出息。"

距离在逐渐缩短，眼瞅着对嫌疑人已经触手可及，李振峰却紧张起来。因为坐在张凯另一侧的老人明明已经看到了他，却依然纹丝不动，还抬眼给了李振峰一个诡异的微笑，接着便顺势搂住了张凯的肩膀。

这个在旁人眼中看似平常不过的亲热举动，却让李振峰心里一沉。

与此同时，海风吹得大桥的钢索发出了刺耳的吱嘎声，海面上的阳光更是晃得人几乎睁不开眼。

就在这个节骨眼上，一声凄厉的惨叫声划破天空，一道黑影从李振峰眼前坠落，他想伸手拉住，却什么都没抓到，他知道自己最不想看见的事情发生了。

李振峰抬眼，对上了白发老人那双浑浊的眼睛。

事情发生得太突然，桥面上的人都被眼前这一幕惊得目瞪口呆——先前爬上去的那个年轻小伙子，此刻就像一只断了线的风筝一样猛地朝着海面下落。

很快，海面便传来了一声巨响——"嘭！"

桥面上顿时乱成了一锅粥，人们纷纷向桥栏杆的位置跑去，扒着水泥墩子往下探头，就想看看落水的人到底怎么样了。

但是水面上一片平静。

此时，守在桥下的水警直接跳下游艇，来回扑腾了好几次，都没有找到张凯的踪迹。

终于跳下去了，毫无悬念了。

身穿灰夹克的中年男人长长地出了口气，微微一笑，转身退出人群，快步穿过花坛，背影很快便消失在了行人通道楼梯的拐角。

人群中一个光头男人，看了看那边背影消失的地方，又抬头看了看桥梁上的两个人，眼神中闪过一丝恐惧。

桥梁上的李振峰强压住心头的火气，一步一步缓慢地向老人靠去。到达老人身边后，他便以同样的姿势面对着老人坐了下来，直视着对方，一字一顿地说道："老伯，我是警察，您知道刚才您做了什么吗？"

老人平静地点点头，白发在风中不断起伏，嗓音沙哑："我杀人了。"

一丝疑惑从李振峰的脸上飞快闪过，生怕老人再一跃而下，他平静地说："老伯，您抓住我的肩膀，我扶您下去。"他一边说着一边用余光看向老人身后正在顺着缓坡向上攀爬的罗卜，消防救援人员同时也把气垫准备好了。

李振峰心想：最坏的结果就是自己抱着老人一起掉下去。

老人似乎猜出了李振峰的顾虑，转头看了一眼桥下的海面，脸上露出如释重负的神色，点点头："放心吧，我听你的。"

听了这话，李振峰不由得微微皱眉，老人平静得让人有些匪夷所思。

老人下来后，又回头看了一眼平静的海面，坦然从容地跟着警察上了警车。

此时，警戒带解除，人群也渐渐散去。

当一切都恢复如初后，参与救援的人内心却依旧波涛汹涌。

这是一场意外，还是一次恶意谋杀？

收队回局里的路上，警车里静悄悄的，大家心情各异，谁都没有开口说一句话。

与此同时，坐在桥边花坛旁的光头男人低头专注地看着手机屏幕，随即右手飞快地从身边花坛里摸出一部手机揣在兜里。环顾四周，见没人注意到自己的举动，他才缓缓站起身，一边打电话一边向人行天桥的通道走去。

一阵海风吹过，只能隐约听到断断续续的几个字——"……顺利……马上就去，再见。"

不远处，临近正午的阳光下，一栋十八层深棕色的大厦非常醒目，楼顶写着五个烫金大字——国联大都会。

安平路308号大院内，金黄色的银杏树叶落了满地，在深秋清冷的阳光下闪着金光。

从车库出来，李振峰和罗卜踩着没过脚背的落叶缓步走上台阶，刚要伸手拉开一楼的玻璃门，头顶便传来了处长马国柱洪亮的喊声："李振峰，罗卜！"

"到！"两人麻溜地站得笔直。

马国柱余怒未消："你们两个，立刻来我的办公室！"

人人皆知马国柱对李振峰有三种称呼，分别对应三种不同的场合：私底下聊天的时候，他会叫"阿峰"；开案情分析会的时候，或者汇报工作的时候，身为刑侦处长的马国柱则会像大院里所有的警察那样，在职务前冠上姓，叫他"李队"；此时就是第三种称呼。

"唉，是祸躲不过呀。"李振峰叹了口气。

"李哥，责任在我，一会儿我向马处解释，请求处分。"罗卜小声嘀咕。

一听这话，李振峰回头狠狠瞪了罗卜一眼："你小子别什么事都扛，责任不在你，带队的人是我！"

两人紧走几步上了楼梯，很快便来到了二楼。

办公室的门开着，马国柱站在门口，高大的身形看上去就像半座黑塔。他脸色铁青，冲两人把手一挥："进来。"说罢，扭头便进了办公室。

李振峰跟罗卜对视一眼，灰溜溜地跟着走了进去，反手带上了门。

马国柱伸手一指自己身后那块上周刚被挂上去的白板，上面写满了案件时间线和目标嫌疑人张凯可能的行动轨迹，愤怒地咆哮："就去传唤个人而已，这么简单的活儿干成这样，丢不丢人！那个人到底是从哪儿冒出来的？"

罗卜刚要开口解释，李振峰用力拽了一把他的警服外套，闪身挡在他面前："马处，责任在我。要处分就处分我吧，是我没考虑周全。"

"周全？从齐倩倩的房东9月3日报警到现在已经过去六天

了，好不容易找到嫌疑人，"马国柱斜睨了他一眼，"你偏偏还把他给我弄没了，受害者上哪儿去找？你怎么给受害者家属交代？"

"我——"李振峰一时语塞，低着头不知道该说什么。他深知张凯坠海意味着什么。后面可能需要很长时间才能找到齐倩倩的下落，无论死活。

"马处，"罗卜上前一步，咬牙说道，"不能怪李哥，当时事发突然，事情不是您想的那样。"

"哦？"马国柱听了，一声冷笑，"那你说说看，到底是发生了什么，才会让嫌疑人跑到桥上去的？"

李振峰急了，刚要把罗卜推开，却发现根本就推不动他，心中顿时明白了罗卜的心思，只能轻轻叹了口气，双手抱着胳膊靠在办公桌旁不吱声了。

"马处，我们当然清楚张凯的重要性，所以，在找到他的星星酒吧蹲点之前我和李哥就观察过周围的地形，在每个可能出现意外的位置上都安排了人员跟进，以求做到万无一失。刚开始的时候，我们对张凯亮明身份并表明来意，要求他跟我们回局里协助工作，他并没有表示异议，也非常配合。考虑到只是传唤，我们没有对他采取强制行动，在出了酒吧准备过马路的时候，他突然说头晕，我们考虑到他之前在酒吧玩了一晚上，很有可能是通宵喝酒导致身体不适，便停下来询问他是否需要帮助。他又说脚痛，鞋底扎了钉子，走不了了，李哥当时便看着他，我蹲下去检查他的鞋底，就在那个时候出事了。"说到这儿，罗卜低下头，脸上露出了懊悔的神色。

"出什么事了？"马国柱追问道。

李振峰尴尬地清了清嗓子，伸手一指罗卜警服的胸口位置："张凯朝小罗胸口狠狠踢了一脚，皮鞋啊，往死里踹，小罗根本没机会躲避。马处，星星酒吧门口的交通环境情况您又不是不知道，重型卡车一天二十四个小时四处乱窜，如果我不伸手去拉小罗的话，他可能就直接光荣了。张凯就是趁我分神的时候跑的。"

办公室里瞬间安静了下来。

马国柱这时候才注意到罗卜警服的胸口心脏位置处确实脏了，他不禁皱眉，重重地叹了口气："你们在大桥上也安排人了吗？"

"桥面到星星酒吧有二十米左右的直线距离。"李振峰伸手指了指地图上的人行通道口，"我在这里安排了派出所的人把守，快车道引桥拐弯处是交警老田的人，如果张凯有同伙开车接应，当场就能拦截。"

听到这儿，马国柱眯着双眼，想了想，沉声说道："也是，你们什么都考虑到了。都怪我，应该直接下令把他给逮了，那后面就没这么多事了。"

"马处，我们也没找到他直接参与犯罪的证据，"罗卜声音沙哑，"又怎么能怪您呢？"

他说得没错，这次警方的传唤本就是无奈的决定。受害者齐倩倩失踪已经超过了四十八小时，生死未卜，唯一的潜在知情人就只有张凯，正面传唤已经是目前为止警方的最后一张牌。

沉默许久，马国柱点点头，语气也软了许多："算了，人都出事了，再纠结也没用，一会儿开会的时候大家再商量看看下一步该怎么办吧。说说那老人吧,他到底是怎么上去的?"

李振峰一脸郁闷:"那会儿我正忙着爬桥梁呢,小罗他们听了我的命令在另一个方向吸引嫌疑人的注意。而大爷所走的位置正好相反,我记得那个位置对面群众闹得挺凶的,困住了我们好几个警力。估计就是这么给他钻了个空子吧。"

"那他的动机是什么?"马国柱慢吞吞地回到办公桌旁自己的椅子上坐了下来,长长地出了口气。

李振峰和罗卜互相看了一眼,没有说话。

"审讯了吗?"

"还没,小丁在问话。"李振峰回答。

"马处,电视台这么快就直播了?"罗卜有些吃惊。

"不用电视台出手,"马国柱头也不抬地伸手指了指办公桌上的手机,"现场的短视频都被传到网上了,还都是高清的,唉,丢人哪!"

罗卜的脸顿时涨得通红。

"马处,说实话,那老爷子身子骨确实不错,爬得比我都快。"李振峰赶紧岔开了话题,担心罗卜实心眼,又开始上赶着要处分。

马国柱抬头看着他:"这老爷子会不会脑子有点不灵光?"

"不,我觉得他很正常,无论说话还是表情都表现得很自然。"李振峰回答。

"看他满头白发的样子也该有七十岁了吧?"马国柱问。

回想起现场老人怪异的眼神,李振峰摇摇头:"我看不出来,但我确信他自始至终都知道自己在干什么。"

"这下可难办了。"马国柱仰天一声长叹,摆摆手,"去吧去吧,马上提审,务必审出点什么。"他扫了眼右手边的手机屏幕:"一小时后,上午10点,到三楼开案情分析会。"

"没问题。"李振峰和罗卜立刻起身匆匆走出办公室,向走廊尽头的办案区走去。

临近中午,安平大桥下的海面上停泊着好几艘船,有水警船,也有蓝天救援组织调来的民间小船。考虑到涨潮会把尸体冲走,所以他们便加快了打捞的速度,长长的拖网一遍又一遍就像梳头发那样仔细梳理着事发海域。

"师姐,你说人的好奇心怎么就那么大?捞个死人都要围观。"小九蹲在岸边低声嘀咕,头顶上安平大桥栏杆外探出了一溜儿看热闹群众的脑袋。

赵晓楠没吱声,目光紧紧地盯着眼前看似平静的海面。终于,水警现场指挥直起腰冲岸边方向站着的警察做了个手势,赵晓楠随即双眉紧锁,打断了小九的话:"人,找到了。"

岸边众人的目光也随之看向了明确发出信号的水警船,在做出准确定位后,身穿下潜服装的蓝天救援人员便跳了下去。很快,一具沉沉的尸体被拉了上来,背朝上呈俯卧状,看衣着打扮正是刚才掉下去的张凯。尸体在几个水警的帮助下被拖上了船,拖网随之撤去,船只也向岸边驶去。

正在这时,一阵手机铃声响起,赵晓楠微微皱眉,摘下手套伸手从裤兜里摸出手机,按下接听键:"什么事?……古墓?什么古墓?……不行,我这正出警忙着呢,回头我给你打电话好不？……好的，再见。"

"师姐，什么古墓？我没听错吧？"小九吃惊地看着赵晓楠脸上流露出的凝重神情，"你要调走了？"

"往哪走？"看着逐渐接近岸边的水警船，赵晓楠反问道，随即戴上手套迎了上去，"刚才那电话是市里文物管理局负责考古的主任打来的。"

小九恍然大悟："哎哟，难不成是南江大学上周在后山上发现的那个大墓的事？这几天短视频平台上都传遍了，说什么是三宝大墓。"

"我不管它是什么墓。"赵晓楠嘀咕，"听政委老方说规格不会很高，就是发现了好几具古尸骸，文管单位人手不够，就找到咱局里的领导请求法医支援。老方早上刚跟我提了一嘴，我这不急着出警嘛，寻思着耽误一会儿也没啥事，毕竟好几百年的时间都等了，也不差这一天半天的，你说是不是？"

"话是在理儿，可是，"小九不安地看了赵晓楠一眼，"师姐，你可别忘了咱单位的房子在文管单位那儿可是挂了号的，每年还指望着他们给的那笔房屋维护修缮费呢，你不想大冬天的断了供暖吧？估计咱政委就是这个七寸被人家给掐住了。"

赵晓楠听了，把脸一沉："管它什么七寸八寸的，先把咱眼皮子底下的这个烂摊子拾掇干净了再说吧。"

郊外，空气清新。

一辆小型皮卡车在院落外停了下来。

一个中年男人下车后，推开篱笆门，走进了小院。

两头高大的混血罗威纳犬迎了上来,摇晃着尾巴,兴奋地轻声嘶鸣着。

和狗子玩了会儿,他起身看向屋檐下坐在安乐椅上的老头,微微一笑:"叔,您看新闻了吗?"

老头一声长叹,点点头。

"别同情那畜生,他活该!"男人冷冷地说道。

老头看着男人说道:"阿城,你王叔不会有事吧?"

阿城无所谓地耸耸肩:"叔,您老就别操这份儿心了,王叔都七十多岁了,又是一身的毛病,警察不会拿他怎么样的。"

"我知道你王叔也是在还一笔人情债。"老头叹了口气,喃喃地说道,"我劝过他,可是他不听。"

阿城脸色一变,语气却依旧很平和:"叔,每个人都有自己的活法儿,王叔怎么决定,那也是王叔他自己的事,他觉得值得就行了。"

听了这话,老头不由得一怔,看向阿城的目光有些复杂。

阿城背对着老头,盘膝坐在地板上,两条从小养到大的狗温顺地匍匐在他的脚边:"叔,南江大学后山工地发现古墓的事,您应该也知道了吧?"

"是的。"老头的声音有些干涩低沉。

"当年您答应过我什么,您不会忘了吧?"

"不会。"

"那就好。"

话音刚落,阿城转头看向身后的老头,阳光在他脸上映出了一缕难得的笑容:"叔,谢谢您!对了,我去小房间待会儿,很快就走。"说着,阿城便站起身,穿着袜子踩着干净的木地板穿过堂屋,向后面走去。

两条狗匍匐在草地上,老头依旧坐在安乐椅上没有挪动地方,看着堂屋方向的眼神有些失落。

办案区走廊里,侦查员丁龙推门走了出来,迎面看见李振峰和罗卜,瞬间就像看见了两个救星,赶紧一路推搡着把他们俩给拽到了拐角僻静处,这才长长地出了口气。

"又出啥事儿了?"李振峰瞥了眼讯问室的方向,"现在谁在里头陪着?联系上他家人了没?"

"放心,阿水在里面呢,出不了事儿。"丁龙伸手捋了捋自己乱糟糟的头发,满脸愁容,"不过眼前确实有点儿麻烦——这老头根本就没有家人。"

"什么意思?"罗卜问。

"字面意思,孤家寡人。"丁龙嘀咕,"我查过这老头的身份证了,他叫王全宝,七十四岁,户籍地址是荣华新村27号301。他老婆顾秀英的户籍是在去年注销的,死因是病故。我跟社区主任陈大姐通过电话了,陈大姐说王全宝没有子女,是孤寡老人,身体也不好,平时都是社区给照顾着。"

"身体不好?"李振峰闻声回头看了眼罗卜,接着说道,"在现场的时候他爬杆子的速度可一点都不慢啊。那他退休前是干啥的?"

"跑海的,退休前是远洋货轮的二副。"

"那就难怪了,"罗卜点点头,看向丁龙,"水手爬桅杆是刻在骨子里的动作。"

李振峰追问道:"你刚才提到户籍地址,那他现在住在哪儿?"

"李哥,问题就在这儿,他住的地方有些特别,你可能都没听说过,叫安维医院。"丁龙回答。

"安维?在哪儿?是新开的民营医院吗?"罗卜问。

"不,是第一医院分出来的,以前叫临终关怀科,后来独立挂牌经营了,改名安维医院。"李振峰轻声说道,"我爸有一个老朋友,脑瘤三期,进去后不到一个月人就没了,走的时候很安详。这个王全宝难道说也是癌症晚期病人?"

"是的。"丁龙打开手机相册页面,点开一张照片,递给李振峰和罗卜,"你们看,我就是无意中看到了他右手手腕上的这个蓝色扎带,所以才起了疑心。后来联系过医院才知道,他是接连打了两次止痛针后,昨天晚上10点多偷跑出来的。对了,老头是两天前刚住的院,没人陪同,见他有完全行为能力,并且自理指数也很高,医生护士就没有对他重点看护。"

罗卜问:"那他住在安维医院,要是过世了,安维医院会负责安葬吗?"

"安葬方式这一块自然是由民政部门牵头,不过前提是以尊重老人的遗愿为主。"丁龙回答,"住进这所医院的很多都是孤寡老人,因为医院里有专业的医护人员看护,身后事还有人料理,可以让他们体面地离开这个世界。"

"那就奇怪了,王全宝明明已经住进了安维医院,为什么还要跑出来做这么危险的事情呢?"

李振峰对罗卜吩咐道："你马上去安维医院一趟，配合院方检查王全宝的全部东西，不要放掉任何可能的线索，有结果马上通知我。"

"明白。"罗卜转身走了。

丁龙接过手机："李哥，你怎么看这事儿？"

"病情方面应该不会作假，"李振峰回答，"安维医院的收治标准我是知道的。可问题是王全宝老人自行入院，又出院制造事端，这一切不像是偶然。"

"你套出什么来没有？"李振峰又继续追问道。

"他说了挺多话，但是关于为什么上桥一个字都没有说。无论怎么引导，他总是能成功将话题转移到他年轻时候航海的回忆上去。"丁龙明显有些懊恼。

"人上了年纪就喜欢说话，喜欢回忆过去，你耐心点儿，多陪他聊聊，"李振峰微微一笑，"我爸就是个地道的话篓子。你只要记住别被他带跑话题就行。我去图侦组那边看看，你有什么新线索了，随时在手机上通知我。"

"好的，李哥。"丁龙脸上终于露出了笑容，他冲李振峰点点头，转身回了办案区讯问室。

三楼案情分析会议室，案件相关人员陆续走了进来。

李振峰翻看着手机上小九从安平大桥现场发回的尸体照片，心里沉甸甸的。

最后，屏幕上出现了一张无奈的表情包。

李振峰迟疑了片刻，随即在屏幕上打出了两个字："死因？"

小九回复："初步确定是溺水，回来还需要做解剖。"

李振峰靠在椅背上仰天无声地叹了口气，想了想，回复了一个"OK"的表情，随即关闭了页面和手机铃声。

马国柱清了清嗓子："今天有两件事需要讨论，咱一件件来。李队，你来做个简报。"

"好的。"李振峰示意丁龙打开投影仪，打开一张照片，对着大屏幕说道，"张凯，这个人非常狡猾，他是做中介的，对翠庭华府内监控探头的位置非常熟悉，我们经过五天才将张凯的行动轨迹拼凑完整。根据监控，张凯用钥匙打开了801房间，待到凌晨1点多的时候，他拖着一个32寸左右的灰色行李箱离开了801，然后乘坐货梯来到底层车库，驾驶一辆尾号为0372的墨绿色牧马人离开，最后在监控中消失的时间是1点32分，消失的路段是通往32号国道的原田路路口，又在1点53分重新出现在监控画面中。因此，我们判断行李箱中装的很有可能就是齐倩倩，并且已经被张凯处理掉了。"

"但是证据还不充分，我们又分组对张凯展开调查。我们搜过他的车以及行车记录仪，结果一无所获。因为张凯事先关闭了车上的行驶记录仪和所有导航设备，至于出厂的定位配置则要送回厂里去做专门轨迹解读才行，为了不耽误救人时间，我们已经同时联系了部里直属的车辆研究所，找了徐工和他的团队，但数据复原起来还需要一定的时间。而车轮上的提取物在痕迹鉴定组，他们回复说与原田路延伸路段上的路面土质完全相同，别的方面，暂时还帮不上多少忙。"

"根据牧马人当时的车速和原田路延伸路段的路况来看，抛尸地点就在方圆十公里左右的范围内，但问题是那边有一段是海堤，行李箱被丢下去的可能性很大，所以我们决定先传唤人，正面接触但不惊动他，通过讯问寻找漏洞，同时找箱子和尸体，双管齐下。"

"早上，根据线报张凯在星星酒吧喝酒，我和小罗立刻就行动了。结果在行动时出了意外，才发生了张凯坠海事件。"

此话一出，会议室里顿时议论纷纷。

庞同朝无奈地看了李振峰一眼，没有吱声。

李振峰无奈地点点头："领导，视频你们都看到了，网上各个角度的都有，我在这儿也不多浪费大家的时间了。不过，我确实没想到一个老人竟然爬得比我快。"

政委老方追问道："李队，你为什么不选择从那老人爬的那根钢管往上爬，而是选择距离最远的那根？"

李振峰听了，苦笑着摇摇头："政委，那两个点都是在一条水平线同一个方向上的，还没等我接近目标嫌疑人就会被他看到。张凯知道我是警察，我就这么出现在他面前的话，可能会让他采取过激的行为，所以我才会想从后面上去，那地方是个视野死角，我完全有把握从后面接近并控制他，然后带他一起跳到气垫上，这样安全系数会高很多。"

"那老人是什么时候上去的？"庞同朝问。

"我上桥的时间是6点27分，老人是6点19分开始攀爬的，24分前后顺利爬上了钢管，42分时他直接把目标嫌疑人张凯给推下了桥。"李振峰长长地叹了口气，眉宇间显得有些沮丧。

"这人什么来头？"老方问。

一旁的丁龙在电脑键盘上点了几下,道:"详细户籍背景资料我已经发给大家了。"

看着手机屏幕上的资料介绍,庞同朝皱眉问道:"他是水手?难怪能爬得这么利索。"

李振峰叹了口气:"老人身高一米七一,体重估计是在一百斤上下,挺瘦弱的。但是张凯的身高将近一米七八,体重在一百四十斤到一百五十斤之间,所以老人几乎是用了全身的力气才把他给推下去的,一不小心就会把他自己给带下去。"

"确定不是目标嫌疑人自己跳下去的?"政委老方问道。

李振峰脑海中迅速闪过老人看着自己时所流露出的诡异眼神,以及张凯最后一刻坠落前因为惊恐而后背僵直的状态,不由得暗暗倒吸了一口冷气,果断地说道:"我看到了。"

说着,他晃了晃手机:"尸体已经找到了,现场初步尸表检查死因是溺死。现在他们应该在收队回城的路上。"

"我听水警说安平大桥下面水下地势非常险要,人一旦落水会被砸晕不说,在冲力的作用下还很容易被暗礁卡住……对了,这个叫王全宝的老人,他的精神状况怎么样?"马国柱抬头问李振峰。

"没有发现什么异常的情况。"李振峰肯定地点点头,"他当时的精神很正常,完全知道自己做了什么。"

马国柱皱眉问道:"那你能不能肯定王全宝这个行为的动机就是要杀人?"

"我可以肯定。"李振峰回答,"另外,开会前我就已经派罗卜去了安维医院,核实老人带过去的行李。接下来我们会一起去他家，也就是荣华新村27号301看看，顺便走访他一下周围的老邻居。"

庞同朝想了想，叮嘱道："那个星星酒吧线报人员也要跟进调查，看有没有潜在同伙，争取再揪出点线索来。"

"明白。"李振峰回答。

散会后，众人纷纷离开了会议室。

政委老方朝李振峰和马国柱坐的位置走了过去，来到近前坐下，说道："王全宝的事，老马，李队，你们一定要多一个心眼，万一再出事儿的话麻烦可就大了。这老爷子现在明显是靠着止痛针在硬撑呢，药效一过就不好办了，等下就送他回医院吧，派人二十四小时留守，尽快弄清事情原委。"

"好的，政委。"马国柱点点头，神色凝重。

午后，黑云压城，安平市远处的海面也变得躁动不安，海浪翻滚，海鸥在空中急切地鸣叫，飞速掠过乌云密布的天空。

一辆警车行驶在安维医院大门前长长的林荫道上，车轮碾过的路面，落叶被高高地扬起，又轻轻落下。透过车窗，王全宝因疲惫而略显迟钝的目光逐一掠过道路两旁驻足观望的路人，目光交汇之际，满是皱纹的脸上竟然露出了浅浅的笑容。

"叔叔，您在笑什么？"一旁坐着的丁龙不解地问道。

"今天天气不错，年轻人。"王全宝轻轻阖上了双眼，嘴唇微动，"天气不错就该多出去走走，呼吸一下新鲜空气，对身体好。"

"哦。"丁龙应和着，正打算找机会继续套话，一转头，话到嘴边又咽了回去，因为老人靠在椅背上，仰着头，已经发出了轻微的鼾声。

李振峰正准备去食堂，刚走下楼梯没几步路，裤兜里的手机便震动了起来。他伸手掏出手机，看了一眼是丁龙打来的。

"出什么事了？"李振峰问。

电话那头丁龙的语气中满是懊恼和沮丧："李哥，人没了。"

李振峰心中一怔："谁？你说谁没了？"

"就是那老头，王全宝……稍等，我去走廊上跟你说。"丁龙随即走出病房，随手关上门。周围的环境迅速安静了下来，他这才放心地接着说道："李哥，现在小罗在里面做交接，我来跟你汇报一下。"

"你不是一个小时前刚把人给送过去吗？"李振峰的言语中有些不满。

"没错啊，在车上的时候还好好的，还跟我说话来着，后来睡着了，到了安维医院叫他就没有反应了。"

李振峰心中一沉，看来止痛针的药效过去后，过度的疲劳加快了老人器官衰竭的速度。但是这样的结果来得未免也太快了，他的心中不由得透出一阵凉意。

"那医生是怎么说的？"

丁龙回答："医生说前天来入住的时候老人身体的各项指标都已经接近临界点，如果不是老人本身身体素质很好的话，早就卧床不起了。眼看也没得治了，所以院方遵照他的意愿接连两天给他打了止痛针，两针之间的间隔不算长，等同于药量加倍。"

"我明白,你的意思是老人今天早上的行为可以理解为是借助药物的'回光返照'?"李振峰皱眉问道。

电话那头停顿了一小会儿,似乎是在斟酌字眼:"对,医生就是这个意思。李哥,需要通知赵法医吗?"

看着正向自己迎面走来的赵晓楠,李振峰小声嘀咕:"我跟她说吧,你联系下民政部门。"

挂断电话后,他便冲着赵晓楠咧嘴一笑:"赵法医,辛苦了。"

"别拍马屁。"赵晓楠双手插在口袋里,皱眉看着他,"一大早就给你们队里收拾烂摊子,唉,怎么这么不小心啊!"

"我也不想啊,这计划赶不上变化。对了,那老人也死了,就在刚才,你要不要去安维医院看看?"李振峰试探着问道。

"刚才?这么快?"赵晓楠同样感到意外。

李振峰点头:"小丁打电话来说他坐车时还好好的,刚到安维医院时才发现人已经没了。"

赵晓楠脸上露出了同情之色:"不管怎么说,他走的时候至少没有痛苦。"说着,她抬头看向李振峰:"尸检报告出来了,张凯的死因确实是溺死,在他右面颅骨顶端发现了一处5厘米×8厘米的碰撞伤,应该是由水下的暗礁撞击造成的。水警动用了水底声呐扫描结合拖网,才在两块暗礁所形成的一处交错地发现了死者,当时死者的右脚被卡在里面,加上撞击导致的晕厥,我认为张凯整个死亡过程应该不会持续很长时间。"

李振峰无奈地摇摇头:"从那么高的地方掉下来,冲击力可是非常大的。桥梁确切高度有多少?"

"不知道,"赵晓楠回答,"小九应该清楚。我目测的话三十米左右吧,即使脚不被卡住,人也会受重伤。"

"嫌疑人那辆车的车辆鉴定什么时候开始?"李振峰问。

"车辆研究所的徐工和他的团队两个小时后到。"赵晓楠若有所思,"唯一庆幸的是这辆车和去年东星港发现的秦方正那辆车不一样,各项数据恢复起来不会需要太长时间,估计很快就能确定齐倩倩的下落。"

"那我现在就送你去安维医院,然后再和小罗他们去荣华新村老人的户籍地走走。"李振峰说道。

"好的,我拿上工具箱,这就走。"两人一起朝车库方向走去。

——你好,是安维医院前台登记处吗?

——是,请问你有什么事吗?

——我是荣华社区的,想向你打听个人,两天前刚入住的,叫王全宝,年龄七十四岁,是个孤寡老人。

——哦,今天下午他已经过世了。

——是吗?……太快了,太快了……

——你还有别的什么事吗?

——没有了,谢谢你,再见。

挂断电话后,看着右手边一望无际的大海,乌云笼罩,海鸥鸣叫着掠过头顶,阿城的脸上看不出一丝表情,泪水却无声地滚落脸颊。

沉默许久,阿城又一次摸出王全宝临上桥之前留给自己的老式手机,打开后盖,取出电话卡掰断,然后与手机一并用力抛进了大海。

　　看着手机落入海中,就这样毫无波澜地被吞噬了,阿城的心也与之一同沉入海底。他戴上头盔,转身上了摩托车,顺着海岸线加速朝城区的方向驶去。

第二章 躲在黑暗里的人

当一个人的心中充满了黑暗,罪恶便在那里滋长起来,有罪的并不是犯罪的人,而是那制造黑暗的人。

安维医院，李振峰让丁龙留了下来，等待赵晓楠尸检后一起去南江大学后山工地。那工程不等人，停一天工就得损失很多钱，所以文管单位的人急得一个电话接一个电话地催促，惹得赵晓楠发了火，索性把手机丢给丁龙，让他专门负责接听和拖时间。

罗卜则跟着李振峰去了荣华新村，路上顺便向他汇报工作。

"行李袋里有一套寿衣和一双新的皮鞋，别的没了。"坐在副驾驶座上的罗卜看了一眼李振峰，"李哥，明摆着是王全宝知道自己没有多少时日了，没打算在医院里住太久。护士说一般病人来住院，病号服都由院方统一提供，其他的即使东西再少，洗漱用具和一些常备药患者都会自备的，但是王全宝的行李少得可怜。"

"那前天没人陪王全宝去登记住院？其间也没有访客？"李振峰问。

"没有，我都询问了，也看了监控，没有看出异常。他是9月7日晚上7点的时候坐出租车到医院的，因为各种手续齐全，也有原来的主治医师签字,所以安维医院就顺利地给他办了入住手续。由于当时医生已经下班,院方就只给他做了简单的检查和登记。护士说,一天打一次止痛针,老人的精神头儿挺好的,一点都看不出是即将离开人世的绝症病人。"

李振峰接着问道:"那他离开医院的确切时间是什么时候?"

"昨天晚上,打完止痛针后,大概10点钟,他出了病房,然后直接出了医院,上了一辆出租车。"罗卜回答。

"那辆出租车的司机找到了吗?"李振峰皱眉问道。

"找到了,司机说给他送到了荣华新村小区门口,时间是晚上11点前后。"

"王全宝有没有和司机说什么,或者有没有在车上打过什么电话?"

"司机说和他有一搭没一搭地聊了一些家常话,没有什么特别的。"

李振峰看了一眼车辆导航仪:"我们还有十五分钟左右的时间到达目的地,你和出租车公司调配中心再联系一下,要求他们把当晚的车内监控发过来,确认他们都聊了什么。"

"好的,我这就给他们打电话。"

趁着罗卜在拨电话的工夫,李振峰按了几下导航屏幕按钮,看着上面的地形图,不禁心中一动:荣华新村所在的位置就在出事的安平大桥正东面不到两公里的地方,距离出事现场原来这么近。王全宝到底为何病重了还如此奔波?他跟张凯又有怎样的关系呢?

正想着,罗卜的声音打断了李振峰的思绪。

"李哥,他们发过来了。"

李振峰扫了一眼车辆后视镜:"你把声音外放,我听一下。"

罗卜依言照做,按下了播放键。

——关车门的声音,车辆发动。

——司机:老先生,请系好安全带。请问你要去哪儿?

——王全宝(咳嗽了一声,清清嗓子):麻烦去荣华新村,我回家。

——司机:好的,荣华新村。(按下计价器)

(快进)

——司机:老先生,都这么晚了您怎么还在外面啊?

——王全宝:是啊,是啊,我来安维医院看一个老朋友。他快不行了,也就这几天的工夫了。唉,上了年纪,这一聊起来就忘了时间了。

(快进)

——司机:老先生,您也别太难过,我妈跟我说过,这人呢,总要有一个生老病死的过程,谁都避免不了的。我听说过安维医院,他们把病人照顾得挺好,我上次一个客人的母亲就是在那里被送走的,听客人说走的时候没有痛苦,就跟睡着了一样。

——王全宝:哦,是吗?(笑)那是不错,也是为小辈考虑呢。

——司机：老先生，这么晚回去，您的家人会很担心您吧？

——王全宝（笑）：年轻人，我夫人去年就过世了，我也没有子女，一个人无牵无挂。你刚才说得没错，人这一辈子总会走到尽头，死是免不了的，所以呢，在临死前想做点什么就做点什么，也就没有遗憾了。

——司机：老先生，这话从何说起？

——王全宝（笑）：这是我一个老朋友说的，可不是院里躺着的那个，是另外一个。我们认识好久了，我就是觉得他说的话都挺有道理的。说起我这个朋友啊，他平时过得没心没肺的，也是最近才想明白一些事。不像我，从我夫人过世的那一刻起，我就想明白了很多事，毕竟上了年纪咯，做什么都有些费劲了。

——司机（尴尬地清清喉咙）：您说得对，老先生。

（快进）

——司机（背景海关钟声）：前面到了，老先生，我直接把车开进去吧，这样您也好少走一点夜路，安全一些。

——王全宝（咳嗽，笑）：不用，不用，年轻人，我干了一辈子水手，身体好得很。再说了，多走走路也没啥坏处，你就在前面停下吧。

——司机：好的。（刹车声，拉手刹）总共18块，

35

老先生……咦,您看,那前面路灯旁的人是不是在等您?他一直朝我们这边看呢,如果是的话,能够有人陪着您,我就放心了。

——王全宝(拿钱包的声音,语气急促,有些不耐烦):不是不是,我就一个人,不用找了。(开车门,关车门,脚步声远去)

——司机(大声):老先生,我找您钱。(没有回应,随即自言自语)怪事儿,明明是有人接的嘛。

(视频结束)

"李哥,你怎么看这事儿?"罗卜问道。

"司机那边怎么说?看清楚那个人了吗?"

罗卜摇摇头:"光线太暗,他忙着做下一单生意去了,就没太在意。"

前方已经可以看到荣华新村的路牌,李振峰把车停在路边,说道:"这是荣华新村唯一的一条出入通道,前面就是刚才视频里司机所提到的路灯。你下去看看,重点观察周围有没有监控探头。"

罗卜拉开车门下了车。很快,他来到李振峰这一边的车窗旁,伸手朝斜对面一指:"那儿有监控,凯丽蛋糕店门口,正对着这里的路面。"

"你去他们店里把从昨天晚上9点30分到今天早上6点30分的所有视频都拷贝下来。"李振峰吩咐道,脑海中闪过出租车司机的话,又补充了句,"时间再往前拉两个钟头,以防万一。"

"好的，我这就去。"

看着罗卜的身形消失在警车后方路口，李振峰不由得陷入了沉思——王全宝半夜三更地跑回家到底是要见谁呢？

正在这时，放在仪表盘上的手机冷不丁地震动起来，把李振峰吓了一跳。他赶紧拿起手机一看，是赵晓楠："喂，赵大法医，结果怎么样？"

"正常死亡。我已经签发了死亡证明四联单给民政单位，他们把人带走了，说是明天火化，然后会有个简单的纪念仪式。最后在下午4点的时候会有民政部门的船统一开去公海，尊重王全宝的遗愿进行海葬。"赵晓楠说道。

"海葬？他留下遗嘱了？"李振峰有些意外。

"是的，民政部门一查就查到了，中华遗嘱库，王全宝半年前自己去做的，名下房产都捐给了红十字会，遗嘱执行人是社区委员会。落葬事宜民政部门会通知社区委员会派人参加，我们不用再参与了。说实在的，这老人生不带来死不带去，活得够明白。"

李振峰听了，心中不免有些触动："我明天下午有时间的话也去海边送送他，看看能不能找到一些线索。对了，你去南江大学了？我怎么从你手机里听到了公交车的到站提示音？小丁呢？"

"他回单位了，把我在安维医院提取的一些样本检材拿去交给小九，他现在应该还在实验室。等等，我到南江大学西门了。要不是为了保住我们单位的那笔维修资金，我才不接这活儿呢！真烦人，不聊了，不聊了。"话音刚落，赵晓楠就挂断了电话。

李振峰看着恢复平静的手机，微微一怔，突然明白了那笔所谓的维修资金的话题由来，不由得哑然失笑。

这时候，罗卜拉开车门钻了进来："办好了，李哥。刚才等拷贝的时候我看了，视频中那个出租车司机最后说得没错，确实有个人，在路灯杆那下边站了将近两小时。但是看不清楚长相，因为那人全程背光，而且在监控范围的边角处，只能勉强看出是个男人。之后两人一起朝荣华新村的方向走去，今天早上王全宝出现在镜头里的时间是5点27分。他一个人走的，步行朝西面的方向。后续的动向还得让图侦的兄弟好好看看再说。"

"真的没办法看清楚路灯杆下那人的长相吗？"

"没办法，光线太昏暗了，离探头又有很长一段距离，连两人说了什么都听不到。"

李振峰心头不由得涌起一股深深的挫败感。他松开手刹，把车朝荣华新村里面开去。

下午3点30分，南江大学校园里响起了下课的音乐声。

赵晓楠提着工具箱沿青石板路缓步走进南江大学西门的时候，身上的警服很快便吸引了三三两两与她擦肩而过的学生的目光。

一场小小的轰动在所难免。南江大学佟副校长和文管单位的高主任一溜小跑赶紧迎了上来，三人一起朝着校园后山的方向走去。

"高主任，能跟我说说到底发现了什么墓吗？阵仗这么大，连我们政委都激动得跟个小屁孩一样。"

"那不奇怪，赵法医，老方可是个地道的考古迷。这么多年来他前前后后跟我说过不止一次了，说自己要是不当警察的话，肯定干考古。"高主任哈哈一笑，"话说回来，这个很有可能是座明朝大墓，从甬道的数量和封土的级别，再加上棺椁上的铭文就能看得出来，级别还不小，至少是个王爷墓。"

"省里的考古队没来吗？"

一听这话，高主任脸上的表情瞬间凝固了，转而叹了口气，摇摇头："七个月前景主任就带着队伍去了外省的一个西汉大墓，还没回来呢。而咱们市里的考古队力量非常薄弱，这不，只能麻烦你们公安部门啦。"

赵晓楠点点头，说："高主任，丑话说在前头，考古不是我的专业，我只能在人类学方面提供一点意见和建议，你觉得怎么样？"

"没问题，没问题。"高主任的脸上又一次露出了满意的笑容，转而对副校长说道，"老佟啊，你就不用陪着我们了，你等会儿4点的时候不是还有个会吗？我和赵法医直接去挖掘现场就行了。"

佟副校长如释重负地松了口气，礼貌地客套了几句后便转身离开了。

很快，两人穿过校园，随即一座山出现在了赵晓楠的视线中。

"这是什么山？"

"当地人叫它三宝山。"这时，高主任的脸色突然变得有些窘迫，左右看了看，这才轻声说道，"赵法医啊，老佟不在这儿，我就跟你说实话了。这个墓被打开过，后来又被巧妙地掩盖起来了，而且里面出了点不可思议的事。"

"打开？你的意思是盗墓？"赵晓楠皱眉看了他一眼，语气严肃地说道，"高主任，这可开不得玩笑，里面是不是少了什么东西？陪葬品都还齐全吗？"

"问题就出在这儿。我们清点过耳室里的东西，里面堆满了书画，显然墓主人生前最喜欢书画，所以耳室才有这么多书画。这些东西严重破损，却又没有很明显被盗的迹象。但是当我们打开墓中央摆放棺椁的墓室木门进去后，眼前却是一片凌乱。"

"等等，高主任，我记得一般古墓中装棺椁的墓室门口会有一块封门石，对吗？"赵晓楠问。

高主任回答道："没错，这个墓里也有，但是封门石被破坏了，应该是个老手干的。我感到奇怪的是，人都已经进去过了，为什么出来的时候还要费老大的劲儿把那扇木门给关上，要知道那种木门非常大，也很沉，一个人是根本弄不动的。我们把它弄出古墓的时候，动用了三个成年男人才搬动。"

"那这墓室里到底发生了什么？"

高主任边走边双手在空中比画，力图在赵晓楠面前还原当时墓里的场景："棺床上的那具棺椁严重移位，好像被什么东西撞过一样，棺盖被暴力打开，骸骨散落在棺椁内外，这是其一。其二，被破坏的只是中间这一具棺木，另外处于侧位的两具棺椁没有被破坏，甚至没被打开过，还是我们进去后才打开的。"

"也就是说主棺被损毁和盗窃，那墓主人的随身陪葬品都不见了吧？"赵晓楠问。

"那是肯定的。但这都不是什么新鲜事，我们见多了这种被盗过的墓，但这个墓室里着实有点古怪。"高主任在后山脚的一张石凳上坐了下来，神色凝重地接着说道，"经过后期清理，我们可以确认墓主人棺椁内的东西都被偷光了，只留下墓主人的尸骸，而让人真正感到诡异的是墓室里有三具棺椁，却有四具骸骨。赵法医，这问题可就大多了，你想想看，凭空多出了个死人啊！"

"是不是陪葬的仆人？"赵晓楠上学的时候曾经参与古墓挖掘工作，对墓室里的情况并不陌生，"据我所知，陪葬的仆人一般来说是没有资格拥有棺椁的。"

高主任摇摇头。"我们简单清理了一下这四具尸骸。第一具，就是墓主人，男性，部分骸骨被扔到棺木外；第二具和第三具，完整无缺，均为两名年轻女性，年龄在十三四岁的样子，从衣着和陪葬品规格来判断应该是男主人的妻妾，这也符合当时的婚嫁年龄。唯独这第四具骸骨非常奇怪，在最后一道封门的位置，身上没有衣服，尸骨的姿势也非常怪异，它是头冲外趴在墓室门口的，"说到这儿，高主任站起身手脚并用做了个姿势，"尸骸的姿势就像这样，右手向前，左手与头部齐平，左脚伸直，右脚向上蜷曲，保持一个爬行的姿势，脸部朝向身体左侧。赵法医，我们挖掘过这么多古墓，从未见过这样的尸骸。"

"会不会是盗墓贼起了内讧？"

高主任摇头："不太像。第一是因为腐烂程度；第二，则是因为这具骸骨上没有衣物，一点布条都没有，说明死者是光着的。而且我们的工作人员看了,死者是个女的,年龄不大。"

赵晓楠若有所思地盯着高主任看了一会儿,微微一笑,说道:"高主任,情况不止这些吧?不然的话你也不会这么神秘兮兮地来找我们警察了。"

被赵晓楠一针见血地说中了心事,高主任脸上的表情变得极为尴尬,他夸张地清了清嗓子:"自从确定这第四具骸骨的白骨化腐烂程度不太一样后,我便把四具骸骨的照片都给景教授发过去了,他单单指着第四具骸骨回复我三个字——找法医。"

赵晓楠恍然大悟,终于弄明白眼前这位文物管理局主任为什么几次三番地拼命催促她过来,又吞吞吐吐、遮遮掩掩地不愿意说清楚,回想起刚才佟副校长看向自己时所流露出的急切的眼神,已经可以确定校方给了他们足够大的压力。而景教授在考古界算得上是重磅级的专家,他做出的结论至今从未被人推翻过,所以高主任得知事有蹊跷后才会这么慌张。要知道,这里一旦正式成了案发现场的话,所有发掘工作都会被无限期搁置不说,解封时间就更是个未知数了。

想到这儿,她突然有些同情眼前这个可怜兮兮的小老头:"高主任,我去看看再说吧,如果确认不是现代刑事案件的话,你们的工作照样可以进行下去,最多耽误个一两天,后面抓紧时间一定能赶上的。"

听了这话,高主任不由得面露喜色,兴冲冲地抢先几步上了石阶:"我来带路。赵法医啊,真的太谢谢你啦!说实话我给老方打电话说起这事儿的时候都不敢说实话,心里没底。你现在答应了就好了,我总算可以放心了。"

赵晓楠紧咬嘴唇，心里真不是个滋味。

两人来到一处深棕色简易帐篷外，高主任带头掀开帐篷走了进去。

帐篷中有一位全身上下被包裹着的男人守在乒乓球桌旁仔细地用刷子清理骸骨，他应该上了些年纪，帽檐外的头发有些花白。

见高主任带来了一位警察，这名工作人员礼貌地冲着两人点点头，放下手中的毛刷，一言不发地转身离开了帐篷。

"这是我们团队的欧老师，是学校的老师，课程不多，就临时过来负责清理骸骨和修复里面的书稿。"高主任伸手指了指自己面前那张大乒乓球桌，上面共放着四具骸骨。他接着说道："白床单上面的那具就是我刚才所说的没穿衣服的女死者。"

"最初发现时现场的照片你们有留档吗？"

"有，当然有。"高主任回答。

赵晓楠没再多说什么。她放下手中的工具箱，依次拿出手套、口罩和头套戴上，上前几步来到那具诡异的骸骨面前，神色严峻地伸手捧起了颅骨，就着帐篷中唯一的一盏白炽灯开始认真检查起来。

帐篷外，天空中乌云密布，眼见一场暴雨即将来临。

高主任高亢的嗓音在帐篷外响起："这该死的天气！大家手里的工作都加把劲儿快着点，马上要下雨了，别前功尽弃。大家辛苦！"

"主任，警察怎么过来了？"欧老师伸手摘下口罩和帽子，对屋檐下站着的高主任问道。

高主任满脸的无奈："还不都是为了木门门口那具骸骨？人家景教授说得清清楚楚，这第四具骸骨有问题，并且问题性质严重到必须找警察。如果我们再藏着掖着，将来可是要承担责任的。"

"那……高主任，你觉得这第四具骸骨会是什么时候的人？"欧老师随口问道。

"不知道，反正只要不是现代人就好，否则的话……唉，你说这得多耽误事儿啊。"高主任满脸愁容，手伸进兜里想要摸烟盒，突然想起工地上不让抽烟，又神情沮丧地把手缩了回来。

欧老师的目光落在深棕色的帐篷上，喃喃说道："一个好端端的人怎么会被困在那里头？到底发生了什么事儿？"

高主任顺手拍了拍他的肩膀以示安慰："欧老师，干考古的，这种稀奇古怪的事儿见多了，别想太多。让警察去处理，咱们就没责任了，懂不？"

欧老师点点头。

"你手里拿着的是什么？"高主任好奇地伸手指了指他右手上的塑料袋，"是不是人骨？"

欧老师笑笑："不，是我清理下来的老鼠的骨头，不是人骨。在古墓里老鼠和蛇也不是什么稀罕物。"

"扔了吧，留着也没什么价值，我再去墓室那儿看看，欧老师，你先忙。"说完这句话，高主任便背着双手，朝古墓的方向走去。

看着高主任的背影逐渐消失在山道拐角处，欧老师脸上的笑容消失了，默默地抬起右手，开始看塑料袋里细小的骨头。

红星派出所接待处的玻璃门被推开了，辖区国联大都会社区的保安老杨走了进来。他脸上表情凝重，一瘸一拐地径直来到值班民警的工作台边坐下，开门见山地说道："林警官，我是来投案自首的。"

值班民警林涛有些吃惊，老杨是所里的老熟人，以前也帮过警方不少忙，今天竟然说要投案自首？！他不动声色地接着问道："老杨，你是为了什么事情来投案的？"

"张凯被杀案。"老杨垂下眼眉，声音中透露出一丝痛苦，"前天下午，我在向你们报告张凯行踪之前不到半个钟头，曾将这个消息告诉了另外一个人，而那个人就是凶手，是杀害张凯的凶手！所以，对这起惨剧的发生，我有不可推卸的责任。"

听了这话，民警林涛和从后面办公室里走出来的张副所长对视了一眼。张副所长心领神会，赶紧上前在老杨身边坐下，亲热地拍了拍他的肩膀，和风细雨地劝慰："老哥哥，别急着下结论。来，你把事情前后发生的过程好好回忆一下，说出来让我和小林一起帮你分析分析。"

"是我走漏了信息，确实是我的责任。张所长，该咋处理就咋处理我吧，这样我心里也能好受些。"顿了顿，老杨抬起头，眼角的泪痕清晰可辨，"张凯是我们国联大都会社区出了名的人物，欺男霸女，仗着自己老爹开公司倒腾古董做大生意，有的是钱，就目中无人，自己上班就是玩儿。我是知道张凯经常会去星星酒吧通宵喝酒的，因为听说那间酒吧里有'灰色服务'。

有一次我值夜班的时候，就曾看到两个'失足妇女'和张凯坐车一起回家，过了一段时间后又返回星星酒吧。

"所以，前天下午，你们联系我打听情况的时候，我就说了这个事儿。但是在之前大概下午5点多的时候，就有一个老头来我的岗亭值班室找我，问张凯是不是在这儿住。我说他上班去了，这小子在飞马中介上班，天天倒腾房子。那老头想了想，就问我张凯什么时候下班回来，看那架势明摆着要在门口等。我说不一定的，有时候他会在外面玩一整个通宵。我问他有什么事儿，老头说张凯欠他钱了，数目挺多的，我一时心软就跟他说了星星酒吧的地址，说去那门口蹲，铁定能把那小子逮住，甚至还跟他说了张凯的车长啥样。"

听到这儿，张副所长脸上的神情顿时凝重起来，他轻声说道："老哥哥，来找你的那个人，你还记得他的具体长相吗？"

老杨委屈地点点头："就是那个把张凯往下推的老头，如果不是看他满头白发的憔悴样子实在可怜，我才不会跟他说那么多呢。虽然张凯可恶，但是自有法律惩罚他，而不是我们。这下可好，我成杀人帮凶了。"

"你确定是那个人，不是别人？"

"唉，张所长，我虽然年纪不小了，但脑子还是很清醒的，那张脸，我是绝对忘不了的。等等，我还带来了小区门口的监控，你们看看，到底是不是他？"说着，老杨从随身带着的老式黄色帆布书包里摸出手机，点了半天，随即把手机交给张副所长。

这是一段高清监控探头拍下的视频，虽然没有声音，但是里面那人的一头白发非常醒目，甚至还能看清那人的侧脸，正是王全宝。视频画面一角的日期写着2024年9月7日。

"通知市局吧。"张副所长靠在椅背上咕哝了句，把手机交给民警林涛，"拷贝下来一并给他们发过去。"说着，他轻轻拍了拍老杨的肩膀，柔声说道："没事儿，老哥哥，别太往心里去。事情都已经发生了，谁也没想到还有这一出儿，也不是你一个人能阻止的事。对了，你还没吃午饭吧？走，我请你吃饭去，咱老哥俩再好好聊聊。"

"嗯，谢谢你，张所长。"老杨满脸泪痕，乖乖地站起身，跟在张副所长的身后走出了办事大厅。

城市的另一头，一场暴雨过后，路面变得愈发湿滑了起来。

李振峰和罗卜此行的目的地荣华新村是个已经建成将近四十年的老小区，居住了将近四万人，所以周边每一寸可利用的空间都堆放着各种各样的杂物。李振峰费了很多心思才把警车顺利开进了小区，停在社区门口。下了车，看着眼前犹如羊肠一般延伸的小区道路，又回头看看新配的警车底盘，他面露难色，属实是不敢再往里开了。

在社区主任陈大姐的配合监督下，罗卜拿着那把从王全宝随身遗物中找到的钥匙，小心翼翼地打开了荣华新村27号301的大门。

这是一套建造于20世纪80年代的房子，一室一厅，东西走向，房间内光线昏暗，东西整洁有序。窗户都是关闭的，所以刚打开门的刹那，迎面而来的浑浊空气中夹杂着一丝烟草味，

47

让罗卜感到微微有些不适。

"看来这老爷子是个做事干净利落的人。"罗卜推开窗，让新鲜空气进来，一边继续查看厨房和客厅，一边小声嘀咕道，"这厨房真干净，连个油星子都没有。"

"不奇怪，我爸妈家里再怎么凌乱，厨房必须做到一尘不染。"李振峰边说边推门走进了卧室。

和外面的客厅一样，卧室里也是各式物品码放整齐。一张双人床上铺着老式的印花老粗布床单，并排摆放着两个枕头，枕头套的角上缝着漂亮的花边，床上只有一条叠好的被子放在另一头。枕头上方墙上挂着的则是王全宝和妻子的合影。

李振峰又逐一打开了墙角的大衣柜和各种抽屉，没有发现任何有异样的地方。走到卧室门口，他转身重新打量整个房间，不禁皱眉，心中满是疑惑——王全宝是个很传统的人，生活习惯淳朴，而自己从进门到现在，一张他妻子的遗像都没有看到，只有卧室墙上挂着一张他们夫妻俩的合影。

"陈姐，"李振峰招呼社区主任，"你认识王全宝多少年了？能简单说说他家的情况吗？"

"没问题。我认识老王头至少有二十多年了。"陈姐继续说道，"反正那时候老王头还没有正式退休，一年到头都在外跑船，每年也就回来一个多月的样子。他妻子顾大姐的身体不是很好，我们几个老姐妹就经常往她家跑，大家轮班照顾她。怎么说呢，顾大姐是个好人，只可惜命不好，也走得早，身后连个孩子都没留下。"

李振峰一边查看房间里的东西和摆件，一边继续问道："陈姐,那你知道王全宝家的经济状况吗?他们手头宽裕吗?"

陈姐摇摇头:"怎么可能宽裕哦,警察同志,顾大姐是没有退休金的。你看看,他们家虽然没孩子拖累,但是架不住家里有个老病号啊!顾大姐常年吃药不说,一年还得住至少三次医院,虽然有居民医保,但很多药也走不了医保,再加上吃喝拉撒住院请护工照顾,老王头不跑船的话,钱根本不够花。唉,钱花完了这也就算了,最惨的是到头来人也没了,就剩下这套房子值点钱了。"

"大姐,他们夫妻俩感情怎么样?"罗卜的声音从厨房的方向传了过来。

"好得很,"陈姐回答,"我们都挺羡慕他们夫妇呢。隔壁老倪经常说他们家从没吵过架,走过门口的时候还经常能听到屋子里传出笑声。不过,唉,那是去年以前的事了,顾大姐走后,这个房间里就几乎再也没有什么声音传出来了。"

李振峰听了,同情地点点头,这就可以解释为什么家里墙上没有妻子顾秀英的遗像了,显然王全宝一直没有接受妻子不在了这个事实。

他环顾了一下四周,随口问道:"陈姐,那王全宝这个房子,你们有什么打算?"

"中华遗嘱库的人已经通知我们了,我们会协助红十字会人员对房屋进行清理和拍卖。至于说房子里的个人物品和家具,也按照老王头的意愿分类变卖和捐赠,尤其是那些书和象棋,是他多年的收藏品,也都已经有了具体安排,所以后续不会有什么别的问题。"说到这儿,陈姐停顿了一下,"但是……有件事情我一直想不通。"

李振峰抬头问道:"什么事?"

"今天早上安平大桥上发生的事儿我听我儿子说了,就觉得有点不可思议,因为老王头不可能杀人。他是个好人,为人和蔼,平时和邻里间相处得也挺好的,还经常在社区主动当志愿者,最后还将遗产都捐了出去,这样的人怎么会杀人呢?我一直想不通。你们说,他会不会只是想教训教训那个坏小子,或者说你们把案子定性错了?杀人……杀人的话,这性质未免太严重了吧?"陈姐脸上的表情明显有些忐忑不安。

听了这话,李振峰和罗卜对视一眼,转头说道:"陈姐,你为什么会有这个想法?"

"今天中午,就是你们来之前,我们社区收到了一份律师函,是中卫律师事务所发来的。对方要求我们封存房子,谁都不能进来,包括老王头自己在内,因为对方要去区法院告我们。"陈姐皱眉嘀咕。

"告你们?为什么?"罗卜来到两人身边,不解地问道。

"那份律师函我没拿过来,大概内容就是他们查到了老王头的背景,也知道他留下了遗嘱,而我们社区是遗嘱代为执行人。他们说老王头的行为涉嫌谋杀,现在经家属要求已经准备提出民事赔偿诉讼并申请财产保全。"陈姐回答。

"这么快?家属是谁?"李振峰颇感意外。

"就是那个坠海的年轻人的父亲,叫什么来着我想想,哦,对了,张胜利。"陈姐满脸的郁闷,"我正是因为想不通,才向你们打听一下,这件事情怎么可能是谋杀呢,你们说是不是?

最多只能算是个失手嘛。"

"王全宝和他们家认识吗？"罗卜问。

"怎么可能？完全是两个不同世界的人嘛。而且那个中卫律师事务所，我们都上网查了，来往的客户都是身价上千万的。你说老王头一个退休老水手，就靠那么点死工资过日子的人，会和这种人打交道？估计连他们家门都进不去。"

李振峰皱眉想了想，又问道："陈姐，那王全宝平时的兴趣爱好是什么？下棋看书？"

"当然是下棋咯，一杯绿茶、一张棋桌就能打发一个下午。以前顾大姐还活着的时候，老头每天除了锻炼身体就是下棋，挺简单的一个人，听他说这都是以前跑船的时候留下的习惯。"陈姐回答，她顺手指了指卧室书桌边角摆放的几副象棋，微微一笑，"那些玩意儿有些年头了，是老头心爱的东西，捐给了我们社区的象棋队。老头常说人如果不动脑子，时间久了，脑子就会坏，我想这或许就是他这么沉迷于下棋的原因吧。"

李振峰缓步来到书桌前，伸手打开最上面那个棋盒，看着里面码放整齐的颗颗棋子，想了想，又盖了回去。"陈姐，隔壁邻居老倪现在应该回来了吧？他们家住了几口人？"李振峰一边掏出手机仔细地给棋盒所在位置拍照，一边随口问道。

"三口人，老夫妇俩带着一个一岁多的孙女，儿子儿媳每天傍晚过来吃顿饭就走，工作挺忙的。等等，好像现在就在家，我们刚进门之前我听到了他们家小妮妮的声音。"陈姐问，"要我去打听什么吗？"

"老倪多大年纪了？"

"六十七了。"

李振峰微微一笑:"我们一起去吧,这个房间可以锁起来了,我会通知派出所尽快过来贴封条,等我们那边的事情处理完了你们社区就可以联系红十字会进行拍卖了。对了,陈姐,等下经过你们社区办公室的时候,能不能麻烦你把那封律师函先借给我们警方,我们去和对方联系,你们就不用再出面了。"

陈姐听了,脸上瞬间满是笑意:"那就太谢谢你们了,警察同志,可算帮了我大忙了。"

下午,老倪家顺带的走访非常顺利,回到小区门口取车的时候,陈姐也很快就拿来了那封律师函,事情算是做了个了结。临上车,李振峰突然开口问道:"陈姐,你们这里的老人一般都在哪儿下棋?"

陈姐伸手指了下对面的山坡:"喏,就在那儿,风景挺不错的,面朝大海。这是附近几个社区共有的一个免费公园,叫夕阳红公园,晚上都在那儿跳广场舞,下午就是下棋,早上嘛,他们就在那边做做操、练练嗓子,反正安排得都挺好。"

"你们这周围有没有监控?"

"就我们这办公区门口有一个,不过已经坏了,就是个摆设。"陈姐无奈地摇了摇头。

"你刚才说的公园那里有没有监控?"李振峰接着问道。

陈姐点头:"有,但也好不到哪里去,资金都是老人自己筹的钱。当初之所以决定装,是因为跳广场舞的时候老被偷东西,几个老姐妹于是凑份子捐赠了一个。但老人家毕竟舍不得花钱嘛,平日里节俭日子过惯了,自然就没有人愿意费钱费精力去维护啦。刚开始的时候还图个新鲜，后面也就装装样子了。说实话，我也不知道现在还能不能用。"

"那监控连通到哪儿了？"罗卜问。

陈姐伸手一指右侧的派出所警务室："就在那里面。"

李振峰在罗卜耳边低语道："去把近一个月的监控都拷贝下来，能看到王全宝影像的更好。"

告别社区主任陈姐后，李振峰开车和罗卜返回单位。

这时候，天已经擦黑了。

见李振峰自从上车后就一直沉默不语，罗卜忍不住问道："李哥，你在想什么呢？"

李振峰的眼中不断闪过路灯的亮光："老倪老婆刚才说早上5点多听到隔壁有开关门的响动，凯丽蛋糕店门口的监控也显示王全宝是早上5点多离开的小区，步行去了安平大桥，也就是说老人应该是昨晚11点多回到家后直到早上才出门。"

罗卜点头："理论上说是的，因为老人是11点多到的小区门口，那时候回家的话隔壁可能没听到，年纪大的人一般睡觉都很早，早上醒得也早，所以才有机会听到老人离开的声音。李哥，老人回来睡一晚的目的难道就是为了第二天早上的行动？"

"就目前情况来看完全有这个可能。"李振峰回答道。在等红灯的时候，他顺手按下了电话免提键，拨通了丁龙的电话："有没有什么新消息？"

"李哥，我正好要找你，两件事。"丁龙的声音在警车狭窄的车厢里回荡着，嗡嗡作响。

"红星派出所上报，保安杨富贵投案自首说自己把张凯的下落，在前天下午透露给了那个把他推下桥的老头，也就是王全宝。"

这时候红灯转为了绿灯，李振峰踩下油门："你确定他说的是王全宝？"

"确定，红星派出所的值班民警看过他提供的国联大都会保安岗亭监控视频的截取画面，证实视频中上前找老杨问话的正是王全宝。"丁龙回答，"据老杨所说，王全宝找张凯的理由是对方欠了他一大笔钱没还，老杨同情他，就指点他去了星星酒吧。"

李振峰微微皱眉，心里寻思：王全宝当下并没有去酒吧，而是去了安维医院办理入住。这就很有意思了。

"照这么看来，从时间线上可以排除掉王全宝临时起意爬桥梁推人的动机，那下一步我们就是要查清楚老人和张凯之间到底是什么关系。"李振峰说道。

罗卜面露难色："李哥，两人之间的关系查起来得费点时间，两人都死了，目前我们从哪里开始查啊？"

李振峰一时无语，又问道："小丁，第二件事呢？"

电话那头"哎哟"了一声，丁龙的语气中瞬间充满了懊恼："看我这记性，李哥，你们现在到哪儿了？"

"天目路口，我们正好要回单位。"李振峰回答。

一阵敲击电脑键盘的声音响起，小丁语速飞快："我帮你查过地图了，还有九点二米，你们再过一个路口，然后向左转，走观山路，下岔道再往右转，最后直接到和关口就行。"

"那不是南江大学西门吗？"李振峰诧异地问道。

"没错，没错，赶紧去吧，不然我又得挨骂啦。李哥，就绕一点路，要不了多长时间的。我看过了，一路绿灯，交通也不拥堵，帮帮忙，把赵法医给我接回来，回头见面再说。"话音刚落，丁龙便赶紧挂断了电话。

李振峰看了眼仪表盘上的时间，显示是晚上6点刚过，不禁小声抱怨道："都这么晚了，忙什么呢，唉！"

他伸出右手，拨通了赵晓楠的电话，依旧开着免提。电话很快被接了起来，李振峰的语气中神奇般地迅速充满了笑意："赵大法医，我马上就到啊，你再稍等下，最多五分钟。"

"快点吧，我在这门口蹲得快被人当成乞丐了。"赵晓楠含糊不清地咕哝了句，挂断了电话。

李振峰脸上的笑容瞬间消失了，他二话不说一脚油门踩到了底。

"要命了，李哥你开慢点儿。"突然的加速让正在看监控视频的罗卜冷不丁地一脑门儿结结实实撞在了副驾驶座右上方的把手上，手机应声掉落，疼得他倒吸一口冷气，却又不得不死死地抓住把手不敢轻易松开，免得自己被突然甩出去。

李振峰嘿嘿一笑："我提醒过你很多次了，坐我的车时刻要提防我的加速度。"

脚下又一次加速，警车便呼啸着箭一般穿过了车流涌动的街头。

在回单位的路上，警车的车速明显匀称缓慢了许多。赵晓楠一言不发，整个人靠在后座的椅子上陷入了沉思。李振峰一边开车,一边时不时地看一眼后视镜,目光中满是关切。

罗卜本来想开口缓和车内尴尬的气氛,好几次张嘴,看了李振峰一眼,又迅速打消了念头。

赵晓楠此时脸上的神情非常严肃,李振峰隐隐感觉有事发生。

终于,警车开进了安平路308号大院。

"前面停车吧,我直接去办公室,有些东西马上就要做出来。"

李振峰赶紧踩下刹车,赵晓楠提上工具箱打开了后车门。她刚要下车,李振峰忙说:"我,我给你买点东西吃。"

"谢了。"赵晓楠摆了摆手,头也不回地拉着工具箱走了。沉沉的夜色中她的背影是如此瘦削单薄,李振峰不由得皱起了眉,轻轻叹了口气。

罗卜看看他,又看看远去的赵晓楠,小声说道:"李哥,兄弟多句嘴,你喜欢她怎么不跟她说?"

李振峰想都没想,顺手就在他后脑勺上轻轻拍了一巴掌:"你还小,不懂。感情这东西,如果一方没准备好的话,只会把人给吓跑咯,明白不?学着点!"

"原来你谈过恋爱啊?"罗卜一脸惊讶,"知道得还挺多。"

"没,别瞎说,我哪有那闲工夫,我是听我爸说的。我爸以前老给我讲他年轻时的辉煌历史,里面就包括怎么追求到我妈的。"李振峰一边说着,一边下车锁了车门,把钥匙随手丢给罗卜,"走,我们出去吃。"

"李哥,马处办公室的灯还亮着。"罗卜伸手指指,神情有些犹豫,"咱要不先去那儿汇报后再去吃?"

"磨叽个啥,一顿饭的工夫就几分钟,你以为吃酒席啊?再说了,是人就得先填饱肚子,生产队的牛还得喂饱才能干活呢。"李振峰把脑袋一扬,路灯光下满脸笑容,"走,阿呆面馆,我请你吃大排面,那厨师的手艺绝对错不了。"

罗卜听罢,立刻一溜小跑跟了上去。毕竟从一大早到现在两人上蹿下跳急火攻心地忙活,除了喝水,肚子还是空着的。

二楼,马国柱办公室里,政委老方坐在正对着办公桌的椅子上,两人之间放着一个烟灰缸,里面堆满了烟头。

"老马啊,赵法医一发现这事儿不对头就立刻给我打电话了,现在估摸着她也该回单位了。虽然还得对生物样本做分析,但这件事的性质是毋庸质疑了,今晚结果铁定能出来,我相信小赵的专业判断能力。"

马国柱脸上写满了无奈和疑惑不解:"老方,你说这事儿我听着怎么就跟演电视剧一样不可思议呢?一个活人钻到古墓里,还被人把门给堵死了?这都是哪儿跟哪儿的事儿啊?玄乎!"

"老哥哥,不瞒你说,我当时听了也是一头雾水,"老方皱着眉,满脸的愁容,"我怎么也想不到高主任还给我留了这一手,这要不是冲着每年咱单位这房屋修缮费都是他们给的,我还真不想掺和这档子事儿。你要知道,老马,这一旦跟古墓挂钩了,案子小不了啊!"

"愁人啊!"马国柱一声长叹,向后靠在椅背上,仰头看向天花板,又顺势环顾了一下整个房间,"我师父在这干了一辈子,我这待了也快一辈子了，和这栋楼都有感情了。唉，不看僧面看佛面，希望今晚的结果不是现代的案子就好。"

"但愿如此吧，我现在还真不敢太往好地方想了。"老方小声嘀咕。

烟灰缸里的烟头越垒越高。

市中心的解放路是以餐饮一条街闻名的，每天傍晚到了饭点，这里的交通就变得十分拥堵。

此时，秋意渐浓，凉风习习。夜幕下，解放路的马路中央一片车来车往的热闹景象，街道两旁立满了大大小小各种霓虹灯招牌，叫卖声此起彼伏，招揽来往顾客。

突然，几位衣着光鲜的男女跌跌撞撞地冲出了其中一家装修豪华的饭店，边跑边冲着路人嚷嚷："杀人啦，杀人啦！快报警，杀人啦……"随后，又有几个食客跟了出来，向停车场的位置冲去。他们同样面色惨白，有人甚至蹲到路边狂呕起来，之后有人发动摩托车离去，有人则因为过于惊慌，直接在停车场中追尾了别人的车。一时间，吵架的，骂人的，哭泣的，停车场内乱成一团，而周围的路人都被眼前这突发的一幕惊得面面相觑。

附近正好有路面执勤查酒驾的交警，见状赶紧过来，费了好大工夫才终于从惊慌失措的食客口中弄清楚，原来是有人在饭店男洗手间遇害，并且死状有点恐怖，凡是看见的人几乎都被吓着了。

短短几分钟，110报警服务台前后接到了十多个报警电话，内容几乎完全一样——位于市区解放路218号的天海饭庄发生了杀人命案。

距离最近的解放路派出所接警后迅速派员赶往现场。

远处海关的钟楼敲响了晚上7点的钟声。

摩托车飞速穿过城市的街头，在郊外的田野中奔驰，穿过树林，绕过养蜂场，十多分钟后便出现在了海边一座农家小院的门外。

老头看着风尘仆仆的阿城，目光落在他身后的摩托车上，又低头看了看他手中的塑料袋和头盔，刚要开口，阿城却摇摇头，把塑料袋直接递给了老头："叔，帮我喂一下狗子，我还有事要做，下次再来看你。"

"有事？"老头有些诧异。

阿城微微一笑，什么也没说便转身离开了。

摩托发动机轰响的声音逐渐远去，小院内复归平静。

许久，老头才回过神来，低头看了看手中的塑料袋。不用打开，他就知道里面装的是什么。

混血的罗威纳完美地继承了父亲藏獒一系对血腥味的原始渴望，老头拎着塑料袋还没有靠近狗笼，笼子里的狗便已经发出了兴奋的低吼。

第三章 无声的控诉

即使生活在地狱里的人,也依然仰望着天堂。

天色渐渐黑了，有些微凉。

李振峰在技侦大队实验室外的走廊上已经坐了半个多钟头。终于，玻璃门被推开，小九和赵晓楠一前一后走了出来。

"你还没走？"赵晓楠有些诧异，目光随后便落在了他手中的保温桶上，嘴角含笑。

李振峰赶紧把保温桶递给她，笑眯眯地说道："给你打包的皮蛋瘦肉粥，上面隔层里有馒头，快吃点吧。"见赵晓楠没说话，他赶紧又强调了句："你放心，皮蛋和瘦肉都是很干净的，我亲眼看着老板切的。"

赵晓楠笑了："谢谢你。"

小九就像发现了新大陆："哟，李哥，哪家店打包外卖竟然用保温桶了？有我的没？"

"哪有这么好心的店铺，"李振峰瞥了小九一眼，"这是我妈上次给我送鸡汤，从家里顺手带来的。这不，放着也是放着，就拿来用了呗，我里里外外可都是洗干净了的。"

赵晓楠冲小九点点头："那你把刚才的情况都跟他说说吧，

我先去吃点东西，饿死我了。"

李振峰刚要开口说话，小九揪住他的衣服就把他拽到一边，脸色随即沉了下来："李哥，现在可不是对女孩子嘘寒问暖的时候，有正经事儿。"

"啥事儿？"

"南江大学后山大墓的主墓室中发现了一具尸骸，不是古墓中原有的，现在鉴定出来的时限是1990年到2000年之间。"小九伸出了一根手指，"这是其一。"

李振峰震惊不已，忙问："那其二呢？"

"其二就是这个死者是个女的，年纪不大，没生育过，生前被人多次用重物击打头部，疑似颅脑硬脑膜外血肿致死，但这只是推测，具体还要看尸检结果再说。"小九略微停顿了下，接着说道，"重点是这女的浑身都是伤。李哥，真的一点都不夸张，她就是被人活活打死的，浑身上下没几处骨头是完好无损的，各种外伤都有。即使当时没断气，想象一下，这墓室的石头门关上了，里面没有空气，要不了多久她也会因为得不到及时救治而被活活憋死，太惨了。"

"你说什么？"李振峰皱眉看着他，"那不是古墓吗？"

"没错，就是古墓，明朝的大墓。师姐说了，规制还不小，估计是个王爷墓，所以出现在墓室中的这具女尸才麻烦啊！"小九回答。

"说说具体情况。"

"现在里面总共发现了四具尸骨，两具属于合葬的侍妾，完好无损，棺椁都没被打开过。中间那具是墓主人，棺椁被打开了，陪葬品被盗得一干二净，墓主人的尸骨都在棺椁内外散落着，他们都是古代人。只有这第四具尸骨是在门口处的地上趴着，而且是个现代人。"小九回答。

"那是不是盗墓贼分赃不均导致的内讧？盗墓贼可是不分男女的。"李振峰问。

小九咧嘴笑了："具体还没查呢，可以肯定的就是死者是个如假包换的现代人，死亡时间在1990年到2000年之间。那么不管她是谁，都得归我们管了，你是跑不了的。师姐说，明天一早咱就得派人到发掘工地去接管这具尸骨。"

"唉！"李振峰不由得一声长叹。

正在这时，裤兜里的手机开始震动，他赶紧接了起来："……我是，有什么事吗？……确定吗？……明白，我马上过去。"

"李哥，又有案子？"小九关切地问道。

"对，分局刚接了个案子，死者是张胜利，就是今天早上被推下桥的张凯的父亲，今天晚上被人捅死在了天海饭庄的男洗手间隔间里。"李振峰顺手把手机揣回兜里，"帮我跟你师姐说一声，我先走了，得去现场看看再说。回头如果我们接手的话，我再通知你们。"

"明白，李哥，注意安全。"小九冲他点点头，转身走向了不远处的法医办公室。进门时，他顺便看了眼墙上的挂钟，这时候是晚上7点32分。

"人呢？"赵晓楠有些诧异。

小九一屁股坐在椅子上唉声叹气："又出案子了，李哥赶去

63

现场了。"

"需要我们去吗？"赵晓楠的目光下意识地看向右手边自己正在充电的手机。

小九摇摇头："不用，分局接的案子，只是死者的身份有点特殊，是今天早上安平大桥那个案子的死者的父亲。"

"你说什么？"

"你没听错，李哥刚才说了，死者就是咱后面房间里躺着的张凯的父亲，我都不知道说什么才好了，今晚看来又得搞个通宵了。"小九转头看向赵晓楠，目光若有所思，"师姐，你说，那个死在墓室里的女的，到底会是什么身份？"

赵晓楠吃着馒头，嘴里含糊不清地回答："不知道。这是李振峰和你们的事。"

"你难道就不好奇吗？不对，现在这个是我们的事。"小九一脸的诧异。

"不，我只负责鉴定，不负责破案。"赵晓楠回答得倒是非常干脆。

一个人出生的方式只有一种，死亡的方式却可以有很多种。

上一回听见"张胜利"这个名字，还是在荣华新村社区主任陈姐那里。才过去不到五个小时，看着眼前这个瘫坐在厕所隔间坐便器盖子上，几乎分辨不出本来面容的男人，李振峰的心中有种莫名虚幻的感觉。

盯着看了好久，他回头问道："老陈，你确定他就是张胜利？"

分局法医老陈说:"和他一同来的人辨认过了。不过面部受损严重,还得回去做DNA确认,才能给出结论。"

分局刑侦大队的褚浩云探头说道:"李队,这死者张胜利是和三个朋友临时决定来吃饭的,晚上6点30分到的饭店。他们那桌开始上菜后,被害人没喝几杯就说要上洗手间,结果迟迟没回来,于是他的朋友去卫生间找他,这才发现他被害了。"

"监控都有吧?"李振峰问。

"都有,只是洗手间这边没有。"褚浩云回答,"相关监控我都会弄回去的。"

"你们是怎么知道这个案子和我们市局的案子有关联的?"

"报案者之一是张胜利的律师范伟哲,他提供情况说张胜利的独生儿子张凯今天早晨刚刚遇害,他们今晚碰面吃饭就是谈准备提起诉讼的事。"

李振峰问:"他们知道当事人之一王全宝今天下午已经因病去世了吗?"

"应该还不清楚吧,问的时候没提起这茬儿。"

"我知道了。"李振峰点点头,目光在面前死者身上逗留了一会儿,突然问法医老陈,"他的致命伤在哪个部位?"

老陈伸手一指死者的胸口,头也不抬地说道:"他的心脏被人挖走了,所以才会出这么多血,目前看来他应该死于严重的创伤导致的失血性休克。"

"你说什么?"李振峰一脸诧异,"心脏被挖走了?"他的目光环顾了一下整个隔间:"是生前还是死后?"

"恐怕是生前,"老陈指了指死者的双手、扭曲的面容和旁边瓷砖墙壁上凌乱的血迹擦痕,"有不是很明显的挣扎的迹象,但是具体还得看解剖后的结论,现在我不能完全肯定。"

李振峰猛地直起腰,满脸困惑:"最近并没有听说这方面的恶性连环案,怎么会突然出现这么暴力的案子?"

老陈伸手整理了一下死者的头发,露出了他那被永久定格的惊恐的面容:"李队,虽然人的心脏停止工作后人的意识也会随之丧失,但是你看看这张脸的表情,真是见鬼了啊!"

听了这话,李振峰若有所思地点点头:"你说得对,老陈,不过,我还有个问题,这张胜利的身高有多少?这样的身高体形会很容易被人制服吗?"

"死者身高在一米八左右,看体形在一百六十斤上下,遇害时衣裤完整,并没有在上厕所,周围擦蹭痕迹明显……来,搭把手,帮我把他侧过身来。"老陈把手套递给李振峰。

两人在狭小的隔间内费劲地把尸体侧过了身,让他的后背完全露在外面。

一处锐器伤口赫然出现在两人面前,位置就在死者后脑枕骨上。老陈叹了口气:"我们人的颅腔和椎管就是靠这个枕骨大孔相连通的,脑和脊髓都在这个位置。这一刀下去,只要刀刃足够长,足以让人瞬间失去行动力。"

"能看出是什么样的凶器造成的吗?"

"单刃锐器,刀刃长度应该在十五厘米左右。"

"后颈部的这一刀会不会导致受害者马上死亡?"李振峰问。

"不会,但是会使他出现行动受限、意识障碍和昏迷状态,看来这凶手不是个普通人,手法太干脆利落了。只是,李队,"老陈抬头看着李振峰,"儿子早上刚死,老爹晚上就被人杀了,还拿走了心脏,这一家到底造了什么孽啊……等等,你们市局接不接这个案子?"

"肯定得接,但是赵法医目前恐怕脱不开身。"李振峰说道,回想起小九严肃的表情,他不禁心里犯起了嘀咕,"南江大学后山工地那里出了案子,据说是快三十年前的案子了,挺棘手的。"

"三十年?后山?那里以前不是南江卫专的老校址范围吗?"老陈脱口而出道。

"南江卫专?"李振峰还是第一次听到这个名字。

"是啊,全称叫南江卫生高等专科学校,以前挺有名的,2000年的时候被并入了一墙之隔的南江大学,改名为南江大学医学院,学校的学历性质也就升级为本科了。我刚开始干这行的时候,还去那里旁听过几次。南江卫专当时挺出名的,有很多出名的老师,可以算得上是当年专科中的'985'。"老陈说道。

"原来那里还有这么一段历史……对了,说回这里,你现在能确认死者是进来上厕所的吗?"

老陈仔细查看了一下死者的裤子,尤其是裆部和臀部,在确认没有排泄污物后,又看了看前门纽扣,完好无损,并且没有血迹或者生物液体残留,这才摇摇头:"不是,他不是进来上厕所的。"

听了这话,李振峰脸上的表情微微有了些许缓和:"原来如此，我知道了，谢谢你，老陈。尸体你先拉回去，我这就去向马处汇报，看下一步怎么做。"说着，他转身退出了男洗手间的隔间。

回到外面大厅，大厅里闹哄哄的，先前跑出去的食客都被逐一带了回来，由派出所的警察进行现场登记和简单了解情况。身材矮胖、头顶微秃的饭店经理站在褚浩云身边，又是哀求又是抱怨，后者摇摇头，一脸的无奈。

李振峰凑到褚浩云耳边说道："叫你们技侦的过来吧，同时把监控视频和陪同张胜利前来吃饭的人统统带回你们分局去，详细问下情况。我回市局做下汇报，我们电话联系。"

褚浩云做了个"OK"的手势。

走出天海饭庄的时候，时间已经是晚上9点多了。在案发现场逗留了一个多钟头，李振峰虽然着急回单位，但是在开车回去的路上，还是不自觉地绕道把警车开上了安平大桥。看着白天出事的地方离自己越来越近，他索性把车停在了路边，拉开车门走下车，站在车门边向桥边的陡坡位置看去，陷入了沉思。

隔着一条马路，那里正是早上张凯最初攀爬桥梁的地方。

早上在这里发生的一切看似只是一场意外，实则处处透露着有意而为的迹象。张胜利之死暂且不论，目前为止张凯"意外死亡"事件中相关的当事人都已经死了，暂时没有办法直接证实王全宝与张凯之间的真实关系，自然也就找不出他身后的关系人到底是谁。

目前看来只有一点明显不合逻辑，那就是王全宝为什么提前住院，提前回家，甚至提前计划好了一切，还在第二天早上又步行来到桥边？他为什么会这么笃定，就好像知道要发生什么事一样。

要知道从荣华新村到安平大桥事发地点虽然直线距离不超过两公里，但是真要步行到达目的地的话，也要穿过三个居民区，途中经过好几个上下坡，地形非常复杂。按照王全宝那样的身体状况，无论是否打了止痛针，都不可能像个健康人那样轻易走完这一段路。

再说了，按照杨富贵的意思，王全宝应该直接去星星酒吧门口才对，他怎么知道张凯会在安平大桥出事？老人的行为完全不符合常理。

想到这儿，李振峰转身朝引桥方向看去。从荣华新村到星星酒吧之间明明有公交车可以直达，根本不必经过安平大桥桥面，老人却直接出现在了大桥的另一个方向。正是从那个位置出现意味着老人是步行到达现场的，而且时间节点掐得非常准。

星星酒吧所处的位置非常复杂，一个没喝醉的人身处其中尚且分不清方向，而喝得醉醺醺的张凯竟然会在短时间内迅速选择了一条最不可能的逃跑道路——不顾一切地奔向引桥方向的快车道，中间从未停下脚步犹豫观望，而是一口气直接爬上了桥梁。

这么清晰的辨别能力，他到底有没有喝醉？抑或，他根本就不想逃跑？

而最关键的一点是不只张凯的手机，就连王全宝的手机也找不到了。难道说在桥上的时候不小心掉下去了？一部手机还

69

可以解释，两部手机同时掉下去？也未免太巧合了点儿。

想到这，他摸出兜里的手机，拨通了丁龙的电话："兄弟，忙不？不忙的话帮我查两个线索。第一，帮我找到王全宝出现在桥上之前的行走路径，从荣华新村门口开始，越详细越好，时间是早上5点到6点30分之间，帮我把这个时间线和路径重合起来。"

"没问题，李哥，第二个呢？"

"帮我查一下王全宝的手机通信记录，通话时长超过五分钟的。你同时查看现场的监控视频，看一下桥两边围观的人群中有多少个在打电话的，逐一登记下来，落实到人，越详细越好。我现在就在安平大桥上，马上回单位。对了，同时也查一下张凯的手机通信记录，至少拿到三个月内的，然后逐一排查可疑的地方。"李振峰逐一仔细叮嘱。

交代完下一步工作后，李振峰挂断电话。他转身打算回车里之前，又抬头看向马路对面，这时候的安平大桥上偶尔有散步的行人走过，三三两两的，经过那个位置的时候，也有人伸手指点窃窃私语，但是没有人为此专门驻足。除了李振峰，和距离他不到十米处的一辆黑色摩托车，后者不只是在看安平大桥，似乎更为关注李振峰这个方向。

在李振峰的印象中，这辆摩托车从天海饭庄门口就跟上了自己，时断时续。刚开始他没有注意，因为路上的车辆实在太多，但是上了大桥后，车辆就少了。

摩托车骑手戴着头盔，头全被包住了，根本看不出长相，可那双躲在黑色头盔后面的眼睛给李振峰带来了深深的压迫感。

目光落在那黑色头盔上，李振峰心中一动，下意识加快脚步径直向对方走去，心里盘算着找个什么理由让对方摘下头盔再说。

果不其然，就在距离被缩短至不到五六米的时候，回过神来的骑手飞速驾驶摩托车掉头就走。

李振峰停下脚步没有追赶，他知道自己此刻即使开车去追，追上的机会也并不大。更何况从摩托车的轰鸣声他可以判断出这是一辆经过改装的摩托车，马力明显增强了许多，加上摩托车驾驶的灵活度，自己的警车在它面前完全没有优势。

李振峰有一种直觉，这人与张凯案肯定有关系，他还会出现的。

回到警车内，他看了下时间，现在是晚上9点42分，摩托车是朝着工业园的方向行驶的。李振峰也不再多停留，驾车继续朝安平路的方向驶去，同时打电话给丁龙，交代他从监控中找到这辆黑色摩托车。

通过刚才在桥上的现场复勘，他确定张凯之死绝对不是一次偶发事件。王全宝不仅有同伙，这个同伙还非常厉害，而且很有可能就是主谋。

回到单位后就接到了开会通知，李振峰挂断电话，刚站起身离开工位，丁龙就从自己的工位抬头，一脸诧异地看着他："等等，李哥，张胜利改过名。"

"改名？什么时候的事？"李振峰问。

"1993年6月，原名叫朱海。"

"1993年，那时候他多大？"

"二十二岁,理由是父母离异,跟着母亲生活,所以改了姓名。他生父叫朱晨光,生母叫张芳。"丁龙回答。

"继续查。"李振峰皱眉,伸手接过丁龙递给自己的两张打印纸,"这上面就是我要的东西?"

"当然啦,李哥,我办事你放心。"丁龙笑了。

"谢啦,兄弟。"李振峰脚步匆匆向办公室外走去。

丁龙追了出来:"我差点忘了,李哥,刚才赵法医打电话来说会议她暂时不参加了,和小九两人今晚要加班把南江大学的尸检报告弄出来,得做面部人像恢复,你跟马处说一声。"

"知道了。"李振峰本来不错的心情突然变得怅然若失起来,他下意识地看向窗外漆黑的夜空,今晚没有星星,又是一个漫漫长夜。

晚上10点,安平城郊工业园区的夜宵一条街上,锅气蒸腾,三三两两的工人很快便占据了各个夜宵摊点,笑声、说话声不绝于耳,这样的热闹场景会一直持续到凌晨5点多,有些摊主还会顺便开始卖早餐。

一辆黑色无牌摩托车在最靠街道尽头的一个摊点旁缓缓停下。这个摊点因为距离工厂大门比较远,没多少食客,五六张简易塑料桌旁只稀稀拉拉地坐着几个客人,各自埋头吃着,无暇他顾。

车手娴熟地把车停在路边,摘下头盔,停下脚步环顾四周。终于,他的目光落在了其中一位身穿工作服、面容憔悴、上了年纪的男人身上,脸上顿时露出了笑容。他紧走几步来到男人面前的简易桌旁坐了下来,开口问道:"叔,你来得这么早?"

老头扫了他一眼,目光中满是笑意:"反正睡不着,就索性出来坐坐,喝点东西。对了,阿城怎么知道我在这儿?"

"猜的呗。叔,我今天心情不错,陪你喝几杯。"阿城微微一笑,伸手拿过啤酒瓶,在面前的空碗里倒满,仰头一饮而尽。

"喝慢点。"老头叹了口气,"喝快了对身体不好。"

阿城似乎没有听到老头的善意提醒,放下碗,看着对方,平静地说道:"叔,家里的狗喂了吗?"

老头眉毛一挑,头也不抬地说道:"当然喂过了,它们今天胃口出奇地好,吃了很多。"

听了这话,阿城的目光中闪过一丝亮光,凑上前轻声说道:"叔,谢谢你替我照顾它们。"

老头笑了,语气中满是无奈:"傻孩子,狗好得很,你就不用担心了。"他伸手指了指路边的摩托车:"以后啊,开这车要小心点,注意安全。"

阿城笑了,或许是酒精的缘故,他笑得很开心。

临近午夜,安平路308号大院内静悄悄的,唯有办公楼里灯火通明。

案情分析会议室里坐满了刑侦处各个部门的人,原来是白板的墙上多了一块液晶屏幕,视频连线接通后,分局案情分析会议室里的实时状况便被清晰地呈现在了液晶屏幕上。

这次会议的重中之重是讨论张胜利遇害案。分局刑侦大队的褚浩云首先发言:"我先详细介绍一下张胜利遇害案的接警经过。今天晚上7点前后，110接警中心共接到12通内容相同的群众报警电话，均反映位于本市解放路218号的天海饭庄男洗手间内发生杀人命案。我单位奉命出警，到达现场的时间是晚上7点16分，同时安排相关单位在案发地点周边进行设卡盘查过往可疑人员，并进行群众走访工作，直至此刻以上工作均暂未取得有效进展。"

褚浩云接着出示了一张天海饭庄内部平面图："天海饭庄位于解放路末端与淮海路相连的中心岛附近区域，总共上下两层，大厅可容纳二十桌散客，包厢有五个，都在二楼。案发时，只有一个包厢内有客人，其余四个均是空置状态，大厅有八桌客人。本案受害者张胜利与三位同行客人临时决定前来用餐，到店时间是6点30分前后，因没有提前预订，被安排在大厅靠窗一侧的桌面用餐，桌号为2号。他们点单结束的时间为晚上6点38分，是张胜利用手机扫码点的单。饭庄内部监控显示，晚上6点45分开始上菜，受害者张胜利在6点47分的时候喝了当晚唯一的一杯酒，接着便起身前往饭庄左侧的洗手间区域。洗手间区域没有安装监控设施，而且该区域内有盲区，无法完全覆盖到。询问过饭庄服务人员，证实总共有四个通道可以在不被监控看到的前提下进出洗手间。"

李振峰听了，双眉紧锁，没有吭声，只是在面前摊开的工作笔记上写下了几行字。

马国柱不满地说道："这样的监控设置还有什么意义？"

褚浩云苦笑着点点头："不错，我在现场时听到这个消息也是一脸蒙圈。饭庄经理说装多了会被客人骂说侵犯隐私，所以就只装了一个，一般安全检查的时候才会开。"

"那后来到底是谁发现的张胜利的尸体？"分局副局长华锋问道，"怎么搞得现场跟炸了锅一样？"

"华局，现场问询结果结合监控记录显示，6点53分，与张胜利一同前去吃饭的律师范伟哲发觉对方还没回来，就站起身离开座位向洗手间走去，而另外两位客人则留在原地继续用餐。就在范律师进入洗手间的同时，洗手间里还有一位男性客人，看样子刚从隔间方便完出来，手上提着一个表面质地类似牛津革的黑色旅行袋。

"范律师冲着洗手间里叫了几声张胜利的名字，没人回答，随即问这个客人。他指了指第三隔间，说刚才有人进去了。这时候，两人发觉地上有血淌出来，便一起想办法打开了隔间的门，这才发现了尸体。"褚浩云回答。

李振峰问道："隔间门锁情况怎么样？"

"没有锁着，之所以一时打不开是被死者前倾的身体抵住了。"褚浩云回答，"两人费了些劲才推开了门，范伟哲回忆说当时那位男食客显然被眼前这可怕的一幕给吓着了，脸色煞白，高声尖叫着冲了出去，这一嚷嚷大厅里顿时起了连锁反应。而他自己也受惊不小，但还是强作镇定打电话报了警。"

"一般的男洗手间不是上下都有空隙可以看得到吗？"政委老方问道。

褚浩云摇摇头："天海饭庄的洗手间不一样，因为地势的特殊性，会比平地高出约三十厘米，进隔间方便时需要跨上一步，所以隔间木门底部没有空当，只有不到一指宽的木门缝隙。而上方因为高出的那一部分,也无法从隔壁隔间爬上去查看出事隔间的内部情况。范伟哲律师回忆说当时就是因为很难全部推开,才玩了命地往里撞,最后把死者的身体撞得向后倒去,这才顺利打开了门。"

"打断一下,褚浩云,你刚才提到说案发现场有四个通道,那四个通道是哪四个?"政委老方问道。

褚浩云在示意图上标了出来:"两个通往后门,是平时供员工上下班专用的通道,第三个通向厨房,倒厨余垃圾用,最后一个是冷库所在的通道,方便冷冻物资进出不用走前门。我又查了这四个通道的外部环境,结果发现厨房后门有一个监控,那里可以通往大街,但是监控中身穿饭店制服的人来来往往实在太多次,虽然经过了后期饭店员工的努力辨别,却并没有发现有什么异样的地方。我问过饭庄经理其他通道有没有监控,他说没有,只安装了这个监控,就是监视员工的。"

"当晚开始营业后到发现尸体前,除去范伟哲律师,共有多少客人进出过男洗手间?"马国柱问。

"视频中显示6点开始晚间营业后,除去范律师,共有三个人进入洗手间,但这三个人都很快出来了,回到各自的座位上继续用餐。"褚浩云回答。

李振峰突然脸色一变:"其间有没有人提着旅行袋进去过?"

褚浩云摇摇头:"这三个客人都是空手进出的。"

"不对,小褚,范律师遇到的那个人是什么时候进去的?是不是这三个人之一?是员工还是饭庄客人?"李振峰问。

褚浩云想了想,回答道:"应该不是员工,因为员工有专门的洗手间,而且员工不被允许进入客人的洗手间,看见一次罚款五百元。我们询问过每个在场员工,他们都能互相佐证自己当时的位置,所以可以排除当晚上班员工作案的可能性。"

"但是不能排除他们把人偷偷放进去了。话说回来,既然不是员工,那你们在大堂查问的时候见到拿旅行袋的那个人了吗?"李振峰伸手一指,"就是范律师在洗手间里见过的那个男人?"

会议室里瞬间鸦雀无声。

镜头中的褚浩云脸色有些难堪,他立刻招手叫来专案内勤,耳语几句后,对方便迅速走出了会议室。

"抱歉,是我们工作上的疏忽,当时现场的环境太乱了,现在相关人员还没有离开我们分局,我们的专案内勤马上去跟进这个问题。"褚浩云哑声说道。

李振峰摇摇头,脸上神情凝重:"人应该早就走了。小褚,你马上通知你内勤,问范伟哲两个问题:第一,对方穿什么衣服和鞋子?第二,去饭庄吃饭这个建议是谁提出来的?"褚浩云点头,站起身快步走出了分局案情分析会议室。

李振峰继续说道:"我们现在要弄明白一个问题,凶手大概率是提前在洗手间做了准备的,那他是如何知道张胜利当晚会出现在天海饭庄,并且一定会上洗手间的?现场找到死者的手机了吗?"

"没有,现场周围都找遍了,也没有发现死者的手机。我们正在和通信公司联系,想办法调取他的通话记录。"分局副局长华锋回答。

"怎么又是一个丢了手机的？"李振峰皱眉，"刚才褚浩云还提到他们一行四人没有预约就去了饭庄，所以只能被安排在大厅靠窗的2号桌。今晚我去过被害现场，也请法医老陈仔细查看过受害者身上的裤子。张胜利如果真的是因为急着去洗手间而突然遇害的话，他的裤子上会有相应的体内排泄物所留下的痕迹，但当时他的裤子上除了少许血迹外，还是很干净的，据此我们可以推断，受害者并不是排泄时遇害的。

"饭庄的男洗手间被分为两个区域，一个是小便池，总共有三个坑位，并排设立，中间没有间隔板，发现尸体的是隔间，一般是上大号的时候才会使用。我当时注意到外面现场没有打斗的痕迹，而除了从第三隔间门缝流淌出来的那一段血迹外，外面的瓷砖上也几乎没有任何喷溅血点，也就是说隔间是第一案发现场。结合前面我所说的情况来看，受害者很有可能并不是真要上厕所，而是被约进去的，也就是说凶手知道张胜利去了天海饭庄，为了能达到在隐蔽场所杀害他的目的，凶手用一定手段把张胜利约进了洗手间的隔间里，因为那块区域空间相对独立。"

马国柱皱眉说道："我赞成你的看法，我认为凶手把死者约到了男洗手间，不排除是短时间的非法交易。对了，死者从事什么职业？"

这时候，褚浩云已经回到座位上，他回答道："张胜利有个公司，叫健胜收藏，专营古董，据说赚了不少钱。"

政委老方脸上严肃的神情变得缓和了些："做古董收藏这一行的利润是非常可观的，有一句行话说，平时不开张，开张吃半年。小褚，他们公司都还是正常经营吧？资金链方面都正常运转吗？"

褚浩云点点头："完全正常，还是我们安平的纳税大户。"

老方和马国柱对视了一眼，大家都心知肚明，只要名下公司没有任何经营异常，并且不属于禁毒监控的人员，那么张胜利遇害就与毒品无关。

老方接着说道："古董收藏这一行的水可是很深的，我有个老朋友，文管单位的，他说古董收藏这门生意里不只有大量假货存在，更是充斥了很多来路不明的非法物件儿。由此看来，不能排除有人以出手的名义私底下与张胜利碰面交货，结果导致张胜利被杀。"

李振峰摇头："政委，死者手机丢失是一个重要因素，如果死者的心脏没有被人现场挖走的话，那你刚才说的动机成立的可能性就非常大。可实际情况是死者身上的两处致命伤非常少见，一处在后颈部，一处是被挖走了整个心脏，这种作案手法不像是因交货不成而下的手。我刚才就在想，挖心脏的话会有很多鲜血流出，当时范律师遇到的那个人，他当时穿着什么衣服？"

褚浩云回答道："李队，我刚才问过了，范律师说他上身穿着一件白衬衣，脚上是一双皮靴，深棕色的，裤子的颜色也是深色的。"

李振峰在脑海中描绘出那样一个人影，却又突然想到了骑摩托车跟踪过他的那个人，两人之间会有什么联系吗？他的脸色顿时沉了下来，转念又接着问道："那提议去吃饭的是不是张胜利本人？"

"是的，范律师说就是张胜利打电话约的他们，说是为了儿子张凯的事要麻烦大家替他讨回公道。"

"那另外两个陪同他去的人是谁？"

褚浩云回答："一个是他认识很多年的生意合作伙伴，另外一个，身份有些特殊，对外说是咨询公司的人，但实际上是主营私家侦探一类非法业务的人。我们的人是把他们三个单独隔开问的，律师比较嘴滑，扯东扯西；生意合作伙伴那里没得到什么关键线索，只说合作很多年了，算得上是老朋友，两者之间经常有经济往来，也很和谐；最后这个干私活的家伙倒是痛快，全说了，说自己接到张胜利的电话，今晚吃饭，并且要对一个人的背景进行挖掘，但可惜的是到达饭庄后，还没扯到正题上，就出了这么档子事儿，所以他也不知道自己要考察的目标到底是谁。"

李振峰听了，抬头看向褚浩云："小褚，现在看来张胜利突然请三个朋友去天海饭庄吃饭的目的不简单啊！范律师对你一定有所隐瞒，他没有把张胜利告诉他的事向你和盘托出，你可以在这个点上继续深挖。而且，我认为这个范伟哲律师应该深受张胜利的信任，刚才政委也说了，干古董收藏这一行的，风险大，身边需要有个信任的律师。我建议你今晚和这个范大律师好好聊聊，让他知道在这个节骨眼上再为已经去世的客户隐瞒关键线索而导致案情调查受阻的话，事后可是要付出法律代价的，这种砸饭碗的后果他不会不知道。"

褚浩云笑了："谢谢李队指点，我知道怎么做了。还有天海饭庄所有的监控资料我刚才都已经给你们发过去了。马处,那今天就到这儿,回头我这边有进展了,我们再连线跟进下一步的工作。"

"好的,保持联系。"马国柱应声按下了结束连线的按钮,转身看着李振峰,"你到底是怎么看出来这个律师有问题的?"

李振峰微微一笑:"利益。"随后伸手接过罗卜递给自己的那两张打印资料,向大家示意,"这是我嘱咐小丁帮我整理的王全宝的行动路线与时间线、王全宝手机的使用情况,下面我分别讲述一下。"

"第一,王全宝的手机,我们在现场和他家里均未找到,不排除被他本人处理掉或者被别人拿走的可能。我们在医院登记记录里找到了王全宝的手机号137*******2,已经与通信公司核实过了,这个手机号已经使用了十一年,虽然平时打电话不多,但其间也没有欠费的情况。我们调取了三个月内的手机来往通信记录,发现只有一个号码与之通过话,且都是打入电话。总共通过四次电话:第一次是7月25日,时长是57秒;第二次是9月8日晚上9点30分,通话时长为12分钟;第三次是9月9日早上5点02分,时长是3分02秒;最后一次时间比较久,总共13分钟,通话时间是从早上的5点47分到6点整。结束通话后没多久,王全宝就上了桥面,6点13分钻过警戒带,6点18分准备攀爬,6点24分顺利开始攀爬,后来的事情大家就都知道了。"

"那这次通话是手机接到的最后一个电话吗?"政委老方问道。

"是的。对方号主相关使用信息和身份证件与本人匹配不上，经证实身份证遗失过，应该是被盗用了。而且事发时根据基站信号锁定，电话就在大桥附近，也就是说，他很有可能看着老人爬上了桥。"说到这儿，李振峰一声叹息，"只是有件事很遗憾，监控显示当时安平大桥上有很多人在打电话，还有很多车辆，无法逐一确认到底是哪一个，也就没有办法锁定具体嫌疑人。"

"那有没有从对方号码的使用情况去倒查呢？"

李振峰点头："查了，那号码的使用记录显示只跟王全宝有联系，张凯出事后该号码就再也没有使用过了，现在已经销号了。销号所使用的IP登录是在安平市，这人的自我保护意识实在是太强了。"

"这么看来，王全宝就是个工具人。"副局长庞同朝沉声说道，"李队，有没有希望查出王全宝与张凯之间的关系？"

李振峰说："根据保安杨富贵的意思，王全宝是为了一笔所谓的欠款去找的张凯，这个动机可信度并不高。至于他们的关系还得进一步侦查。"他转头对身边坐着的罗卜说道："明天你去了解一下张凯的社会关系，再走访一下他的住处，也就是国联大都会那里，还有张凯的父母家，看看他们有没有见过王全宝。等等，你先和分局褚浩云联系一下，叫他们找范伟哲律师做个画像模拟，就是男洗手间中他接触的那个人，同时把画像也给张凯的社会关系做一下辨认。"

罗卜点头，拿笔记下了要点。

李振峰清了清嗓子，接着说道："第二份资料可以和第一份的通话记录相互匹配上，并且是一条完整的时间线。"他展示了一下丁龙整理的视频资料，视频中王全宝不慌不忙地走在马路上，在5点47分时接了电话，边走边说着什么，然后停住看了一下眼前的路，直接朝安平大桥走去……

马国柱问："难道说那家伙也在蹲点？他发现了你们，就通知了王全宝？"

"从事件发展来看，是的。"李振峰面露焦虑的神色，"星星酒吧附近来往的人员太复杂了，更可恶的是，这家伙自己不出手，却选择让一个老人出面。"说到这儿，他皱眉看向马国柱："我想不明白的是，这家伙到底是怎么说服一个快要死的老人心甘情愿帮他杀人的？"

政委老方摇摇头，说道："如果一个人替别人杀人，肯定有什么渊源。李队长，这个案子难度不小啊！"

话音未落，李振峰的脑海中闪过出租车司机所提供的监控视频中王全宝说的一句话——临死前想做点什么就做点什么，就没有遗憾了。

"看来，有人很了解王全宝，刻意指使老人去制造一场看似意外的谋杀。"

听到李振峰突然这么说，在场的所有人都面面相觑，因为对于任何一个正常的人来说，这种行为属实让人无法接受。

这时候，大龙伸手打了个招呼："分局发来的天海饭庄的监控资料整理好了，要传到大屏幕上去吗？"

"传，我要确认一下和范律师一起发现受害者那个人是不是骑摩托车跟踪过我的那个人。"李振峰说道，"他戴了个全包封的黑色头盔。"

"有人跟踪过你?"马国柱惊异地问。

"对,我从天海饭庄出来后他就一直跟着我,直到我在安平大桥下车时发现了他,要过去问他时他才骑车跑了。"

大屏幕上开始播放案发现场附近的监控视频,从视频中可见,从晚上7点03分开始,有好几个食客夺门而出,场面一片混乱。

"停!"画面瞬间被定格在了停车场的一个角落里,有个男人奔向一辆摩托车,由于画面中只能看到一个后轮,所以无法确定摩托车的具体型号。

"放大他的鞋子和裤子。"李振峰说道。

大屏幕上的男人穿着一双深色的皮靴,手里提着个包。

"还真是那家伙!大龙,还有再清晰一点的画面吗?他是从哪个位置跑出来的?大厅里有没有探头能够看到他的正脸?"

大龙皱眉摇了摇头:"他一直躲着监控探头,前面的我都看了,他始终低着头。那件深色皮外套是在快要冲出饭庄的时候穿上的,在这之前从探头前一晃而过的时候,他上面都只穿着一件白衬衣。"

副局长庞同朝盯着屏幕看了一会儿后,出声说道:"看来他提前踩好点了。接着放吧。"

果不其然,在接下来的视频中,这辆黑色摩托车在探头前一闪而过,骑手的头上果然戴着李振峰刚才提到的那种全包封的头盔。

"在警察到达现场前,没人会限制他离开。"李振峰伸手一指屏幕,摇摇头,"他算得很准,似乎一切都在他的计划中。结合死者身上的伤口来看，这人的背景肯定不简单。"

马国柱问："我相信如果没有他那一嗓子的话，现场不会这么乱。但是他为什么跟着你？"

"可能是因为这个吧！"李振峰指指自己身上穿的警服，"我的出现，可能在他的预料之外。"

"你离开饭庄案发现场是9点过后，而视频中摩托车离开的时间是7点前后，他跟着你，那他是在马路对面非监控区域蹲了你两个多小时吗？"马国柱苦笑着摇摇头，"真搞不懂这些人的思维方式。"

"齐倩倩那边有没有什么新的线索？"庞同朝突然开口问道，"我们可不能放松进度，她老家那边的家属已经开始动身往这儿赶了。我们必须得尽快给家属一个交代。"

"明白，放心吧，领导。"马国柱点点头，"车辆研究所的徐工和他的团队正在实验室里加班加点，今明两天应该就能出结果。而且我联系了原田路周边的派出所和村委会，让群众帮忙一起在野外找一下，拉网排查，毕竟人多力量大。"

"我记得原田路口那段海堤虽然很高，但是那边有个凹口，海水会在那里回旋，如果有重物被丢进那里的话应该不会被冲得太远。"庞同朝皱眉说道，"希望能尽快找到那姑娘。"

马国柱最后对案情分析会做了总结，强调说要对张凯和张胜利父子俩进行深度挖掘。同时图侦组围绕解放路218号所有的监控资料再次过滤一遍，倒推，争取查出摩托车的来路，结合李振峰在安平大桥上与之相遇的过程，尽量查明摩托车骑手的真实身份和背后的动机。

散会后，众人纷纷走出会议室。李振峰却并不急着离开，他长长地打了个哈欠，来到老领导面前，说道："马叔，你今天和政委两个人在办公室里嘀咕了很久，是不是在说南江大学那档子事？刚才在案情分析会议上怎么不提一下呢？"

马国柱瞪了他一眼："你小子也对我搞偷听这手？"

李振峰乐了："咱这破地方，墙壁都透风，根本就没有秘密可言。"

马国柱听了这话，也没发脾气，只是淡定地把茶杯里残存的茶叶沫子悉数倒进垃圾桶，一边头也不抬地说道："南江大学那事儿可不是件小事儿，毕竟都快三十年了，我们必须得等法医那边出结果定性才能正式着手调查。再说了，命案这种事，时间越久，难度就越大，所以行事不能太高调，到时候即使调查，也得低调行事，越少人知道越好。"

"马叔，到时候把这案子交给我吧。"李振峰认真地说，"保证高效完成任务。"

马国柱微微一怔，随即笑了："你这小子，不休息啦？"

"没事儿，不休息。"

"师父现在身体还好吧？"马国柱问。

"身子骨好着呢。"李振峰轻轻一笑，接着回答道，"老头现在天天锻炼，一天都没落下。"

两人的脚步声在走廊里渐渐远去。

一轮秋月挂在银杏树梢，秋风乍起，夜凉如水。

第四章 第二个人

你让我生活在地狱,我就毁掉你的天堂。

夜深了，郊外的小屋，昏黄的灯光下，两人席地而坐。中间放着一张折叠小桌，上面有两只塑料杯，一碟花生米，一盘卤鸡爪。

老头拿起酒瓶把自己面前的两只空塑料杯都倒满了酒，最后，把空了的瓶子用力晃了晃，这才叹了口气，把瓶子放在地上。

"最后一杯了。阿城，天也不早了，喝完就在我这睡吧，明天一早再走。"

阿城摇摇头："不成，叔，我明天去工地前还有事要做。"说着，他拿起塑料杯仰头一饮而尽，咧嘴苦笑道："叔啊，下回别再买这么难喝的酒了，伤胃。"

老头慢悠悠地回答："傻孩子，酒都伤胃，这世上就没有不伤胃的酒，明白吗？再说了，叔都喝一辈子了，习惯这东西一旦形成，就很难再改变了。"

阿城笑了，站起来嘀咕了句："我进去看看。"说着，便走进了后面的房间。这是他每次来都要做的事，但停留的时间从未固定过。

老头没吭声,依旧平静地吃着花生米,眼神变得晦暗。

脚步声又一次响起。"我走了,叔,下回再来看你。"话音刚落,院子里便响起了摩托车启动时沉闷的响声,很快,车声逐渐远去。院子里的两条混血罗威纳犬冲着远处发出了依依不舍的嘶鸣声。

老头无声地摇摇头,站起身,也走向后面的房间。他打开灯,靠在门板上,看着墙上密密麻麻的照片和备注,目光变得深不见底。

和上一次相比,墙上明显又多了几张照片,角度各不相同。有的是古墓挖掘工地,有的是骸骨,最后一张照片却是个陌生的中年男人,鼻梁上架着眼镜,背景是间明亮的办公室。

看来下一个目标已经被锁定了,老头感到了一丝悲哀。

至于说事情的性质到底是从什么时候开始发生转变的,他不知道,但是有一点他很清楚,那就是有些人、有些事,经过岁月的蹉跎就再也回不到从前了。

他的目光又回到那张骸骨的照片上,久久地不愿意离开。

天快亮了,街边的路灯开始次第熄灭。

榕树湾小区里响起了保洁员清扫地面落叶的沙沙声,鸟叫声掠过枝头,有三三两两的老人陆续出来锻炼身体,认识的互相打招呼,聊几句家常,脸生的也彼此点头打个招呼。

住在8号门102的老纪上周刚办完退休手续,自从不用上班后,他每天早上准时4点50分起床,5点出门,绕着小区走上两圈，然后在河边打一会儿太极，最后再去对面菜场买点菜，等回到家，一个早上就这样过去了。

今天也是如此，但是老纪没想到，这一次出门后他就再也回不了家了。

谁都说不清楚那天早上到底有没有听到男人的惨叫声，但是随后的一声巨响却让人印象深刻。现场没有目击证人，因为那是天空似亮非亮的时候，大部分人还在沉睡中，大部分窗户也是关着的。但倒在血泊中的两个人早已没了气息。

只有物业保洁员齐根发闻声赶来。眼前的一幕让他头皮发麻，他丢掉手中的扫帚，声音颤抖地连连叫着："死人了，死人了！快来人啊……"

老纪死了，死在离家不到十米远的小区路上。与他一同躺在血泊里的人也很快被小区居民认了出来，是住在8号门802的许大鹏。

瞬间，榕树湾小区宁静的早晨被撕扯得支离破碎。

经过一夜的折腾，电脑屏幕上终于出现了一张略带秀气的年轻女人的脸。

小九揉了揉发酸的眼睛："师姐，长头发还是短头发？"

后面隔间里传出了赵晓楠的声音："半长不短，齐肩发。"

"戴眼镜了吗？"

脚步声在身后响起，赵晓楠走出隔间，摘下手套丢进黄色垃圾桶："现场没有发现。好了吗？"

"好了。"小九把椅子向后退了一下，然后伸手指了指自己面前的屏幕,"就是这个,从目前的数据来看,和本人颅骨影像吻合度可以达到70%以上。"

"你进入户籍数据库查一查,看看能不能匹配上。"尽管知道能成功匹配上的概率微乎其微,赵晓楠依旧心有不甘。三十年前正值第一代身份证推行时期,数据库是不完整的,但这并不妨碍对其血亲后代和近亲属的人像进行搜索匹配。看着电脑屏幕不断闪烁的数据,赵晓楠有些担忧:"能成不?"

"不知道。"小九摇摇头,"试试吧,师姐,说不定会有所收获。但这需要时间,运行一天一夜都有可能,本省找不着的话,再进国家户籍数据库找找,只要不是外国人,就有希望。"

"辛苦你了。"赵晓楠抬头看了眼墙上的挂钟,又看了看电脑屏幕,"食堂开门了,小九,你去吃点东西吧,这里交给我就行了。我把尸检报告准备一下,今天上午还得去南江大学挖掘工地,时间会很赶。"

话音刚落,手机响了,赵晓楠心一沉,屏幕上显示是分局法医老陈的电话。她催促小九赶紧走,同时坐下接起了电话:"老陈,出什么事了?"

"赵法医,南江大学工地的事儿处理得怎么样了?进展顺利吗?"法医老陈问道。

电话那头的背景很嘈杂,有很多人说话的声音,中间还夹杂着女人痛苦的号哭声。

赵晓楠知道老陈在这个时候突然打电话过来,肯定不是打听南江大学的案子那么简单,必定是出了什么事需要帮助,却又不好意思直接说,便索性客套地问候一下。她嘴角微弯,平静地说:"老陈,开门见山吧,是不是你手头的案子和市局的案子有关联?"

果不其然,电话那头老陈的声音略微停顿了一下,说道:"赵法医,那我就不兜圈子了,今天早上又发生了一起伪装成意外的谋杀案。昨天晚上天海饭庄的事你已经知道了吧?"

"我知道,昨晚加班的时候我同事跟我提了一下,两刀,挖了心脏,只是没详细说死者的身份,因为那案子目前还没到我们这儿。"赵晓楠回答,"难道你说的这起和那一起有关?难不成害者也是丢了心脏吗?"

"还真就是。不过后果更严重,因为尸体从高空坠落的时候把一个无辜路人给砸死了。"老陈无奈地说道,"你听听,我身后的哭声就来自情绪失控的家属。"

"老陈,胸口处的作案手法完全相同吗?如果真的是连环杀人案的话,频率间隔未免也太短了点儿。"赵晓楠不安地说道,"连二十四小时都不到。"

"两起案子中两具尸体上创面的位置和形状完全相同。"老陈回答,"我的意见是可以认定是同一个人干的,模仿的话做不到这么精确。"

"也许还有下一个受害者。"赵晓楠小声嘀咕,她向后靠在椅背上,想了想说道,"老陈,需要我通知李振峰吗?"

"你跟他说吧。"老陈的语气中充满了担忧,"赵法医,从这熟练的手法来看,凶手应该专门训练过,可能已经形成了肌肉记忆。我现在马上把尸体运回分局,有时间的话你过来看一下吧。"

"没问题，"赵晓楠瞥了一眼面前电脑上的人像复原图，"我今天肯定抽时间过去。"

她刚要挂电话，老陈突然叫住了赵晓楠："等等，赵法医，李队有没有跟你说过南江医专的事？"

"还没有，怎么啦？这所学校我好像都没听说过。"赵晓楠回答。

老陈想了想，说道："你们现在去的南江大学挖掘工地，三十年前属于南江医专所在地，那是安平一所很有名的医学高等专科学校，与南江大学仅一墙之隔。我昨天专门回去查了以前的资料，1998年南江大学要规制升级，因为缺乏专门的医学院，就把一墙之隔的南江医专给合并了，墙当然也就拆了，现在叫南江大学医学院。当年我下基层之前，专门去南江大学医学院听了足足一个学期的实操课。"

老陈和赵晓楠不一样，他并不是法医专业出身，而是半道转行。当年基层严重缺乏法医，所以就从本地医院招了一批人过来，老陈曾经在医院病理科工作，还算有一些基础，就这样转行当了法医。

"老陈，墓室内发现的死者是个年轻女人，年龄在二十二岁到二十七岁之间，没有生育过。你还能记起那段时间学校里有没有人失踪吗？"赵晓楠追问道。

"时间太久了，我当时只是个旁听生，听完就走，对学校发生的事一无所知。"老陈的声音中透着一丝遗憾，"况且也不能肯定死者就和他们学校有关，你说对不对？"

"没错，当务之急是尽量先把尸源确定。"赵晓楠轻声说道，

"老陈，麻烦你把两个现场的尸体全貌照片各发一张给我。"

"好的。"

电话挂断没多久，手机便显示有照片传送过来，赵晓楠逐一点开，顿时明白了刚才老陈语气焦虑的原因——两张照片，死者虽然姿势不同，但是他们胸口的创伤真的是一模一样。

在有合适工具的前提下，这个世界上只有两种人能熟练地把人的心脏挖走……

为了赶时间，罗卜没在单位吃早饭，空着肚子又一次骑上了从巡特警大队借来的警用摩托车，一溜烟地驶出了安平市公安局，直奔荣华新村。

不到一刻钟的时间，罗卜就来到荣华新村小区门口。他将车停在之前有人站着的那根路灯杆下，然后从兜里摸出了几张照片，比对着电线杆所在的位置，确定无误后，又翻看从凯丽蛋糕店查到的截屏资料，两相结合锁定方向。

多亏图侦组连夜一遍遍一帧帧地翻看视频，直至半小时前终于从凯丽蛋糕店的监控中发现了一个线索——路灯杆下的那个人虽然背对着监控探头，但是在王全宝所乘坐的出租车到达前半个小时左右，嫌疑人似乎做了一个往地上扔东西的动作，然后用右脚碾搓了几下，看着像是在踩灭烟头。所以，罗卜想尽最大努力看看能不能找到那枚可能存在的烟头，固定证据。

罗卜戴上手套后就在这段不超过五米的人行道上地毯式搜索起来。每走一段，心就凉上几分，因为目光所及之处均被清扫得干干净净。

正在这时,耳畔传来一个小女孩稚嫩的声音:"警察叔叔,你在找钥匙吗?你也弄丢了钥匙吗?"

罗卜应声抬头看去,眼前站着一个十来岁的小女孩,穿着校服,扎着羊角辫,脸上戴着矫正眼镜:"警察叔叔,你到那儿去找吧,阿姨每次清扫完大街后都会把所有垃圾堆放到那里去,上午才会有车来拉走。"说着,她伸手朝后面小巷的位置指了下,"里面有间小房子,就在巷子口,是堆放垃圾的地方。"

罗卜吃惊地看着她:"小妹妹,你怎么知道的?"

小女孩的脸上露出了稚气的笑容:"我上次弄丢了班级的门钥匙,急着回来找,就遇到阿姨了,是阿姨跟我说的。叔叔,别急,慢慢找,一定会找到的。我上学去啦,叔叔再见!"

看着小女孩背着书包在早晨的阳光中逐渐远去的背影,罗卜的脸上不由自主地露出了笑容。他赶紧转身向小巷走去,果然,刚拐进巷子,眼前便出现了一个深绿色的简易板房,一位年过五旬的中年妇女正在门口忙碌。在得知罗卜的来意后,她伸手指了指最里面的一个小垃圾袋:"今天垃圾不多,在那一片我只扫了这么多,你说的烟头之类的我倒是没有印象,警察同志,你都拿去吧。"

罗卜接过垃圾袋打开后,一无所获。

罗卜谢过中年妇女,走出了简易板房。或许是因为昨天晚上没好好休息的缘故,从光线昏暗的地方猛地出来,罗卜一时之间竟然找不到自己要走的方向了。他茫然地看向左右,突然愣住了,因为这条巷子是左右贯通的,自己的对面是一人半高的围墙,围墙里是荣华新村,灰色的六层楼建筑交错林立。这条巷子拢共也就不到三十米的长度,仔细辨别的话还能看出它原本是一条岔道,只是路两旁的民房开始建造以后,空间变得狭小,现在看上去就跟一条巷子差不多。

保洁阿姨也从身后的板房里走出来,见状不由得笑了:"警察同志,你要出去是吧?喏,朝右边走,右边是你进来的方向,那边有块下马石,得绕过去才行。那块该死的石头会让不熟悉这里的人产生错觉,以为那边是堵墙,结果就迷路了。"

"等等,阿姨,那边是通往哪里的?"罗卜伸手朝巷子左边一指。

"哦,开元路,出去就是安平大桥桥底,穿过桥洞,再过去几站路就到了九龙桥,从那儿到对岸就是工业园区啦。"

"那从开元路能直接上安平大桥吗?"罗卜听到了自己心跳的声音。

保洁阿姨怔了一下:"警察同志,那边上不去的,你不知道吗?我们这边要去安平大桥的话,只能穿过前面的公交站台到马路对面,再穿过木须园小区,还得过个小菜市场,才能看见天桥人行通道。"

"阿姨,你住这儿?"

保洁阿姨笑了,摇摇头:"这板房没法住人,我在对面的荣华新村租了个单间,很便宜的,才三百块钱。这里的人租房子都在荣华新村租,价钱比对面的木须园小区便宜了一半都不止呢。"

听了这话,罗卜心中一震——从凯丽蛋糕店的监控可知,直到第二天早上6点30分事发为止,都没有看到那个等候王全宝的人从小区出来的画面。而那个人在当晚10点30分之前就已经出现在路灯杆下了，他足足站了一个多钟头，当时还以为他就住在荣华新村，因此才没看到他在当晚离开的影像。那要是住在这里他为什么不直接去王全宝家门口等呢，而偏偏要到新村口？为什么要等这么久？

荣华新村只有一个出入口，就是前门处，而离路灯杆最近的就是这条巷子。昨天他和李振峰来这里走访的时候，因为不熟悉地形，再加上那块下马石的影响，没注意到这条巷子的存在。罗卜一边沿着巷子朝左边快步走去，边掏出手机给李振峰打电话，将这个情况如实告知了他。

"等等，那个路口叫什么名字？"李振峰在电话那头急切地问道。

说话间，罗卜已经来到小巷连接开元路口的位置，远处不到三百米的地方果然就是高耸的安平大桥中段。看着路边白底蓝字的路牌，他不由得深吸了一口气："李哥，连云街，这条小路的名字叫连云街。"

"好的，我马上安排大龙查那附近的监控探头。"李振峰问，"你等下直接回单位吗？"

"回。但烟头还没找……"话还没说完，他突然想到了当时在王全宝家闻到的烟草味，马上对李振峰说，"我要再去一趟王全宝家。"挂了电话后，罗卜再次进入王全宝的家里，挨个屋搜查，终于在棋盘下找到了半根燃过的香烟。罗卜如获珍宝，将其放入证据袋内，赶回了单位。

丁龙开车把赵晓楠送到了南江大学西门口。

车在路边停下后,赵晓楠下车,在车窗口对丁龙说:"小丁,我先去墓室看看,拍些现场影像证据,最后让他们一起帮忙把尸体抬下来。你在这儿等我就行,要不了多长时间。"

丁龙点头:"赵法医,注意安全。"

赵晓楠提着手提箱穿过众多学生的目光来到后山脚下,在她前面有一个身穿工作服的男人正朝挖掘工地走去,脚步并不匆忙,低着头似乎在思考着什么。

"师傅,你是工地挖掘队的吗?"赵晓楠紧走几步赶上,"我有个事向你打听一下。"

男人停下脚步,转身看向赵晓楠,一眼就认出了她,继而报以礼貌的微笑:"警察同志,有什么能帮你的吗?"

"你能不能先带我去一趟发现尸骸的墓室,我想拍几张照片留档。"赵晓楠晃了晃小手提箱,"我相机都带来了。"

"高主任今天上午不来工地,说市里有个外事活动。警察同志,"男人似乎在犹豫,面露难色,"需不需要我打电话请示一下高主任?"

赵晓楠盯着他看了几秒钟,笑了,掏出自己的工作证出示了一下,然后正色道:"高主任暂时对工地上有关这具尸骸的事务都没有管理权了,从现在开始,这具尸骸和她被发现的地方均由我们警方临时接管和调查。你们手头的工作恐怕要停一下,等尸骸接走后我们的人会马上过来跟你们领导进行交接。对了,你贵姓?"

"哦,哦,我明白了,"男人点了点头,"警察同志,这是我的工作证,我叫欧志城,南江大学历史系的讲师,最近课不多,就被借调来挖掘工地帮忙了。既然这样的话,我这就领你过去。"

赵晓楠把工作证还给了欧志城:"欧老师,麻烦你了。"

"不麻烦的。"

两人一边说着,一边顺着石阶向挖掘工地走去。

"警察同志,你们确定死者的身份了吗?应该就是盗墓贼吧?"欧志城随口问道。

"案件还在调查中,我不方便透露太多,抱歉了,欧老师。"赵晓楠回答道,"对了,欧老师,你在学校工作多久了?"

欧志城下意识地把耳边露出的白发塞进工作帽,脸上露出尴尬的神色:"快二十年了,不温不火的,就混了个讲师,嘿嘿,怪没出息的。"

"你谦虚了,欧老师。"赵晓楠轻轻一笑。

"是,是,警察同志,你说得对。"欧志城连连点头,目光中闪过一丝笑意。

两人来到挖掘工地,换上胶鞋,赵晓楠拿出相机挂在脖子上,随即跟着欧志城朝墓室的方向走去。

他们弯腰钻过警戒线,一走进墓室的墓道,眼前的光线顿时暗淡了下来。

"警察同志,跟着我走,小心脚下。"欧志城小声提醒,"我给你介绍一下,这座墓是一座典型的明朝墓葬,规制是缩小版的藩王墓,具体墓主人是谁,我们还需要根据陪葬品和相关历史资料进行佐证才能确定。

"你现在看到的整个墓室包含前室、中室、耳室和后室四个区域，前面这块就是墓石，上面记载了墓主人的生平，可惜的是墓石已经不完整了，后续还得去查找相关文献补齐。后面这两道是封门墙，前面这道是砖瓦砌的，后面那道是用大石条垒砌起来的。砖砌的这道封门之间灌满了石灰糯米浆，看上去是被封得死死的，但是我们先前进入这两道封门的时候发现墓室被人打开过，只是后来又被封上了。"

"能确定是什么时候打开的吗？"赵晓楠一边拍着照片，一边问道。

"反正不会是古代。"欧志城微微一笑，"封门后面就是前室的石门，这道石门有四米多高。我们在这个石门上方发现了一个盗洞，足够一个身体健壮的人进出，只不过也被封死了，时间至少有三十年了吧，可能还会更久，反正不是现在发生的事。继续跟我朝里走吧。"

接着，他伸手指了指墙上的木门框，说道："这里本来有两扇木门，我们进来的时候已经烂了，没办法只能拆下来抬出去，需要用专业的仪器进行修复。"

跨过残存的木门门槛，欧志城又分别指了指左右的小房间："这里是中室，一些陪葬品已经被清理出去了；两侧是耳室，我们在耳室里发现了很多字画，修复起来可能需要好几年的时间，因为数量实在是太多了。跟我来，后面就是整个墓最重要的部分，后室。"

两人穿过中室向后室走去，后室在整个墓里所占的区域明显是最大的，赵晓楠注意到后室与中室之间也有一道门槛："欧老师，这个门槛是不是意味着这里曾经也有一道木门？"

欧志城点点头："相比前面那道木门，这道木门更加厚重，厚度是前面那道木门的两倍，也被打开过，门后面的封门石整个裂开了，碎成好几块。我们怀疑是被人用小剂量的火药炸开的，火药填埋的地方就在你右手边的墙洞里，那个位置非常隐秘，是建造墓室的工匠用来控制最后这道木门后的封门石的，从火药残留痕迹来看，应该有五十年以上了。肯定是盗墓贼干的。"

赵晓楠皱眉看了看，表示认可："你说得对。"

"因为门后面已经没有了阻拦物，我们很顺利地就打开了这道木门，接着便发现了墓室门口地上的尸骸。"说着，他伸手指了指墓室的青砖地板，上面已经被清扫干净，"这里是后期被我们整理过的，并不是第一时间所看到的场景。尸骨已经被送出去了，就在帐篷里。"

"我知道。"赵晓楠拍完照后，接着问道，"那两扇木门呢？"

"就在外面，等下出去后我带你过去。"欧志城转身指着后面的三个空棺床，"这上面的棺椁都已经被送去清理了，棺床下面是空的，填有黄土，代表着金床的意思，棺椁后面正对着的三个小阁子是佛龛，佛像还在，没有挪动过。"

"如果是盗墓贼的话，为什么不打开左右两具棺椁，而只对中间墓主人的棺椁下手呢？"赵晓楠问。

欧志城听了，摇摇头："不知道，反正墓主人的棺椁内被偷了个精光，也是够惨的。走，我带你出去。"说着，便带头顺着中间的甬道走了出去。

两人来到古墓外面，阳光突然出现，显得格外刺眼。一阵穿堂风吹过，赵晓楠不禁打了个哆嗦，回头看了看身后的墓室，心中突然涌上一种说不出来的诡异感。

"警察同志，你在想什么？"欧志城注意到了赵晓楠脸上的异样，便关切地问道。

"没什么。"赵晓楠摇摇头。

两人一前一后穿过工地来到古墓旁的简易板房，打开二号库房走了进去。

"第二道木门的损毁程度不是很厉害，再加上过于沉重，很难被挪下山，便索性在这里做清理修复的工作。"

出现在赵晓楠面前的是两扇被放在架子上的高大的对开木门，同样有将近四米高，上面的彩绘门神都已经看不太清了，但是依旧能够从残留的图画中看出曾经的辉煌。

"修复这些绘画可不是简单的工作，"欧志城在塑料板凳上坐了下来，苦笑着摇摇头，"我上次修复类似这种古画可是花了将近一年的时间呢！"

库房里的光线明显比古墓里的简易照明要好许多，赵晓楠仔仔细细地给木门拍照片，尤其是木门内侧下方的位置。看着离地不到四十厘米处有几道浅浅的划痕，她一边拍照，心也同时沉了下去。她站起身，看着欧志城："欧老师，这里以前是南江医专，你之前听说过这个古墓吗？"

"只是有人传罢了，具体没人去考证过，因为我们上头部门对安平的考古本身就并不是很重视，"欧志城的语气中透着一丝无奈，"这次是要在这里盖新的教学楼，必须平了这个小山包，才发现了这座古墓。走吧,我们去看看那具尸骸。"

"好的。"赵晓楠跟随欧志城走出库房,顺着山道走了不到十米就到了昨天待过的简易帐篷。钻进帐篷,浑浊的空气扑面而来。打开里面的灯,看着乒乓球桌上那具特殊的女性尸骸,赵晓楠伸手从兜里摸出了早上打印出来的复原人脸画像。打开的刹那,灯光下强烈的视觉反差让见惯尸体的赵晓楠也不由得一怔——生与死只隔着薄薄的一层纸,近在咫尺的尸骨不再有温度,但是模拟画像上的年轻女孩却依旧栩栩如生。

"这是模拟画像?"站在赵晓楠身后的欧志城眼神中满是惊恐。

赵晓楠点点头:"是的,我们今天早上刚做出来的。你认识她吗?欧老师,她要是活着的话,年龄应该比你稍微大点吧?"

"不认识。"欧志城面无表情地摇摇头。

但眼前这个憔悴而又瘦弱的男人却开始眼神躲闪起来,不曾再看一眼赵晓楠手中打开的那张模拟画像,他脸色微微发白,独自一人站在一旁喃喃地念叨着:"这么漂亮的姑娘,唉,真是太可惜了,太可惜了……赵法医,我出去呼吸一下新鲜空气,你慢慢看。"说着,他便掀开厚厚的帐篷门帘,身形很快就消失在外面的阳光中。

赵晓楠感到一丝诧异,本以为欧志城作为历史系老师,又经常参与考古,应该对这些看得很平淡了,没想到他的内心竟然会这么敏感。

躲在屋角的背阴处,他双手抱着肩膀,垂着头紧咬牙关,却依旧无法阻止身体的颤抖。被埋藏了整整三十年的记忆就像洪水一样涌入自己的脑海，让他手足无措。

他无法接受这个现实，尤其是在看到那张脸的刹那，他眼前一黑差点昏了过去。

在这之前，他也曾预感过那具尸骨的来源，因为一切都是那么巧合，但是他做梦都想不到自己的猜测竟然真的成了现实。

整整三十年，原来那个年轻的女孩从未离开过，她一直都信守诺言。但是自己呢？是不是也该为她的死负责？

他无力地靠向身后的墙壁，抬头看向天空，刺眼的阳光让他的视线变得一片白茫茫，眼泪瞬间从脸颊上滚落。

第五章　背后的人

压倒骆驼的每一根稻草都无法置身事外。

今天是举行王全宝海葬仪式的日子。

中午11点，李振峰处理完手头的事情，给值班的阿水打了声招呼，便独自一人开着自己的车出门了。

李振峰一边开着车，一边思考那晚的男人会不会再出现，仅凭视频上的那点信息，自己又是否能把他认出来。此刻，李振峰心里有种说不清楚的纠结，张凯和张胜利在同一天遇害是巧合，还是有人在谋划？李振峰一时间没理出头绪，直觉告诉他只有找到那个戴头盔的男人，才有可能撕开一道口子，找到侦破方向。

很快，红色比亚迪开上了高高的海堤，李振峰将车停在路边，解开了警服的扣子，脱下外套放在副驾驶座椅上。前方不到三十米处就是东星港码头船只停靠区，海浪阵阵，海鸥在天空鸣叫，殡葬公司挂着黑纱的大巴车出现在道路的尽头，接着便缓缓开进了停靠区所在的停车场。李振峰没有下车，他趴在方向盘上，看着这个特殊的送葬队伍，走在前面的陈姐手里捧着骨灰盒，大家都很严肃，脸上一片哀伤。

看到这一幕，一种别样的感伤油然而生，李振峰不禁感慨：人这一辈子能在走的时候有人相送，应该就是最大的安慰了吧。

正在这时，手机响了。循着声音，李振峰从警服外套里摸出了手机，是赵晓楠打来的电话。他按下接听键，把手机放在耳边，抬头的瞬间他的脸色突然一变，下意识地屏住了呼吸，双眼死死地盯着车辆前方，说了句："等下我打给你。"不等对方回复，便挂断了电话。

在停车场另一头的海堤边上，不知何时停了一辆黑色的摩托车，骑手斜靠在车座上，戴着全包围的黑色头盔，身穿皮衣皮裤，脚蹬深色皮靴，正出神地看着排队上船的送葬队伍。十多分钟，骑手就这么一动不动盯着前方，看着船只收上舷梯直至出海，他依然不愿离去。

李振峰很清楚，对方之所以没有认出自己，是因为今天他开的是自己的比亚迪，而不是那晚的警车。

他盯着男人，踩下油门让车朝着摩托车的方向慢慢行驶，直到快接近对方的时候，摩托车骑手才有所警觉，迅速跨上摩托车，踩动油门，一系列动作如行云流水。轰鸣声顿起，摩托车沿着海堤飞速冲了出去。

李振峰怎么可能放过这个机会，全速开车紧紧地跟在摩托车的后面，不断地按响喇叭示意对方停车，但对方不但没有减速，反而加速，像离弦的箭一般飞了出去。骑手的驾驶技术娴熟，几个看似险要的弯道他都很顺利地压线通过，没多久，比亚迪便被甩开了，气得李振峰一拳狠狠地打在了方向盘上。

指关节的隐隐作痛让李振峰瞬间清醒了许多，他索性把车靠边停下，穿上外套，打开车门，来到海堤边上，看着远处海面上那艘高大的客轮。沉思了一会儿，他拨通了社区主任陈大姐的电话："陈姐，我是小李，李振峰，之前你给我打过电话。我想知道今天除了通知我海葬时间改变以外，你还告诉了谁？"

"还有一个男人，说是王全宝的老同事。今天一大早，我们在等火化的时候，对方说从媒体上知道了老人去世的事，所以就联系了殡葬部门，想来吊唁一下，殡葬部门就把我的手机号给了他。他给我打电话的时间就在我给你打电话之前没多久，不到十五分钟吧，他最后说会直接来码头送送老同事。"

"那他后来有在现场出现吗？"李振峰问。

"没有，直到船开了我都没有看到他。"陈大姐想了想，说道，"我刚才给他打电话，他没接，手机关机了。"

"你可以将他的手机号给我吗？"

"没问题，等下仪式结束后我给你发短信，李警官。"

"谢谢。"

结束通话后，李振峰看着远处的海平面，海鸥轻轻滑过远去的客轮上方，发出了长长的鸣叫。他心中五味杂陈，又一次让那个男人跑了，一股懊恼涌上他的心头。

李振峰又拨通了赵晓楠的电话，很快便传来了赵晓楠的声音："没什么大事，就是想通知你，刑侦处可以来接管南江大学后山工地了，找欧志城老师就行。我这边已经交接好了，现在已经带着尸骨回单位了。"

一听这话，李振峰顿时像泄了气的皮球："你真把尸骨带回来了呀？唉，原来小九说的是真的。"

"他说什么了？"

"命案，而且死者可能是被人用重物活活打死的。"李振峰回答。

"她要死在民国时期就不归我们管了，"赵晓楠的语气变得严肃起来，"而且案子的性质恐怕比重物击打更严重。我今天在古墓内第二道木门背后离地面不到四十厘米的位置发现了指甲划过的痕迹，也就是说她在被丢进墓室时还没有死，临死前还想爬出去求救，结果打不开那道木门，最后死在了那里。而尸骨最后所呈现的状态就是向前爬行的动作。所以，这个案子的定性不用怀疑，这就是一起性质恶劣的杀人命案。"

"但是现场已经被毁了。"

"唉，你说得对，这确实是一个严重的问题。但是没办法，只要是命案，我们就不能回避。对了，还有件事，你要是顺路的话帮我去趟分局，找下老陈，他们新接的案子应该和张胜利案有关联，他今天早上给我打电话了。我答应他会过去看看，但是现在带着尸骨，不太方便。你帮帮忙啦！"

赵晓楠的语气让李振峰不好拒绝："没问题，我现在就去。"

李振峰挂了电话，手机屏幕上显示有短信进来，他听着自动语音报出的手机号，突然心中一惊，因为张凯案卷宗中家属联系方式一栏里，张胜利的联系电话好像就是这个手机号码。为了求证这点，李振峰打通了分局褚浩云的电话。

褚浩云查看了工作笔记："没错，号码就属于天海饭庄案发现场遗失的那部手机，机主姓名就是张胜利。"

"你们追踪下这个号码，今天它有过使用记录，地点就在本市，时间是在上午8点过后。"李振峰说道，"等等，小褚，天海饭庄那人的模拟画像出来了吗？"

褚浩云长叹一声："小罗今天早上跟我说了，目前还在和当事人的磨合阶段。那个律师，我估计他可能是有重度强迫症和纠结症，一直反复横跳，把我们脾气很好的画像师都给惹毛了。我都怀疑他是不是和那家伙是一伙的了，不然为什么要白白浪费我们的时间，李队，你说是不是这个理儿？"

"我找地方给车加个油，等下好好会会那个大律师。"李振峰皱眉说道。

"真的？李队，你怎么有空过来？"褚浩云惊喜地问道。

李振峰便把赵晓楠刚才的叮嘱又说了一遍，两人约好等会儿见。

挂断电话，李振峰发动汽车，行驶了一段后，便把车径直开进了加油站辅道。在排队等候加油的时候，他趴在方向盘上陷入了沉思。

城市的另一头，安平市湖山区安岳小区的一栋别墅内，罗卜正在不安地听着一个女人哭泣。

中年女人是张凯的母亲，叫钟慧珊。在接连得知父子二人的死讯后，身披黑纱的女人已经哭了很久，手里抱着张凯的遗照不肯放手。每次看向照片，她总是眼泪汪汪的，嘴里含糊不清地连连念叨着什么。

"钟女士，请节哀。"罗卜安慰道，"抓住凶手才是对死者最好的告慰。"

钟慧珊轻声啜泣着点点头:"我懂,谢谢你的关心,罗警官。可我真的不明白那王全宝都是一个快要死的人了,为什么还要来祸害我的儿子。凯凯有时候确实不懂事,调皮,还爱闯祸,但他到底还是个孩子,就算他做错了事,也罪不至死啊!为什么要杀了他?"

这番话仿佛一只无形的大手狠狠地卡住了罗卜的喉咙,让他几乎喘不过气来。他知道天底下这样溺爱子女的父母还有很多,在来之前也已经做好了足够的心理准备,但他还是心里有一口气憋得难受,不得不直起腰来长长地无声出了口气,这才略微缓和了一下情绪。他轻声说道:"钟女士,还是那句话,逝者已逝,你要节哀,以后还有很长的路要走。现在你能做的就是好好想想,提供线索帮我们查清事情始末,也能尽快让张凯瞑目不是?"

"没错,你说得很对。"钟慧珊抬起头,眼中含泪看着罗卜,语气中带着一丝讶异,"可是,罗警官,那杀人犯不是已经死了吗?我看网上说是病死的,对不对?"

罗卜与社区民警田雨对视了一眼。田雨赶紧说道:"钟女士,张凯案中当事人确实已经死了,但是我们警方办案是讲程序的,每个疑问都要彻底弄清楚才行,不能留有任何后患,这也是为你的安全着想。钟女士,不只是你的儿子张凯,你先生张胜利在同一天遇害也是一件性质很严重的命案,我们警方目前正在加紧调查,这个时候你作为家属,提供越多的线索越有利于我们早日侦破你先生的案子,你说是不是?"

听了这番苦口婆心的话,钟慧珊点点头,伸手指了指桌上王全宝的照片，摇头说道："在你们来之前，我从没见过他，他也没来我家闹过事，我肯定。"

"那钟女士，张凯在出事前，回过家吗？"罗卜问道。

"没有，凯凯都已经一个月没回来了，没钱花的时候就给我发微信。凯凯在外面工作很辛苦的，有时候帮衬他一点也是我身为母亲应该做的，你们说对不对？"钟慧珊向罗卜投来了期待的目光，嘴里喃喃地说道。

罗卜赶紧把话题转到张胜利身上："钟女士，谈谈你的丈夫吧，他在出事前有没有什么反常的行为？或者说有没有什么人到你们家来找过他？"

钟慧珊想了想，眼神有些茫然："如果那件事可以算的话，那还真有件事。但我觉得不太可能与凯凯他爸被害有关。"

罗卜调整了一下自己僵硬的坐姿，眼神中满是鼓励："钟女士，说来让我们听听看。"

"凯凯他爸是做古董生意的，所以经常会关注这方面的消息。"钟慧珊回答道。

"那他圈里的朋友你都认识吗？"罗卜问道。

钟慧珊摇摇头："认识得不多，古董这一行我本来就没什么兴趣，即使有眼熟的人，最多也就是见了面打声招呼罢了。我说的那件事是前几天发生的，具体哪天我记不清楚了，就是南江大学后山工地发现古墓的事，凯凯他爸非常关心，只要在家，就会用手机刷关于这件事的消息，还时不时地跟我说一说，也不管我爱不爱听。他自己总是叨咕着说里面肯定发现了很多宝贝，感叹自己要是有机会去现场亲眼看看就好了。"

田雨听了，有些诧异："那可是国宝啊，不能买卖的。"

钟慧珊瞥了他一眼，满脸的不以为然："田警官，我们都是遵纪守法的好公民，凯凯他爸之所以关心这件事，也只不过是想饱个眼福罢了。所以我才说，这件事应该和凯凯他爸被害的事儿无关。"

田雨毕竟年轻，参加工作没多久，这冷不丁地被钟慧珊给呛了一顿，脸上一阵红一阵白，不知道说什么才好。

罗卜赶紧把话题引开："钟女士，问您最后一个问题，那天你丈夫出门前有没有特地跟你提起过什么？我是说任何你觉得很平常的话。"

钟慧珊皱眉想了想，点头说道："你不提醒我的话我还真差点忘了，他叫我把家里所有能用的流动资金都归拢归拢，说他可能要用。"

罗卜心里一怔："有说具体用途吗？"

"没有，家里的钱都是我在管理。平时凯凯他爸每次要用钱，都会叫我这么做，所以我没有在意。"

"那，你准备了多少钱？"

"三百五十万元，凯凯他爸说这些钱够了，不够的话他再想办法。"钟慧珊嘴角划过一丝苦笑，"做古董的，钱少了不行。"

罗卜追问道："那钱，他拿走了吗？"

"没有，还在我这。"说到这儿，她突然红了眼圈，泪水又一次滚落了下来，"钱还在，人却没了，以后我该怎么办啊？"话还没说完又开始抱着儿子的照片号啕大哭。

罗卜见状，赶紧留下自己的警民联系卡，找了个借口拉着田雨匆匆离开了别墅。

走到小区门口，田雨停下脚步对罗卜说道："罗哥，你没觉得这女人有点怪吗？她好像只在乎自己的儿子，却根本不关心遇害的丈夫。"

罗卜坐在摩托车上，手里拿着头盔，想了想，苦笑道："我不觉得奇怪，对于一个对自己的丈夫已经失去吸引力的女人来说，儿子就是她的一切。能抓住丈夫的流动资金，在这个家里不失去作为妻子的地位，就已经很厉害了。如果说张胜利在外面有女人，我不会觉得意外，丝毫不会。"

田雨若有所思地点点头："难怪她只抱着自己儿子的照片在哭，却对近在咫尺的丈夫的照片视若无睹。"

罗卜一声长叹，嘱咐田雨找社区的人多关心一下钟慧珊的情绪，然后便戴上头盔，驾车离开了安岳小区。

下午，张凯案发生后的第二次案情分析会议在三楼会议室里准时召开。

今天所要讨论的内容比较多，局政委老方、副局长庞同朝和处长马国柱都提前到达了会场。

会议一开始，马国柱便通报了齐倩倩的尸体被找到的消息，但是这个消息让人感到窒息。

齐倩倩的尸体是在一个废弃的机井中找到的，她被一丝不挂地倒塞了进去。由于井口很小，尸体腐败得很厉害，不得不动用挖掘机把整段机井管子刨了上来，又利用切割机切开井管子，尸体才被完整地取出。

最后，马国柱语气沉重地说道："法医说，齐倩倩的死因是机械性窒息，在被塞进去时她还活着，在她的肺里和鼻腔中发现了管子底部的污泥和沙子。她死前遭受过侵犯，体内的生物样本与张凯吻合。张凯真是个禽兽不如的东西。"

"马处，那个装尸体的箱子没在抛尸现场附近找到吗？"罗卜问道。

"没有。根据已恢复的张凯的车辆行驶数据来看，他途中总共停过两次车，一次是在发现尸体的废弃机井附近，而另一次就是在海堤旁，我们推断犯罪嫌疑人是在那个路段把原来装有尸体的箱子给丢进了海里。"马国柱回答。

李振峰点点头："箱子还得继续寻找，将张凯杀人的证据坐实。"

"没错。"马国柱皱眉说道，"我们传唤张凯的时候，并没有正式对社会公布过他的涉案情况，为什么王全宝要杀了他？我认为王全宝绝对不会因为一笔不归还的欠款而做出泄愤杀人的举动，这件事绝对另有隐情？"

"对。"罗卜道，"现实中根本就不存在这笔欠款。今天下午我刚和张凯的母亲钟慧珊谈过话，她表示家里从不缺钱，而且只要儿子张凯提出需要，她随时都会给，无论多少都会给。据我观察，钟慧珊是个非常宠爱儿子的母亲，对儿子有求必应，并且从不过问儿子的个人生活或者工作上的情况，只是一味地说儿子很忙，在干大事业。至于说他家的经济实力方面，钟慧珊提到丈夫张胜利死前叮嘱说要她准备好家里的流动资金，说有可能要用，她随随便便就凑出了三百五十万元。另一方面，国联大都会3楼302价值两百万元的房产在张凯名下，是他母亲买给他的。这样的男人明显不缺钱，怎么可能去向一个退休老水手借钱花？"

"他平日里有赌博的习惯吗？"庞同朝问道。

罗卜回答："他在中介公司的同事都说张凯只喜欢喝酒、玩女人、打电动，对别的都不感兴趣，况且也没有找到张凯和王全宝之间有交集的证据。"

马国柱点头："这和对他在国联大都会的家搜查下来的情况一模一样。"

"那就可以证明王全宝对保安杨富贵撒谎了，王全宝受人指使的可能性非常大。"老方嘀咕了句，"那又会是谁要杀了张凯？是张胜利生意场上的仇人吗？"

"这个问题我同样问过钟女士，她的回答直白点说意思就是——张胜利虽然干的营生有时候并不是很光彩，但是他精明得很，知道如何隐藏自己，所以二十多年来一点事儿都没出过，更没人上门寻过仇。"罗卜回答，顿了顿又接着说道，"她说张胜利在出事前几天对南江大学后山工地发现古墓的事情很感兴趣，说很想去现场看看。"

小九吃惊地看着罗卜说："我听师姐说那是一座已经证实了被盗过的墓。据说墓主人是个画痴，别人陪葬的是金银财宝，而他的是各种诗词书画，这种东西不经过专业修复根本卖不出价钱的。一个古董商怎么会对此有那么大的兴趣？"

李振峰微微一笑："术业有专攻，干古董这一行的，要是不精，就会被人欺，所以我倾向于张胜利说出这句话的出发点极大可能是他个人对历史的爱好。"

庞同朝点点头："我赞成这个看法。"

李振峰从公文包里取出几张放大的现场照片递给身边的同事，由他们传阅："今天分局那边接到了一起与张胜利死亡案件的作案手法相同的案件，死者的心脏也被人挖走了。案发时间是在今天早上4点45分到5点10分之间，地点在本市的榕树湾小区。"

说着，李振峰离开座位走到会议室白板前开始绘制简易示意图："案发地点就在榕树湾小区8号门，第一位死者是住在802室的许大鹏，四十九岁，女儿在国外读书，今年上半年的时候妻子曾秀办了停薪留职去国外陪读了，所以目前家中只有许大鹏一个人。许大鹏在市人民医院医务科工作，早上5点09分从卧室阳台坠楼。尸检结果显示，他是在心脏被挖走后又被人抛下楼的。与此同时，第二位死者，就是家住楼下102室的纪西同，早上5点出门锻炼，他出门时会将垃圾袋放到小区街道两旁的固定收取点，就在扔垃圾的时候他被坠楼的许大鹏的尸体砸中，当场身亡。保洁员齐根发正好在附近清扫，他是第一个赶到现场的人，报警电话是5点20分拨出的，报警人就是齐根发。"

"有查看过监控吗？"马国柱问道。

李振峰点点头，在白板上分别做了标注："从案发的8号门到小区出入口之间总共有两处监控，其中8号门的监控记录下了许大鹏坠落的具体时间，遗憾的是摄像头没能捕捉到凶手的身影。分局褚浩云他们想从平行楼层找到案发时的目击者，可走访下来后一无所获。况且这栋楼就只有八层,而对面楼层的住户正好当天上夜班没回家。第二处监控在小区的出入口处,在5点30分的时候发现有一个男人走出小区,他戴着帽子,左手提了一个黑色塑料袋,右手牵着狗。那条狗的主人就是刚被杀死的802室住户许大鹏。当时门口的保安正在保安亭里打盹,没有过多关注牵狗的人。"

小九叹了口气:"我家就养了一条金毛,这种狗对人非常亲热,连陌生人也是,只要你对它好一点,想带它出去,它铁定跟你走。"

"是的,保安就是看到这条狗,固有思维下就认为是小区住户早起出去遛狗,所以并没有太在意。"说着,李振峰在白板的另一个方向上做了个标记,"后来狗就在这里的街心花园里被人发现,按照狗牌上的主人电话和犬只身份辨识后,才知道是遇害者所养的犬只。"

"有监控可以追踪到凶手的去向吗?"

李振峰摇摇头:"他最后出现的地点是街心公园,他把狗带到街心公园后就解开了狗的绳子,狗跑了,他转身就消失了。监控显示在那个时间段共有四辆车通过那里,交警部门正在逐一核实车主,目前还没有进展。"

老方摸出一支烟,放在鼻子下方闻了闻,皱眉问道:"这又是一起看似意外的谋杀案?"

"两起案子中被害者都是心脏被挖,手法一样,我觉得可以考虑并案处理。"李振峰在白板上802室阳台的标记处打了一个醒目的标记。

说着，他在白板上标注客厅的地方打了个"×"："经过现场勘验可以证实客厅就是死者遇害的第一现场，尸检结果显示，凶手是将死者打晕后杀害的。"

"等等，狗没叫吗？"

"走访的结果显示没有邻居听见狗叫。狗窝在死者女儿许诺的房间，房间里还有很多女孩和狗的照片，但照片上并没有许大鹏的身影，显然这条金毛狗最初的主人应该是死者的女儿，目前出国留学了。死者家里的门锁没有被破坏的痕迹，凶手是和平进入房间的。这有两种可能，一种是凶手和死者认识，死者给凶手开的门，狗也认识凶手；另一种是凶手会开锁，反侦察能力强，懂得驭狗术，以致主人被杀，狗都没有警觉。一切都是有计划的，唯一的变故是抛尸时砸死了楼下早起锻炼的老纪。"李振峰回答，"抛尸过后，凶手迅速脱去外面的衣服，然后装进塑料袋，最后把狗放出来，牵着狗出去装作遛狗，从而成功脱身。"

李振峰接着在白板上又标注了楼道位置，指了指左面的那户："楼层结构是一梯两户，对面801住了一对退休的老夫妇，都是老师。老爷子有点耳背，晚上睡觉又有吃安眠药的习惯，所以案发期间没听到外面有什么动静；老太太说听到有敲门声，但说声音很轻，具体几点说不上来了，反正是挺晚的。至于说一大早的事，他们表示没听到任何可疑的动静，只是听到狗出门时兴奋地叫了一声，老太太说许大鹏有上班前遛狗的习惯，并且起得非常早，她就没有多在意。"

李振峰话音刚落，小九接着说道："金毛犬是非常亲人的，但是具体也要看主人怎么养。叫声是这种高智商犬的一种情感表达方式，有的主人比较宠溺，狗就喜欢叫，有的主人则不然，像我家，我妈有神经衰弱，听不得狗叫，结果我爸就训练出了一条不会叫的金毛犬，随时知道控制自己的情绪。我想榕树湾小区的这条金毛犬应该也是如此。刚才李哥提到说老太太听到狗出门时兴奋地叫了一声，仅此而已，这是它发自本能的叫声，后续就控制住了，由此就可以看出狗主人对狗的教育是非常严格的。"

队里的老警察林水生笑道："没错，金毛有个外号，叫——会帮小偷搬家的狗。如果没有经过专业严格训练的话，只要你愿意陪它玩，哪怕只是发出一点点善意，绝大多数金毛都会跟着你走的。"

马国柱皱眉说道："李队，我有两个问题：第一，杀人动机；第二，为什么要抛尸？"

"杀人动机方面，分局那边正在走访死者生前工作过的医院，至于说抛尸，我想张胜利案件中，他只是没机会这么做而已。现在最令我疑惑的是，挖走心脏对凶手来说意味着什么。从这两起案件我可以对他做出以下刻画——他必定是个有工作的人，四十岁以上，体能很好，而且智商很高，反侦察能力极强，计划性极强，同时还有交通工具。在这两起案件中我们至少见过他有一辆黑色无牌摩托车，可惜的是这种摩托车在我们安平市的数量非常多，无牌照就更是无从查起。"

"我问过分局的陈法医，他说一般的刀造不成照片上的这种伤口，凶器必须非常锋利，钢材质地足够好，而且刀身足够长才可以。他给了两条思路，分别是手术刀和剔骨刀，所以凶手可能有购买这种特殊的作案凶器的行为。对于这两个受害者，目前除了性别相同外，还没有找到他们之前存在的交集，张胜利从事古董买卖，而许大鹏则是医院医务科的副科长，家境比起张胜利还差了许多，两者分别是两个社会圈子。这就说明，凶手与两名死者有必然的关系，这个关系也许就是破案的突破口。"

"那张凯被杀案呢？难不成只是一起与这两起挖心杀人案无关的另案？"赵晓楠不解地问道。

李振峰摇摇头："从证据上来看，是的，但是这个嫌疑人在三起案件中都出现可不是什么巧合。"

大龙突然问道："李队，当时大桥上的监控都找齐了吗？"

"你的意思是？"

"当时你在桥上，对不对？你印象中王全宝有没有和张凯说过什么话？"

李振峰果断地点头："有交谈过几句，但是因为我离得比较远，又不是下风的位置，所以听不清任何字眼。"

"我们为什么不就此发个通告？"大龙顿时来了精神头，"你想想看，现在网上那么多视频，发布者也许还有没上传的高清视频。张凯被害案中王全宝已经病死，断了线索，那我们不妨要求当天拿手机拍摄的群众主动把自己拍到的视频发到我们警方公众号后台，协助我们处理案件，然后我们试着拼凑一下，看看能不能抠出个一字半句对我们有用的线索来，怎么样？"说着，大龙把目光同时投向了马国柱和他身边坐着的两位局领导。

马国柱点点头："不错，在困难面前我们总要试试各种办法才行。高倍变焦虽然会让画质变得稍微模糊一点，但是用来分辨讲话者的口型，确实是个可以考虑的选项，李队，试试吧。"

李振峰示意罗卜记下工作要点，会议结束后就去落实。

罗卜接着说道："有关张凯案案发前一晚的视频，图侦组那边做出了进一步的画像处理，可以很清晰地看到当晚荣华新村小区口有人在路灯杆下等王全宝，并且等待了将近两个小时，其间做出了疑似掐灭烟头的举动。晚上11点王全宝到达新村小区门口后，两人有过明显的交谈，很快，两人就一起走出了监控画面。

"我们分析，如果是朋友探访，毕竟王全宝得了绝症，也时日无多，有朋友来看望倒也正常，但朋友也不会在路口等，而是会在王全宝的家门外等，或者约好时间上门探望，这样做才合理。要不就是对方知道王全宝的手机号码，和他联系上了，但不知道他家在哪，或者说不方便上门探访，这样才会选择在路灯杆旁等这么久。还有另外一种可能是双方没有联系，对方出于某种原因知道王全宝肯定会回来，就在街边等。不管怎样，我们觉得有必要赶紧找到这个人。

"为此，我们查过王全宝手机的通话记录，在晚上9点30分的时候有一个电话打入，通话时长12分钟，除此之外王全宝当天没有别的通话记录，而这次通话也是8号那天这个号码唯一的一次通话。但可惜的是这个号码我们没法追查下去了，不只登记资料是假的，就连通话记录，也才只有和王全宝相对应的四次。

"随后，荣华新村外连云街另一个入口处的监控视频资料显示，王全宝回家的时候，确实有人在路边等他，那人骑了一辆黑色无牌摩托车，车出现在与安平大桥平行的九龙桥上的时间分别是晚上的9点07分和凌晨的0点03分，正好是一来一回。"

"不会这么巧吧？又是那辆摩托车？"老方一脸的诧异，转头看向副局长，"老庞，咱们安平到底有多少辆这样的车？"

庞同朝摇头苦笑："咱们这小县城里别的不多，就是摩托车多，不管是无牌照的还是有牌照的，到了上下班的时间段你去工业园区那头瞅瞅就知道了，不管是村道里还是马路上，出行的基本上都是这种车，啥颜色的都有，无从查起。我们如果贸然行动的话，还容易打草惊蛇。对了，小罗，在这条连云街上有没有发现有效的监控视频？"

"没有，那条街上几乎都是早餐店和面铺子之类的，没人安监控。只有走出连云街左拐，朝着安平大桥方向，在大桥桥洞下的通道上方有一个正对着路面的监控。那个监控比较老，又因为不是上下桥的重要路段，所以质量差，只能勉强辨别出摩托车驶过的背影，看人的话，是看不清的。"罗卜回答道，"话说回来，即使看清楚了，也认不出这个人，因为他的头盔是全包住的，根本看不到脸，只能证实那晚他去过了。为了保险起见，我们还查了后面半段路面在相近时间里的监控，没看到他出现，而他通过此处监控的时间又能与通过九龙桥桥面的时间连接上，所以，我们最终确定他有可能是住在开发区，或者说通过九龙桥到开发区，第二天早上再从开发区上安平大桥，也不是毫无可能。"

李振峰接着说道:"通过小罗刚才讲的这点,结合保安老杨的话,我们更加可以确定王全宝是被这人指使的,而这人很有可能杀了张胜利以及许大鹏。"

"等等,李队,王全宝手机的通信记录,还查到什么有价值的线索吗?"政委老方问道。

"没有,三个月内他仅有的通话记录中就只有那个用别人身份证办理的号码,而后者在案发后就彻底停止使用了,我们追踪不上。三个月以上至一年内的,经过筛选,通话记录中也没有可疑的地方,我们都能落实到对方单位或者个人,嫌疑也都被排除了。"李振峰回答。

"所以说8号晚上在小区门口等他的人,只有可能是在9点30分和他通过电话。"老方点点头,"所以知道王全宝那晚上会回来。"

"对。"李振峰点点头。

马国柱问道:"那犯罪嫌疑人还会再下手吗?"

"通过这两次的犯罪模式来看,他肯定会再出手的。"说到这儿,李振峰面露愁容,"可惜的是对于他的犯罪动机以及挑选受害者的标准,我们一点头绪都没有。"

马国柱点点头,转而神情凝重地看向赵晓楠:"赵法医,南江大学古墓的案子怎么说?"

"受害者是年轻女性,年龄不超过二十八岁,盆骨有明显裂痕,但是未生育,死亡时间在1990年至2000年之间,他杀,具体死因尚不明确,因为死者仅存尸骸,尸体并不完整。唯一可以确认的是死者生前遭受过毒打和虐待,极大可能是因为墓室门闭合，没有得到及时救治，最终因伤重而死。"赵晓楠想了想，接着说道，"用通俗一点的话来解释就是她被人打成重伤，然后被丢在古墓里自生自灭了。"

一听这话，在场的所有人面面相觑，会议室里议论纷纷。

"我补充一点，"赵晓楠找出那张放大的木门背后有指甲刻痕的照片，说道："在工地现场，我仔细看过了，这确实是人类指甲所留下的痕迹，距离地面不超过四十厘米，离它最近的就是俯卧在地上的死者。她最后的姿势定格为爬行姿势，而那扇木门是整个墓室中除了石门最沉重的一扇。南江大学历史系的欧志城老师后来向我解释说这道彩绘木门之所以最沉重，是因为当初它被设立的目的就是护住后面墓主人的墓室。结果呢，墓室还是被人打开了不说，墓主人的棺椁也被洗劫一空，只留下墓主人的尸骸和这具女性尸骸，不同的是，前者是明朝留下的，后者却是20世纪90年代的悬案。"

"除了这点外，这个墓室里还有两处不同寻常的地方。"赵晓楠分别取出几张放大的在古墓中拍摄的照片，"第一，最后的墓室里本来是有三具棺椁的，但是被盗的只有墓主人的棺椁，两层棺盖都被打开了，里面被洗劫一空，而另外两具分列两旁较小的侧棺，却完好无损，并没有被盗。为此，我专门问过欧老师，他说虽然经过证实这是一座被盗过的墓，但是损毁程度并不厉害，很有可能是因为古墓耳室中所存放的陪葬品以字画为主吧，后面的墓室更是到了近期才被打开。至于说两具侧棺为何保留如此完整，他也说不清楚其中的缘由，只是猜测可能因为墓虽然规制不低，但是陪葬品太过普通，这让盗墓贼失去了兴趣,所以才只盗走了中间墓主人的随葬品,而旁边两个他们都懒得去打开了。"

"第二个问题,就是古墓共有两处盗洞,一处位于古墓甬道上方的顶上,供一人通过,这是我拍下的现场照片,欧老师说这个盗洞有些年限了,后来被封死了。另一个,就是墓道过去的墓口,他们打开了四米高的封门和后面的第一道木门,手段非常熟练。所以我猜测,凶手中必定有熟知古墓常识的人,换了别人的话,别说往里面丢人,连怎么打开封门石都是个麻烦事,更别提最后原封不动地给关上了。"

说到这儿,她从公文包中抽出一沓打印的电脑人脸复原像推给对面坐着的李振峰:"喏,这就是死者,寻找尸源就靠你们刑侦处了,我会继续对尸骨做进一步的检查,希望能找到更多的线索。小九那边正在库里做人脸比对,要是能比对上,那就能很大程度上缩小你们的寻找范围了。"

李振峰点点头,接过了人脸画像打印稿:"她如果还活着的话,应该有五十五岁上下了吧?"

"没错,根据骨骼生长判断,其年龄大致可以固定在二十五到二十八岁之间,往上不可能,但是结合20世纪90年代的具体生活情况来看,往下有可能,可以考虑到二十三岁上下,我们讨论下来这个年龄段最为确切。"

会议最后,庞同朝做了总结,勉励大家不要松懈,不要因为几个案件的重叠和毫无头绪而丧失信心。马国柱说道:"我分配一下任务,小罗,安平大桥上事发那天的视频,你们要跟进到位。"

罗卜点点头:"明白,领导。"

"小丁,你寻找一下1990年到2000年报年轻女性失踪的卷宗,尤其留意那些至今还没有下落的。"马国柱转而对赵晓楠说道,"赵法医,南江大学这具无名尸骸尽快出报告,还有就是齐倩倩的尸体移交死者家属的手续,也要尽快办一下。"

"那这个案子结了?"赵晓楠问。

"如果没有发现其他证据的话,那目前来看只能是这样了,可以写报告了。"马国柱回答,眼神中不禁流露出些许同情,"让这姑娘回家吧!唉,今天我接到她父母的电话了,这孩子太可惜了。下面就是张凯的案子。对了,李队,你下一步打算怎么做?"

李振峰想了想,说道:"荣华新村社区主任陈大姐曾经跟我说王全宝有个习惯,就是喜欢去那边的免费公园下棋,所以我想去逛逛,看看情况,顺便找人聊聊。因为王全宝的社交面不是很广,陈大姐说他退休后基本上就是两点一线,生活非常单调,从不四处乱跑,从通话记录也可以看出他朋友很少。我在想最能和王全宝接触上的情况,可能就在棋盘上。"

"那你觉得凶手还会去吗?"

"我不知道,但是肯定有人见过他,对于老年人来讲,那个免费公园不只是打发时间的地方,更有精神上的寄托,所以去看看能发现点线索也说不定。"李振峰回答,"现在王全宝死了,查摩托车一时半会儿也不会有结果,那查查这个公园,多少是个方向。"

众人纷纷离去,李振峰照例拖拖拉拉留在最后,当房间里只剩下马国柱和他两人的时候，李振峰靠在椅背上，皱眉说道："马叔，我有个想法，或者说感觉，目前还没办法证实。"

马国柱扫了他一眼，慢悠悠地提起水壶把大茶缸子倒满，饶有兴趣道："说说看。"

"这个凶手到目前为止参与了三起案件。第一起，张凯案，他没出手，而是指使王全宝动手，选定张凯的动机，目前不能简单地理解为是惩罚恶人，因为王全宝不知道张凯杀了齐倩倩，那时候的齐倩倩只处于失踪状态，所以就不存在替齐倩倩报仇的可能。而王全宝的为人和他的道德观念不可能允许自己去杀害无辜，必定是知道了凶手的动机，赞同了才会去做。至于第二起和第三起，他出手了，我觉得个中原因并不是王全宝已经去世，而是他选择对象的条件成熟了，也就是说应该是有什么事件的发生推动他亲自下手。你好好想想，张凯杀害齐倩倩前后，我们安平市的社交媒体上发生了什么重大的事件？"

马国柱的神情顿时严肃起来："你是说南江大学后山发现古墓的事儿？这个联系会不会有些牵强？"

李振峰平静地说道："马叔，你再想想，张胜利是个商人，古董商，什么最吸引他？古董和钱。上次我们和分局褚浩云他们开会的时候，小褚提到与张胜利一起吃饭的三个人的讲述，再加上今天小罗提到的张胜利曾经要求妻子准备几百万，钱和动机这不就都有了？"

"他不是没拿到钱吗？"

李振峰摇摇头："那只是凶手的借口，能够顺利接近被害人张胜利的借口。"

马国柱放下杯子，说："那挖心的动机是什么？"

"不知道。"李振峰果断地回答。

"那需不需要开发区的交警开始在路面盘查摩托车？"

李振峰微微一笑："不，这无异于大海捞针。再说了，开发区那么大，和苏川处处相邻，你真要找也找不到，他早就跑了。"说到这儿，他的目光看向自己面前的桌面："今天中午我接到陈大姐的通知前去海边送别王全宝，你猜我看到谁了？"

马国柱满脸的惊愕："他跟着你？"

李振峰摇摇头："不，他是自己去的，目的和我一样，当时和我的距离不到一百米，我开的是自己的车，他没有认出我。事后我联系陈大姐，她说这人主动联系过她，说自己是王全宝的老同事，得知他去世了，想去吊唁，陈大姐就说了要去海葬的事，也告诉他海葬出发的时间，结果他没去，打电话也关机。陈大姐把这个号码给我了，我查过，是张胜利的手机。到目前为止，四部手机应该都被他拿走了。"

"张凯的，王全宝的，张胜利和许大鹏的？"

"对。咱们现在除了排查张胜利和许大鹏的手机通话记录，大部分精力都放在排查张凯的手机通信记录上，这家伙打的电话太多，绑定的社交平台记录也很多，光一个月的记录打印下来都能摆一桌子，不像王全宝的手机号，干干净净的。"

"不奇怪，老年人不爱玩这种花里胡哨的东西。阿峰，你这次追摩托车了？"马国柱看向李振峰的眼神就像猫看见了老鼠。

"没忍住。"李振峰一声长叹，"他的车是经过改装的，性能很不错，我那破车？唉，当然是追丢了，不过我叫分局褚浩云他们去追踪手机号了。"说着,他抬头看了一眼马国柱:"马叔,你也别太担心,虽然我这次没追上他,但是从另外一个角度可以看出他与王全宝的关系不一般,这说明他至少还有那么一点点人性,这一点或许是我们以后突破案件的关键点。"

马国柱往后重重地靠在椅背上,满脸的愁容:"这家伙手脚太干净,目前来看也只能这样安排了。阿峰,除了刚才在会上给凶手做的画像外,你还有其他想法吗?"

李振峰想了想,说道:"第一,我想,他应该是受过高等教育的人。张胜利是个多疑的人,也很难相信别人,所以从成功接近到下手,不只是时间上要掐得准,更要有非常冷静的头脑和敏锐的现场判断能力,这些,我觉得和一个人受教育程度有着必不可少的关联。第二,从他寻找目标到下手的果断和对受害者的生命毫无共情观念来看,这人在以往的生活经历中或许受过什么刺激,以至于对他人的生命毫无敬畏感,这一点体现在挖出受害者的心脏上,尤其是对于那个许大鹏。我听分局法医老陈说,那一刀下去的时候,许大鹏还活着,是有生理反应的,可见凶手心肠够硬。至于说第三,那就牵涉到犯罪动机方面了,可惜的是我现在还没办法确定他真正的犯罪动机,但我敢肯定他还会再犯案。还有他的年龄不会超过五十五岁。"

突然想到自己已经五十六岁了,马国柱心里顿时感到莫名的烦躁。

傍晚,夕阳把天空染成了一片血红。

远处的树林随着海风吹过,传来了沙沙的声响。

老人端着装满食物的不锈钢盆走出了厨房，朝着两头正在院子里欢快奔跑的混血罗威纳犬打了个呼哨，两只狗便兴冲冲地跑了过来。

其实都不用打呼哨，因为不锈钢盆中的食物很快便能吸引它们。

天空的亮光正在一点点褪去，要不了多久，黑夜就会来临。老人坐在木质的安乐椅上，悠闲地看向远处那片树林，树林背后便是一望无际的大海。他曾经想搬去海边居住，至少每天都能看见大海，但很快又打消了念头，因为他突然意识到那种可怕的空旷感其实是他最不愿意去面对的。

白天的海与晚上的海是两个完全不同的世界。

狗子很快就把不锈钢盆中的食物吃光了，老人念叨着，弯腰收起食盆，转身回了厨房。

透过厨房的窗户，看着院子里追逐玩耍的狗子，老人布满皱纹的脸上露出了一丝难得的笑容。院子足够大，对于这两头狗子来说，这里简直就是天堂。

正在这时，远处传来了一阵轻微的轮胎滑过路面的声响，院子中的狗子立刻停下动作，警觉地看向门口，老人也放下手中的抹布，走出了厨房。

"叔，是我，开门啊。"

听到阿城的声音，老人的脸上看不到丝毫笑容，目光中充满了忧郁。他快步走向院门，伸手拉开门闩，看着出现在自己面前的男人："这么晚了？"

阿城笑眯眯地从老人身边走过，进入小院："叔，别担心，我晚上开车很小心的，不会出事。"

"你把皮卡车开来了？"老人朝院落外看了看，脸上有些诧异。

"嗯，公安在解放路那边查车，应该是为了昨晚的事，我就多了个心眼换了车，以防万一嘛。车在你这边停一段时间再说。"阿城熟门熟路地来到老人的厨房，从柜子里拿出两瓶啤酒，隔着桌子抛了一瓶给老人，自顾自用牙齿咬开自己手中的那瓶，一边喝一边向房间里走去，房门在他身后缓缓关上。

老人没有跟进去，他拿着啤酒，找了把起子打开瓶盖，回到屋外的走廊上，重新坐回自己的安乐椅里，灌下去大半瓶酒后再次抬头，看着远处已是一片漆黑的夜空陷入了沉思。

院子里安静极了，两头罗威纳犬匍匐在草地上，无声无息地看着自己的主人。

也不知过了多久，房间的门打开了，阿城的脚步声由远至近，最后在老人身边停下。随后他便把手中一张折叠好的纸递给老人，什么话都没说。

就着身后厨房里的灯光，老人放下啤酒瓶，打开纸。他双手微微颤抖起来，脸色煞白，嘴唇嗫嚅了半天，却什么话都说不出来。

"是她，对吗？"老人径自哭了，不像是在跟他确认，更像是在对自己说。

"我是向公安局的法医要的，她正好来我们工地出差。叔，你可以留着，我还有一份。还是那句话，值得做的事情，就一定要去做，不然你会后悔的。"阿城哑声说道。

老人茫然地点了点头。

"尸骨已经被法医拉走了。"阿城喃喃地说道，仰头又喝了一口酒，放下酒瓶时，眼中却已经有了泪光，"叔，我真的以为她不会去的，我真他妈混啊！我以为她只是说说而已，我四处求助无门，太多人叫我放弃了，所以我也没有抱什么希望，或者说我都已经绝望了。但是，但是她……"说到后来，声音哽咽，阿城双手抱着头，犹如受伤的野兽一般号啕大哭起来。

老人没有去安慰他，整个人泥塑木雕一般坐在一旁静静地看着阿城，任由这压抑的哭声被远处的海浪声慢慢吞没。

夜晚，安平路308号大院内的办公楼里依旧人来人往，尤其是刑侦处的大办公室，个个忙碌。虽然说两起案件都发生在分局管辖范围内，但是作为上级直属管理部门，刑侦处也不能置身事外，更别提凶手很有可能会继续犯案，这无形之中给每个人都带来了很大的压力。

李振峰坐在马国柱的办公室里："刚才褚浩云给我打电话了，说从张胜利的律师范伟哲那里挖出的消息证实我们的推断是正确的，范伟哲说当天确实有人说要卖一件东西给张胜利，具体是什么没说，据说价值不菲。张胜利本人对货物也做过背景调查，确认如果是真品的话那就是一件收益可以吃上一辈子的好买卖，自然就动了心思。但因为是非法出售，所以他特地找了律师，还找了专业咨询公司的人调查对方的底细。至于说为什么挑选天海饭庄见面，范律师说张胜利的原话是对方的要求，说不想在家里或者公司交易，也怕张胜利黑吃黑把自己给卖了，所以地点由自己选,当面验货,钱货两讫。张胜利这才临时决定去了天海饭庄。"

"上套了,果然毁在了一个'贪'字上,但是对方没有要钱啊?"马国柱皱眉说道。

"没错,人家要的是命,不是钱。"李振峰苦笑一声,"他只不过是找个借口接近张胜利而已,投其所好,满足对方的贪念。"

"那他是怎么知道张胜利的联系方式的?"

李振峰回答:"不排除是找人买的,现在找一个人的信息资料太容易了。不过也有一种可能,褚浩云在电话里说他们派人去张胜利的公司走访了,张胜利的电话号码就印在了公司的大广告牌上,非常显眼。"

"他们有没有查过案发前些日子天海饭庄的监控视频?"

"查了。"李振峰苦笑着摇摇头,"后来才知道这老板很抠门,用的储存卡是网上买的二手货,监控只能保存一天,第二天就被覆盖了,也就是说我们看不到四十八小时以外的监控。"

马国柱气得站起身,离开椅子在办公室里来回踱步,因为老板的这个看似无关皮毛的决定,让他们失去了一次近距离捕捉凶手影像的机会。

走了不到两圈,他突然停下脚步,看着李振峰:"货物的来历没说吗?"

"没有。那个律师说张胜利的嘴巴很严,这也是他一贯的做事风格。"李振峰回答。

听了这话,马国柱不由得面色铁青。

"还有电话号码,就是张胜利的手机在二十四小时内共开过两次机,一次是在工业园区开发区洋山基站范围内,一次是在东星港码头附近的国道口基站范围内,两次通话时间都不长,都是主叫,被叫对象是荣华新村社区主任陈大姐。洋山基站那次是早上6点多,另一次是上午10点30分。其后就再也没了消息。"李振峰说道,"不过我安排褚浩云他们有时间就继续拨打,包括许大鹏的手机,目前也处于关机状态。"

"阿峰,王全宝的手机在他上桥以前还在用,那么为什么当我们抓住他的时候,手机已经不在他身上了?"马国柱一脸的疑惑,"既然只和凶手通过几次电话,那凶手为什么要刻意拿走这部手机?难道说手机里还有别的什么东西是不想让我们看到的?"

李振峰点点头:"完全有这个可能,我明天下午去那个公园里蹲一下,看看能不能找出点蛛丝马迹来。"

"你为什么要明天下午才去?"马国柱重新坐回椅子里,抬头看着李振峰,"是下午才开园吗?"

李振峰微微一笑:"马叔,看来没退休的你是不知道退休的人的生活习惯了。我听陈大姐说因为周围好几个小区中只有这一个小区有免费公园,来的人多了,居民就开始自我调节娱乐时间,早上是做操和练嗓子那拨人,午饭后属于下棋的,晚饭后则属于练广场舞的。所以下午去才合适。"

马国柱听到这儿,突然扭头看向他:"不,你别去,让我师父去。"

马国柱的师父就是李大强。

李振峰一怔,随后恍然大悟,笑着连连点头:"不错,不错,我家老头子去的话，确实比我去管用多了。我现在就回家找他去，等等，他会同意吗？"

马国柱笑而不语，挥挥手，示意他赶紧走，少废话，自己则在工作笔记上写下了"开发区洋山"五个字，不管怎么说既然凶手的手机信号在那里出现过，那就有必要对这个区域附近的居民暗中进行一个摸排。李振峰分析说凶手受过教育，智商不低，有固定的住处，有一辆黑色摩托车，或许还有其他交通工具；从他对受害者出手的情况来看，他的身体素质也是很不错的；不排除单独居住，即使身边有人同住，也不会多；年龄足够让受害者失去警惕心理，太大又不可能。

想到这儿，马国柱放下笔，靠在椅背上面露愁容，皱眉看向天花板。

归根结底还是犯罪动机，他为什么要这么做？目前来看受害者之间明明一点关系都没有。难道真与古墓的发现有关？

第六章　游荡的人

野兽封印在胸中，魔鬼深锁在眼眸。

夜深了，屋外的院子里传来几声虫鸣。

阿城的左手边已经堆了好几个空啤酒瓶，他光脚坐在屋檐下的地板上，看着远处漆黑的林子。

风停了，听着耳畔若隐若现的海浪声，他随手在烟灰缸里掐灭了烟头，又晃了晃手中的最后一瓶啤酒，确定听不到任何声响了，脸上才露出了莫名的苦笑。

老人已经收拾完了厨房里的所有东西，也来到屋檐下，手里抓着一瓶喝了一半的啤酒，在自己的安乐椅上坐了下来。

阿城双手撑着木地板，长长地伸了个懒腰，头也不回地问道："叔，你后悔吗？"

"后悔？我不后悔。"老人的目光中闪过一丝疲惫，"欠下的债总是要还的，谁都逃不掉。"

"叔，我已经想好下一步怎么做了。"阿城微微一笑，"警察抓不住我的，他们没这个能耐。"

"需要我帮忙吗？"老人的声音沙哑却有力。

"我还能行。"说到这儿，阿城突然顿了一下，转而语气中多了些许凉意,"叔,你知道吗?妮子也走了快三十年了。"

"你还在想她?"老人轻声问道。

一声轻轻的叹息,阿城喃喃说道:"为什么我就得不到一句道歉呢?"

"不奇怪,"老人摇摇头,语气冰冷,"因为他们根本不懂什么叫道歉。"

"妮子走的时候很惨,我到现在还经常会梦见她,只要一闭上眼,她就活生生地出现在我面前。"阿城若有所思地看着夜空中的明月,"叔,你说,妮子现在是不是已经投胎去好人家了?她过得好不好?这辈子还会记得我吗?"

"会的,阿城,妮子一定不会忘了你。"老人轻声说道,"毕竟一个人一辈子能有多少个三十年,你说是不是?"

"你说得没错,叔。"阿城的目光中闪过一丝悲哀。

"这事儿了了后,你还打算继续在大学教书吗?"老人问。

"应该不会了。"

"阿城,叔只有一句忠告给你——不要伤害无辜。"老人轻声说道,"别的,我也没什么好说的。"

一时之间,院子里变得格外安静。一头体型较小的罗威纳犬无声地出现在阿城右手边,趴下,头枕着他的手,嘴里发出了善意的低声嘶鸣。

见状,阿城轻轻叹了口气,抬起手轻抚狗子的脑袋,许久后才说道:"我答应你,叔,我绝不伤害无辜。"

"那就好,那就好……"

老人兴许是累了,很快便发出了均匀的鼾声。见此情景,阿城默默地站起身，回到屋里，从老人的床头顺手拿了条毯子，回来给老人盖上，最后看了他一眼，这才转身向院门外走去。

狗子没有跟出去，只是忠实地守护在老人的脚边，无声地看向院门和远处的黑暗。

皮卡车的车轮滑过草地，逐渐消失在小路的尽头。

就在这时，老人突然睁开双眼，从安乐椅上站起身，任由毯子滑落在地板上。他光脚跑到院门边，把院门重新用门闩关好，接着便脚步飞快地穿过堂屋，走向里面的小房间。他推开门，看着密密麻麻贴满照片的墙面，目光很快便落在了那张新放上去的照片上，不禁呆了呆，脸上露出了疑惑不解的神色，因为照片中是一个身穿白大褂的年轻女人，年龄绝对不会超过三十岁。

"你到底想干什么？"老人轻声呢喃。回想起刚才对方对自己的承诺，老人的心里瞬间充满了不安的感觉。

此时，赵晓楠胃疼得厉害，她强忍着打完尸检报告的最后一个字，点击发送给了丁龙和小九，又强忍着疼痛走到大办公室，对小九说道："我请假去趟医院，报告已经群发给你和小丁了，有什么问题随时给我打电话。"

小九关切地问道："师姐，哪里不舒服？"

"没事，胃疼，老毛病了。"赵晓楠微微一笑，努力让自己看上去显得并无大碍，这才咬着牙匆匆走出了大办公室。

走出办公大楼，赵晓楠眯了一下眼，忙了一夜有点不适应早晨的阳光了。她用手挡了一下光线，随后离开公安局大院，在路边伸手拦了辆出租车。上车后,她斜靠在后座的椅背上,艰难地说道:"师傅,麻烦去最近的急诊中心。"

出租车司机是个年过五旬的淳朴中年汉子,早就看出了赵晓楠此时强压着痛楚,于是一声不吭地踩下油门。出租车飞速驶离了安平路,拐上中山路后,连闯两个红灯,很快便看到了中医医院急诊中心高大的红十字标记。出租车穿过马路,在急诊中心旁的过道上停了下来。

赵晓楠全程都看在眼里,刚才车内监控语音提示闯红灯的消息她也都听到了,不禁心怀愧疚。她把车钱递给司机,伸手扶着车门,回头说道:"师傅,你去交警大队接受处理的时候,就说是送我来挂急诊的,我是安平市局的法医,我姓赵,谢谢你。"

中年汉子的脸上露出了憨厚的笑容,摇摇头:"没事,我会处理的,赵法医,你赶紧去看病吧,身体要紧。我先走了,再见。"出租车随即一溜烟地开走了。

虽然胃疼得一揪一揪的,但经过这一幕后,赵晓楠的心情好了许多,她转身走进了急诊中心候诊室。

接诊的是个年轻女医生,年龄不会超过三十岁,一头长发在脑后被绑成马尾,面容秀气温柔,第一眼给人留下的印象就非常阳光。女医生胸口的工作证上写着——急诊科陈秀妍。

这个时间段里也没什么病人来看急诊,所以诊室内还比较清静。

影像结果很快就出来了,陈医生冲着赵晓楠微微一笑,柔声说道:"没事,没事,给你开点中药养胃,再挂一瓶水就行了。只是记得下次要按时吃东西,避免辛辣油腻的,知道了吗?"

"等等，你吃东西了吗？没吃？挂水前最好不要空腹，我这边正好有个三明治，是我自己做的，你拿去吃吧。放心，我做的这个很有营养的，也很卫生干净。"年轻女医生的脸上露出了温暖的笑容。

赵晓楠尴尬地接过了三明治，点点头，哑声说道："谢谢你。"

陈医生很快就开好了方子，正要交给赵晓楠时，突然问了句："没人陪你来吗？"

赵晓楠摇摇头："我是请假出来的，待会儿还得回去上班。"

陈医生好像记起了什么，又看了眼病历本上的工作单位，不禁哑然失笑："原来是警察同志，辛苦了。你没时间煎药的话，我等下安排药房直接给你煎好，然后我下班后给你送到你单位去，反正我也是顺路。你现在直接拿药去挂水就行，注射室现在有位置，很空的。"

"谢谢你。"赵晓楠站起身，冲着陈秀妍医生点点头，转身走出了医生办公室，与后一个病人擦肩而过，对方戴着口罩和帽子，捂着肚子。

赵晓楠吃了点东西，又挂上了吊瓶，感觉自己的胃部好受多了。她向后靠在椅背上，长长地出了口气，心里盘算着等案子了结了，自己确实该好好注意要按时进食。

正在这时，走廊里响起了杂乱的脚步声，由远至近，突然接诊室方向传来了一声护士撕心裂肺的尖叫："救命啊，杀人啦！快来人啊，陈医生出事了。快叫保安，快叫保安！有人杀人啦……"

赵晓楠猛地惊醒，没有丝毫犹豫地刚要冲出去，右手手背一阵刺痛,这才回过神来发现自己还扎着针。她用力一把拽出针头丢在一边,左手摁住血管,朝门外冲去,边跑边喊:"我是警察,出什么事了?"

接诊室外围了好多人,她推开人群,映入眼帘的是满地的鲜血。一个小护士正跪在地板上,怀里抱着已经失去知觉的陈秀妍医生,右手捂着她脖子上的伤口,冲着赵晓楠哭喊:"快救救陈医生,快救救她。"

刚才还洒满阳光的诊室里,此刻却渗透着死亡的味道。

赵晓楠几步冲上前,在陈医生的身边跪了下来。陈医生脖子上那一刀是致命的,直接拉断了她的颈部总动脉,大量的出血导致血压迅速下降,瞳孔已经开始发散,体温正在缓慢地从眼前这具年轻的躯体上消失。

好几个当班的急诊科医生在得知消息后也匆忙赶了过来,虽然竭尽全力,但明显已经回天乏术。一时之间,众人的脸上都露出了悲愤的神色,更有几个年轻的小护士忍不住掩面啜泣。

赵晓楠默默地从地板上爬起来,最后看了一眼已经去世的陈秀妍医生,转身挤出人群来到走廊上。她伸手想从口袋里摸出手机给李振峰打电话,手指触摸到的却是一张薰衣草图案的三明治包装纸。此刻,包装纸还在,人却不在了,赵晓楠再也忍不住了,鼻子一酸,泪水夺眶而出。

因为离安平市公安局近,赵晓楠又是第一个赶到现场的,这起重大的杀害医生案件便被安平市公安局刑侦处受理了。

警笛呼啸,警车飞速开进中医医院急诊中心。

罗卜不禁感慨:"怎么又是急诊中心出事?出事的还是

医生。"

　　李振峰叹了口气:"没办法,急诊中心不像法院,法院那边进出还要走安全门。现在医疗单位出事的实在是太多了,唉!"

　　两人分别拉开车门下车,匆匆走上急诊中心门前的台阶,李振峰一眼就看到了坐在外面柱子旁的赵晓楠。他示意罗卜先进去,自己则赶紧朝赵晓楠身边走去,在她面前蹲了下来,抬头关切地说道:"你没事吧?"

　　"我没事。"说着,赵晓楠把手里紧紧攥着的那张包装纸塞给李振峰,"帮我保管,我以后会找你要的。"

　　"好。"知道这必定是对赵晓楠来说非常重要的东西,李振峰也不多问,便解开警服胸前口袋把它塞了进去,"放心吧。"

　　"谢谢你。"赵晓楠看向李振峰,目光中闪过一丝泪光,脸上的表情却已经平和了许多。她深吸一口气,随即站起身朝小九停车的方向走去,边走边大声说道:"我去换件衣服,你们先进去吧。"

　　李振峰盯着她的背影看了一会儿,点点头,转身走进了急诊中心接诊大厅。他虽然很心疼赵晓楠,却也知道她的内心足够坚强。

　　退休老警察李大强出门前把自己上上下下给收拾得干净利索,不只是刮干净了胡茬子,甚至不忘偷偷摸摸地在脸上抹了一把老伴儿陈芳茹的雪花膏,对着镜子左照右照,终于觉得满意了。可他刚转身,就看见陈芳茹正死死瞪着他,眼神中满是狐疑。他不由得一哆嗦,赶紧躲开她的目光,嘀咕道:"老太婆，我又不是什么敌特分子，你那究竟是啥眼光啊，那么凶！"

"你一年到头都懒得捯饬自己那张黄瓜脸，怎么今天鬼鬼祟祟窝在卫生间半个钟头，当年做新郎官的时候也没见你这么用过心！"陈芳茹在围裙上擦了擦双手，酸溜溜地说道。

"你放心，我今天有任务。"李大强嘻嘻一笑。

经过陈芳茹身边时，一股子熟悉的雪花膏味道扑面而来，陈芳茹一把薅住李大强的衣领子，不客气地教训道："老实说，你这老狐狸精今天要去见谁？"

李大强不由得一阵哀号："哎哟，哎哟，轻点，老太婆，卡住我脖子了。我真的是有任务，你宝贝儿子昨晚上回来和我嘀咕半宿就是为了今天这个任务。你这死脑筋，照照镜子，家里有你这么漂亮的女人，我这辈子都够知足了，难不成还会出去偷腥？脑袋被门板夹坏了才会那么做！"

陈芳茹手一松，吃惊地看着涨红了脸的李大强："老头子，真的？"

李大强一脸的委屈："骗你干啥？对我有啥好处？"

陈芳茹脸一绷："他叫你干啥去？"

李大强迅速抿紧了嘴唇。

"李大强，你现在是平民老百姓，我也是平民老百姓，你退休了我也退休了，咱俩是同一条战线上的兄弟，你干得了，我也干得了。说，儿子叫你干啥？"陈芳茹不依不饶。

李大强想了想，这才松了口："或许，还真得靠你。"

"为什么？"

"因为你会下象棋，而且是个高手。"李大强脸上又露出了笑容。

"废话,我不只是个象棋高手,我还在省里拿过奖,我什么棋都会下。你却什么棋都不会下,并且怎么教你你都记不住!"陈芳茹一脸恨铁不成钢的表情。

李大强急了,脖子一扬:"老太婆,你可别冤枉我,我也是学了三招的,到现在都记得很清楚呢。再说,三招糊弄人够用了!"接着,李大强便老老实实地把儿子李振峰嘱托的事情都跟老伴儿说了一遍。

"我跟你一起去。反正这里到荣华新村也不是很远,三四站路就到了。"陈芳茹顿时来了兴趣,两三下解开了自己的围裙,往架子上一丢,吩咐道,"老头子,带上我得奖的那副象棋,最大的那一副,我去换衣服。"

看着妻子兴冲冲的样子,李大强不由得微微一笑,乖乖地转身进书房拿象棋去了。

此刻,市中医医院急诊中心第一诊室的案发现场,赵晓楠换上了蓝色的一次性医用隔离衣,蹲在尸体旁,仔细地查看死者脖子上的开放性切创。

小九站在门口,神情凝重地对身边站着的李振峰说道:"刚才救人,现场被破坏得差不多了。"

李振峰抬头指了指天花板一侧的监控探头:"你先去监控室看看。"

"明白。"小九放下工具箱,带着两个助手转身离开了。

这时候,罗卜匆忙赶了过来:"李哥,最先赶到的红星派出所警员反馈说，凶手骑了一辆摩托车，朝北面跑了。他们现在正在追。"

"摩托车？"李振峰心中一动，"什么颜色的？"

"大红的，监控里看着像嘉陵，这家伙专挑难走的路跑，明显是有预谋的。"罗卜愤愤然说道。

"凶手的长相他们看清楚了吗？是不是一个人？有没有同伙？"李振峰低声问道。

话音刚落，房间内的赵晓楠突然神情一怔。她努力了好一会儿，终于掰开陈医生因尸体痉挛而紧握的右手，取出了一张被揉皱的小票："你们看。"

这是一张安平市中医医院当天的急诊挂号小票，上面写着"5号"，小票沾染了血污。

"我今天来看病的时候挂的号是4号，"赵晓楠目光焦灼，"凶手应该是跟我擦肩而过的那个人。"

"你确定？"李振峰满脸惊愕。

赵晓楠点点头："陈医生临死前拼命抓住这张小票，应该就是想告诉我是5号病人干的。"

罗卜惊讶地看着她："师姐，她知道你是警察？"

"她刚给我看完病。"赵晓楠声音沙哑，目光中闪过一丝哀伤。

"凶手的长相你看到没？"李振峰急切地追问道。

"没有，他戴着口罩和帽子，低着头，捂着肚子，好像很难受。别的，我没什么印象了。"赵晓楠看向李振峰，轻声说了句，"抱歉。"

李振峰摇摇头："没事，这不是你的错。死者的伤口怎么样？能看出是怎么动的手吗？"

"脖子上至少被横着切了5刀，几乎快断了。"

"这么狠！难道说是报复性杀人？"罗卜看向李振峰，"可是，李哥，这医生才上岗没多久，刚才医务处主任说最近没有医患纠纷，就连一个投诉都没有。"

李振峰问赵晓楠："凶器是什么样的？"

"单刃锐器，非常锋利，长度……在十二厘米左右。"她皱眉想了想，接着说道，"从桌面的血迹来看，应该是陈医生低头写病案的时候没有防备，凶手绕到了她身后，抓住她的发尾突然下的手。所以，血迹集中在桌面和桌子前方的地板上，喷溅状为主。"

"你去走访一下死者的同事，问问她的相关情况，所有的都要记下，越多越好。"李振峰嘱咐罗卜。

"明白。"

罗卜转身离开接诊室，在门口与匆匆赶来的小九擦肩而过。

"李哥，这家伙是在那女医生低头写病案的时候下的手，如果不是正好被门口的小护士看见了，估计连脑袋都被割下来了。"小九长长地出了口气，"下手也太狠了。"

"哪个小护士？目击证人？"李振峰急切地看向小九，"她人在哪儿？"

"叫丁淑芳，急诊科的护士。不过，你们现在找她也没用。"一旁的赵晓楠摇摇头，"在你们来之前我已经问过她了，她吓坏了，就只记得对方戴着口罩和帽子，上身穿着一件灰色夹克衫，下面是一条深蓝色牛仔裤，仅此而已。"

"凶器呢？她有没有看到凶器？"

赵晓楠摇摇头："有用的线索并不多，凶器唯一的特征就是我刚才所说的尺寸不会很大，但是非常锋利，显然犯罪嫌疑人是做过专门准备的。"

李振峰听了，轻声叹了口气："我明白了，把尸体带回去吧，回头报告出来了就拿给我。"说着，转身走出了接诊室。

小九对赵晓楠说道："师姐，你没事吧？你左手背上有血，在手套里面。"

赵晓楠低头查看，这才想起是扎针时留下的，因为自己拔针头的时候动作太过匆忙，拉扯太猛导致损伤了血管，所以才会出血。"这么点血，不妨事，一会儿就好了。我本来在挂水，听到出事就赶过来了，针头是我自己拽脱的。"她说着低头看了看地上躺着的年轻女医生，柔声说道，"她很善良，是个好人，给她盖上吧，真是可惜了。"

急诊中心因为出了重大命案而被暂时关闭，中心外拉起了一条长长的警戒带，围观的人群挤满了入口处的通道。人们议论纷纷。

老人站在路边的无花果树下，急切地朝里面张望。他来得太晚了，不知道里面到底发生了什么事，但是看着外面广场上站着的警察和三辆挂有警用车牌的车辆，他内心更加惴惴不安。

今天早上醒来后，因为实在不放心，他索性起了个大早，赶了公交车来到安平市区。在来中医医院的急诊中心之前，老人已经去了另外三家医院的急诊中心，他拿着照片对着那里的医生一一比对，要么是服装样式不同，要么就是橱窗里医生介绍一栏中的照片不符，前面三家都被他排除了。市中医医院急诊中心是他名单上的第四家。结果，老人刚下出租车，便看到了眼前令他心惊胆战的一幕。

"里面出什么事了？为什么来了这么多警察？"老人一边往人群里挤，一边焦急地问道。

"听说有个医生被人抹了脖子，现场很惨呢！"过了很久，终于有人回复了他，是个看热闹的老太太。

旁边有人又加了一句："好可怜哦，好像是个女医生，现在的这些人啊，真的是太过分了！"

"女的？多大年纪？"老人的心一凉，脑子里嗡嗡的，一时之间直接愣在了那儿。

"不清楚，听说很年轻。"老太太见他脸色不对，好奇地问道，"咋了，你认识那人？"

"不，我不认识，我不认识。"老头嘴里喃喃地说着，转身挤出了人群。他左右环顾了一下后，目光落在保安室门口墙上挂着的医生简介上，赶紧上前几步抬头观看。只是一眼，他就认出了第二行第一张正是他手上照片中的女孩。

"陈——秀——妍。"

"老哥，你认识陈医生？"一个同样上了年纪的保安站在他身边，关切地问道。

"这姑娘给我看过病，我上次摔伤了。"老人结结巴巴地说道，"她是不是出事了？我刚才听说是个年轻女医生。"

老保安点点头，轻声叹了口气："老伯，回家吧，今天急诊中心不开门了,赶紧回家吧。"

"哦,好的,好的,我这就走,我这就走。"老人脸色灰白,转身蹒跚离开了急诊中心。

小房间里墙上的那张照片果然变成了对应的事实。他沿着马路漫无目的地走了一会儿,实在走不动了,便在路边的花坛旁坐下,摸出手机。他拿出一张从笔记本上撕下来的纸,上面有个电话号码,是他临走的时候从墙上抄下来的。老人照着号码一个个按下数字,最终,听筒那头传来了接通的声音,响动三声后,电话被转入了语音信箱,老人嘴唇颤抖着说道:"你要小心,他来了。"

时间一到,电话便自动挂断。

眼前是安平市最大的十字路口,车来车往川流不息,老人孤身一人坐在路边的花坛旁,行人从他身边匆匆而过。他呆呆地看着远处的天空,海风扑面,泪水顺着满是皱纹的脸颊无声地滚落下来。他嘴里喃喃自责,声音低得只有自己才能听到。

急促的脚步声在分局刑侦大队的走廊上响起,由远至近,专案文书飞快地冲进了褚浩云的办公室:"褚队,张胜利的手机信号又出现了,开机了。"

"哦?是吗?"褚浩云兴奋地迎上前,"什么时候?在哪里?持续多久?被叫号码有吗?"

"被叫号码的机主叫陈昌浩,本市人,五十二岁,是安平卫校的老师。时间就是五分钟前,电话没有接通,直接进入了语音信箱,我们现在正在和陈昌浩本人联系,但奇怪的是他的手机一直处于关机状态。"

褚浩云的表情顿时凝重起来："马上派人去他的单位寻找，还有家里，尽快找到他本人，我这边马上和市局刑侦处汇报。"

专案文书转身快步离开了办公室。褚浩云拿起电话拨通了李振峰的手机，简单讲述完情况后，李振峰沉默了一会儿，说道："我们市局上午接了个案子，死者姓陈，叫陈秀妍，她的父亲就叫陈昌浩。我们在确认陈秀妍死亡后，就第一时间通知了她的父亲，他答应来我们市局认尸，但是到现在都没来，后来便再也联系不上了。"

"他女儿死了？"

"对，今天早晨在急诊中心上班的时候被一个前来看病的人杀了，目前案件的性质还不能确定，红星派出所正在抓捕逃跑的犯罪嫌疑人。我现在也准备去法医那里看尸检结果。"李振峰回答。

"好的，李队，我们这边有了线索会第一时间和你联系。"褚浩云应声挂断了电话。

李振峰忧心忡忡的目光落在自己面前写满字的白板上：张凯（已死亡）——张胜利（已死亡），许诺（出国留学）——许大鹏（已死亡），陈秀妍（已死亡）——陈昌浩（失联）……

他伸手拿起红色荧光笔在陈秀妍的名字下打了一个醒目的问号。

吃过午饭，李大强和妻子在荣华新村站下了车。两人一前一后地走着，按照习惯，陈芳茹走在前头，李大强背着双手默默地跟在身后。在来之前的路上,从还没出门开始,老头就已经一遍又一遍地耐心教自己的老伴如何应对别人的好奇。

第一,当然不能说自己的儿子是警察,可以说是开飞机的,因为子女职业越光鲜,赚得越多,在老头老太太中的人气也就越高。人气高了,自然就会有伙伴,顺势也就开启了聊天的话题。

第二,不能说自己家不是住在这周边,得说自己才搬来没多久,儿子给买的房子,含糊地说一个地方,远一点。高档一点的小区,名字中必须带个'府'字,因为凡是带上这个字眼的小区,房价至少一平方米两万元,住的人非富即贵。之所以来这个免费公园也不过是慕名已久,带着交流学习的心态过来的。

第三,一个只管负责下棋,另一个则负责打听情况,这样的分工当然是建立在各有所长基础上的,反正井水不犯河水就是了。

陈芳茹对这三个要求没有任何意见,只是在下车的时候嘀咕了句:"老头子,电视上都说这种免费公园里退休的老头老太多了,要是有人问起咱儿子阿峰有没有女朋友,上赶着给咱儿子说对象,该怎么应付?"

李大强把手一挥:"交给我就行了,你只管下棋,我在旁边应付。"

说话间,两人已经来到了免费公园的门口,牌子上写着五个大字——夕阳红公园。

两人相视一笑,在公园里没走几步路,就看见了一堆一堆的人围在一起,有观棋的,也有下棋的,两人一桌,桌上有专

153

门的计时器。

"哟,生面孔。"刺鼻的香味迎风飘来,一位打扮时髦的老太太出现在两人面前,笑眯眯地说道,"妹子,大哥,你们也是来下棋的?"

"对,我们刚搬来,住云亭华府,听邻居说这里挺不错的,所以过来看看。"陈芳茹亲热地拉起老太太的手,"大姐,这个下棋怎么报名?"

"不用报名,叫你老伴直接找空位坐下就行啦,我们这里只要是不下雨,天气好的话每天下午都会有人来玩,然后每个月最后一周的周六有一个比赛,淘汰制,怎么样,参加不?奖品是一桶花生油,五升装的,可实惠了,超市里要卖一百多块呢。"

老太太讲话语速飞快,精气神十足,再加上那花团锦簇的打扮,李大强都看呆了。

女人特有的敏感性,是绝对不会随着年龄增长而有一丝一毫减少的,陈芳茹也不例外。她看在眼里,狠狠地捅了老头一胳膊肘,转而依旧满面春风地对老太太说:"我家老头子不玩这个,我玩。姐姐,你带我去吧,他随便看看就行,别管他。"说着,她拿过李大强手中的棋盒,上前亲热地搂着老太太的胳膊就走了,临别时还狠狠地瞪了李大强一眼。李大强抿嘴一笑心领神会,转身就向一旁坐着闲聊的几个老头堆里扎过去,仗着自己老治安员的经验,没多久就混了个脸熟。

这几个老头都是公园象棋大赛被淘汰下来的尾巴种子选手,他们自然不会嫌弃陪着夫人来玩的李大强。三言两语下来,老头们简直像是找到了知音,尤其是其中有个个子比较高、身材清瘦的老谭,更是对李大强无话不说,亲热得就像对待老邻居一样。

当李大强随意地问起上一届的公园棋王是何方神圣时,别的老头都支支吾吾,只有老谭,长吁短叹,一脸同情,半天才从嘴里吐出两个字:"没了!"

"没了?"李大强吃惊地看着他。

"先是被警察抓了,随后听说当天就在医院里病死了,还好他孤老头子一个,不然的话自家小辈可太丢人了。"老谭无奈地摇摇头。

"哦……你们说的是不是在安平大桥上把人推下去的那个老头?不会吧?看新闻上他的面相还挺和善的,没想到做出这种事,听说那个被推下去的小伙子没了,这不是作孽吗?"李大强故作惊讶地问道。

周围几个老头子顿时七嘴八舌地纷纷表示愤慨:"……没错,没错,就是那个老王头。""那老家伙,我平时看他就不是什么好人。""你说得对,我们都不和他在一块儿玩,平时就看他特别精明,没想到是个害人精。"……

李大强注意到最先说话的老谭却没吭声,便凑上前,从兜里摸出偷藏着的烟盒,抠出一支塞给老谭。老谭也是来者不拒,有了烟,两个老头索性找个避风处,言语之间更是坦诚相待。

"其实呢,老王头也没他们说得那么坏,他们就是眼红,眼红老王头每个月能拿七八千的退休金,还吃着国家医保。都眼红呢,小肚鸡肠!"老谭小声嘀咕。

155

"是吗？那他干吗去杀人啊？"李大强瞪大了眼睛看着老谭，"放着好日子不过。"

"没错呀，我也寻思着老王头是不是抽风抽糊涂了，不过后来我无意中听他隔壁的邻居老倪说这老王头早就得了绝症，没几天活头了，又不想自己剩下的日子在医院里过，插一身的管子还没个好结果，索性就干脆疯狂到底算了。"老谭神情感慨地说道，"不过我觉得八成是因为他老伴儿没了，他自然也就没什么顾忌了。"

李大强赶紧把话题扯到话头上："我说老谭啊，这老王头下棋功夫这么厉害，他每天都来吧？"

"那是，每天雷打不动，都在我们这霸榜好久了，都领走五桶油了。"老谭往地上啐了口痰。

李大强连连附和着，突然话锋一转："不过，老谭，话说回来，他在你们这儿口碑这么差，应该也不会有朋友吧？平时喝茶啥的，还会有人跟他在一块儿吗？"

听了这话，老谭突然回头看着他，正色说道："不，他有个朋友，还挺好的，经常一块儿来一块儿走，不过最近没看到那老头了。""等等，我问下，"说着，他转头对身后正在显摆自己儿子买的手表的老头招呼了声，"老钱，你最近看见老苗了没？"

"老苗？自从老王头走后，他好久没来了，快一周了吧。"

"他还在你们小区住吗？"老谭猛吸了一口烟，咳嗽了几声，问道。

"谁跟你说他住我们小区了？"被称作老钱的人一脸的茫然，"他跟我不是邻居，我们是在来的路上无意中认识的，他说他一个老朋友搬走了,联系不上了,问我附近有没有什么地方可以让退休的老人打发时间。我看他一个老头,无所事事的样子,索性就把他带来了,多个朋友多条路嘛。"

李大强心中一怔,警察的本能让他意识到哪里不对劲,便进一步把话题往老苗身上引:"我听我们家老太婆说来这里玩的都是周围的居民哎,你们难道都不认识那个叫老苗的人吗?"

几个老头彼此看了一眼,摇摇头。

"会不会是骗子?他第一次什么时候来的?"李大强追问道。

"两个多月前吧,没错,就是两个月前,我小孙子满月前两天,7月份。"其中一个身材矮胖的老头嘀咕道,"这老苗一来就和老王头特别好。后来老王头出事前几天吧,他就消失了。"

"怎么个好法?"李大强问。

"谈得来,看得出他们应该是老朋友了。"胖老头回答。

一旁的老钱听了,连连摇头:"什么老朋友,我老婆管那个叫'塑料姐妹花',懂不?特别是老王头出事前两天,他们还吵架了,吵得挺凶,第二天那老苗就没再出现了。我还寻思呢,这人脾气怎么这么大?就听说过老姐妹们一吵架几天不理人的,还真没想到咱老爷们儿也玩这手,嘿嘿。"

"原来如此!"李大强连连点头,"老哥哥,那你知道他们具体吵什么了没?"

"好像是关于一个女娃娃被人欺负的事。"老钱回答。

"老钱说得没错,我也听到了。还说以前的事先不提了之类的话。"旁边一个老头插了句嘴,"好像,好像还提到一个什么大都会，我就说嘛，正经人怎么会去逛那种舞厅，那都是旧社会里的小开才会去玩的。"

"什么舞厅现在还叫这么土的名儿啊，老郑，你都啥年代的脑子了，跟不上时代咯！"

话音未落，几个老头便是一阵哄笑。

李大强却是脸色微微一变，脑海里立刻出现了一个地名——国联大都会，安平市唯一一个名字中有"大都会"三个字的地方。

"那个老苗是做什么工作的？"他随口问道。

老谭回答："退休前应该是老师。"

"你是怎么知道的？"李大强一脸的诧异。

老谭笑了，伸出右手食指和拇指，露出上面的老茧："你们瞅瞅，我干了一辈子小学老师，对这再清楚不过了。上回我问老苗借打火机，他拿给我的时候，我就注意到他的手上有老茧，和我这一模一样的老茧。"

"等等，"一旁老钱脸上的笑容消失了，看着李大强的眼神中满是狐疑，"哎，我说你这老头儿怎么口气跟电视剧里的警察一个味儿啊？东打听西打听的。你不会是警察的卧底吧？或者是诈骗团伙准备上门偷东西？"

一口烟卡在嗓子里，呛得李大强几乎上气不接下气，咳嗽了好一阵子，才算缓过劲来。他嘿嘿一笑："老钱啊，我这把年纪，还当个什么卧底哦，就是个退休的糟老头子罢了。哦，对了，我儿子是开飞机的，专门飞国际航班，三天两头在外面跑。我们家住云亭华府，房子也是我儿子孝敬的，今天我是头一回来，陪我家夫人来玩棋，她退休了在家里闲不住，哈哈。"

这通牛皮果然吹得起作用了，大家的脸上又都露出了羡慕的神色。

见此情景，李大强才算是彻底松了口气。他转而把目光偷偷投向了自己身边坐着的老谭，知道眼前这老头看上去普普通通，但多年的教学经验让他有着很好的记忆力和观察力，而最重要的是，这老头一点都不排斥自己。

这么一想，李大强心里便有了主意，右手又伸进外套夹层的另外一个兜，摸出了那盒自己都舍不得抽的烟，这还是儿子这回求自己出任务偷偷塞给自己的。他狠狠心分了两支给老谭，随后笑眯眯地凑上前去低声说道："老哥哥，来，抽根烟，我儿子孝敬我的，好东西。"

老谭果然两眼发直，一看就知道在家里憋坏了，他接过烟，连连点头："多谢，老弟。"

"老哥哥，跟我说说看，你眼里那个老苗到底是何方神圣。你放心，我保证不说出去。"李大强脸上露出了神秘兮兮的表情。

夕阳西下的时候，老头老太太们终于逐渐散去，各回各家准备做晚饭。玩心未尽的陈芳茹站起身，扭头一眼就看见站在自己身边的老伴脸上满是愁容："怎么啦？那帮老家伙欺负你啦？"

李大强摇摇头，一声不吭陷入了沉思。这种特殊的表情陈芳茹非常熟悉，也就不再追着问了。

两人收拾好棋盒朝公园外走去，坐上回家的公交车，一路无话。两个人就像陌生人一样回到小区，直到走进家门那一刻，

159

关上门，老太太再好的脾气也终于忍不住了。她脱下外套挂在衣帽架上，冲着李大强抱怨道："老头子，你甩脸色给谁看啊？我做错啥了？"

李大强连连作揖，把老伴儿哄开心了才算罢休。趁她去厨房做饭的时候，李大强窝在书房里折腾了半天，在老太太接连几次催促下，才嬉皮笑脸地走出书房，匆匆扒拉了几口中午剩下的饭，便找了个借口出去遛弯，穿上外套出了门。他快步走到最近的公交车站，搭上了开往安平市公安局的52路公交车。

李振峰刚从办公室里出来，一眼就看见了走廊里站着的李大强。

"爸，你怎么来了？"

李大强也没接儿子的话头，直接就问："你去哪儿？"

"我去法医那儿。"

"那咱们一块儿去，我正好也要找法医谈谈。"不容分说，老头一把薅住自己儿子的胳膊肘，裹胁着儿子扭头就往楼梯口走去。

在安平市公安局里没有人不认识这个大名鼎鼎的退休老警察，所以大家见到李大强后，都会点头跟他打个招呼，曾经的下属还会直接立正敬礼来表达对这位老上级的敬意。

此情此景，让李大强的心里不由得五味杂陈。

"爸，你好有面子。"李振峰压低嗓门嘀咕，羡慕的神情溢于言表。

"那是我用半辈子半条命换来的尊重。"李大强瞥了儿子一眼,神情满是鄙夷,"哪像你们现在办案,守着办公室敲敲键盘就能抓住嫌疑人,太轻松了!我们那时候啊,全靠两只脚出去走访和勘验现场,一点懒都没法偷的。"

"爸,时代变了,现在条件比你们那时候好多了,你也得跟着走才行。"李振峰嘿嘿一笑。

李大强语气中明显能听出酸溜溜的味道:"你翅膀硬了,老子说不过你。"

父子俩你一言我一语地走下楼梯来到底楼办公区,穿过长长的走廊,最终在法医办公室门口停了下来。

走廊里静悄悄的,只有头顶的消毒灯在不断地跳跃着,发出轻微的噼啪声。

"这地面真丑,怎么是绿色的?上次来时还挺正常的呢。"李大强皱眉嘀咕了句,伸手就要去开法医办公室的门。

李振峰倒吸了一口冷气,赶紧上去拽住他爸的衣袖,可是老头的手动作快得很,咔嗒一声,办公室的门锁已经被他拧开了。

赵晓楠一脸狐疑地抬头看向门口:"你们……"

上次为了家族里那些陈年旧事和赵晓楠见面的时候还是在前年,李大强估摸着眼前这个漂亮得几乎不食人间烟火的女法医早就已经把自己给忘了,便一把拽过躲在自己身后的儿子李振峰,满脸堆笑:"赵法医,我是李振峰他爸,叫李大强,本单位退休刑警,前年我们见过一面,就为了我曾曾祖辈的事儿,你还记得我吧?"

"和我做了这么多年'邻居'的后人我怎么可能忘了?叔叔,进来坐,我有什么可以帮你的吗?"赵晓楠边说边站起身迎了过来。

"不，不，我不进去了。谢谢你，赵法医，我懂规章的，我现在不是警察了，已经退休了，重要场合不能随便进。"老头笑眯眯地上下打量了一番赵晓楠，继续说道，"赵法医，我今天来是有件事儿想向你当面请教一下。"

"说吧，叔叔，看我能帮你什么，尽管问就是。"

"一个干了一辈子教师工作的人和一个从事了一辈子外科手术工作的人，他们的手部特征有什么区别吗？"李大强问道。

"当然有，教师的话，拇指和食指因为常年握粉笔在黑板上书写，大概率会在上面留下明显的压痕，仔细辨别，指甲缝隙里总会有洗不干净的粉笔屑。不过那是以前，现在有些学校的粉笔质量好多了，这个特征可能不再明显，但是压痕产生的老茧还会在。至于说外科手术医生，虎口会有明显的压线痕迹，而且手上经常做消杀，看皮肤就可以看出来，所以两者不容易混淆。"赵晓楠想了想，随即看着李大强，满脸的疑惑，"叔叔，这个问题的话，你让你儿子直接来问我不就行了，还烦劳你跑一趟。"

"没有，没有，不麻烦。"李大强咧嘴一笑，随即脸上的表情变得凝重了许多，"我还有正事儿没说呢，今天下午和阿峰他妈一起去了那个夕阳红公园。"

李振峰一听就急了，脱口而出："我妈也去了？你怎么这么不小心呢，万一我妈出个啥事儿怎么办？"

"你妈那脾气，你又不是不知道，跟个母老虎似的。"李大强一脸的委屈，"我要是不让她跟着，她就认死理说我在外头有人了,没办法,我就只能给她做思想工作了。不过还好,她会下棋,还下得挺好,正好给我打掩护。我那三脚猫功夫糊弄不了多少人,有你妈陪着,我还能少很多麻烦事儿呢。放心,阿峰,你妈觉悟很高的,不会坏事儿。"

李振峰没吭声。

赵晓楠笑了:"叔叔,你尽管说吧,我听着呢。"

三人随后来到外面走廊里,分别在两边的长椅子上坐了下来。李大强从兜里摸出一张纸,递给赵晓楠。这是一张人物画,确切点说是比较潦草的人脸画,看上去跟小孩的涂鸦一样。

"赵法医,你能把这个人的脸复原吗?我只记得这么多了,尽我所能把他画了下来。"

赵晓楠看着画半天没说话,李大强则尴尬地看了看儿子。他本以为会被拒绝,因为画得实在是不太像一张正儿八经的人脸肖像画,谁知赵晓楠却点点头:"我尽力吧,可能要修改几次,我先拿给小九去看,要是电脑能辨认的话,就没问题。"

"等等,我爸这画跟小屁孩画得没啥区别,怎么可能会被识别出来?"李振峰吃惊地看着赵晓楠。

"那是你不懂得看。"赵晓楠站起身,径直向实验室走去。

李振峰见状压低嗓子,语速飞快地问李大强:"爸,到底怎么回事?"

李大强得意地笑了:"小屁孩,这叫经验,懂不?以前我们的办案条件没现在这么好,所以为了能早日侦破案子,很多时候用这样的话紧急做一下记录是唯一的办法。不过啊,我只画给懂行的人看,你是看不懂了。你平常看到的都是修改好的完美的画，而我这张不是，你可以把它看作是我脑子里记忆的一种平铺直叙。每个人看同一样东西都有不同的角度和看法，但是不管怎么变，它的主要线条框架是不变的，不能说因为角度不同而产生了两张不同的画，你就说它们对应的是两样不同的东西。赵法医很聪明，她能抓住目标对象的要点。我很喜欢她。对了，阿峰，因为我这张画是根据他人的讲述画下来的，为了能尽量匹配成功，我今天就必须要来。"

李振峰平静地看着自己父亲的眼睛："爸，你画的是谁？"

"就是你要找的人。"李大强说道，"我下午和你妈去了夕阳红公园，那里有个老头，我叫他老谭，他跟我说见过这个和王全宝走得比较近的男人，姓苗，禾苗的苗，具体住哪儿不知道。但是有一点可以肯定，那就是他和王全宝很亲近，而王全宝出事前，两人曾经争吵，提到一个女孩被欺负了，还提到'大都会'三个字。你想想看，我们安平就一个地方的名字里有'大都会'三个字。老谭说当时那个叫老苗的老头情绪很激动，比王全宝还激动，并且试图用言语说服对方什么，而从这次争吵过后的第二天开始，老苗就再也没有出现了。"

"消失了？"李振峰吃惊地问道。

李大强点点头："反正就再也没去过夕阳红公园了。我后来用你给我的那半包烟和老谭聊了很久，他说老苗肯定当过老师，因为老谭自己就当过老师，当了一辈子了，才退休没两年。老师跟老师之间是没有秘密的，因为都有刻到骨子里的相同的职业习惯，你说，能忘了吗？"

"这倒是真的。"李振峰若有所思地看了眼自己的父亲，心里嘀咕这老头也一个样,"这老苗住哪儿他没说吗?"

李大强神秘兮兮地摇摇头:"没有,老谭说老苗的嘴巴很紧。不过,有一点很有意思,他说老苗家里肯定养狗,而且是大狗,因为老苗那天穿的鞋子后跟和裤管上都有明显的被狗咬过的痕迹。这老谭对狗毛过敏,他那天回家后就猛打喷嚏,然后苦思冥想,最后想到了老苗身上。并且他确定老苗家的狗不是长毛狗,肯定是短毛,因为养金毛那种长毛狗的,夏末秋初换毛季的时候,铁定浑身都是毛,很容易就能看出来,但是老苗身上看不出来。"

"老爸,你这半包烟花得也太值了,说实在的,我要是去的话铁定问不出这么多!"此刻,李振峰对自己老爹佩服得五体投地,他很清楚这些话可不是一两句就能引导出来的,老爹肯定费尽了心思。犯罪分子的心态好掌握,但是普通人的话,尤其是这种上了年纪、生活阅历极为丰富的老头,那可不是好沟通的。马国柱说得对,关键时刻,还得看经验丰富的老刑警。

想到这儿,李振峰的口气也软乎了许多,笑嘻嘻地冲着老头子说道:"爸,等下我请你喝酒。"

老爷子刚想点头,突然想到了什么,连连摇头:"你这小子别坑我,你妈的鼻子很灵,她会不让我进家门的。"

"好吧,好吧。"李振峰心里偷着乐,知道老爹见着自己老妈就怂,也就不再勉强,转而问道,"老爸,既然你大老远跑来了,王全宝这案子,我想听听你这个退休老刑警的看法。"

"真的?不嫌我唠叨了?"李大强一听这话,顿时喜上眉梢,"其实很简单,我个人认为啊,可能不太准确,你参考一下就行。我觉得王全宝杀人的举动，性质上有点像你妈在你小时候给你讲过的荆轲刺秦王的故事。"

李振峰脸色一变："爸，你的意思是他在替人复仇？"

李大强脸上的笑容消失了："对，我全程关注了你的这个案子，加上你昨晚上跟我说的，我就觉得这个王全宝从他主动去安维医院这一点上就可以看出，似乎已经放弃了自己的生命。你知道，我们每个人都有求生的本能，但他放弃了医院的治疗，转而去安维医院，又突然在打完止痛针后从安维医院离开，想必他从那一刻开始就已经抱着必死的心，不会再回头了。"

李振峰微微点头，他刚想开口，忽然发觉老爹看着自己的眼神有些熟悉，看久了让人心里发虚，忍不住皱眉说道："爸，你笑啥？"

"你好好回忆一下，在抓捕张凯的行动过程中，在锁定目标嫌疑人后，你们都做了什么？"李大强慢悠悠地说道。

"我们给辖区的治保积极分子打电话寻找线索。"李振峰思索着回答。

"那这人是马上就给出线索了吗？那个电话是谁打的？"李大强脸上的表情意味深长。

"是小罗，不过我就在他身边，没有什么异样情况，这点我可以确保。"

"你可以确保小罗这边没问题，却没办法确保电话那头的那个人。"李大强看着儿子逐渐涨红的脸，无奈地摇摇头，说道，"智商高是破案的关键因素，爸爸认可这点，你确实很聪明，但是你可别忘了，经验也非常重要，我是说看人的经验和破案的经验。为什么偏偏在你们传唤的那天出事？那天早上所发生的事情你再仔细想想，张凯是什么时候离开酒吧的？离开酒吧后见到你们时又说了什么？当场拒捕了没有？为什么突然发难？为什么要往桥上跑？你不觉得有人在操控这个案子吗？"

"爸，你的意思是有人给张凯通风报信了？是谁？给我们提供线索的那个人？那他的动机是什么？策划这一切的人动机又是什么？"

李大强伸手摸了摸儿子的头，轻轻叹了口气："阿峰，你是第一当事人，你仔细想想，跳开以前的固有思维，张凯这个人从小是被父母用钱宠惯的，他在外面工作无非就是装装门面而已，他所赚的钱根本就不够他花，我们那时候管这种人叫绣花枕头——表面很风光，内里一包草。他犯罪一点都不奇怪，甚至杀人也都是有可能的，只要时机成熟。我遇到过一个案子，犯罪嫌疑人家里是开毛衣厂的，一点都不缺钱花，父母也知道孩子根本指望不上，就随他挑个工作，他就去外面开了一家奶茶店。你知道他开奶茶店的目的是什么吗？很简单，因为来喝奶茶的人年轻女性居多，而他就是利用这个机会选定受害者，继而尾随强奸，被抓的时候已经做下七起案子了，最可悲的是前面六个受害者都没有报案。"

"爸，这么说张凯在天马中介上班租房也是因为这个？"

李大强点点头："现在租房的大多是年轻人，要么是出来打工的，要么是刚从学校毕业的，或者说小夫妻，女性的年龄普遍偏年轻，社会经验不足，这就是他'猎艳'的目标来源。"

"叔叔说得对，齐倩倩的尸体我做过尸检，被侵犯过，死者尸表有明显的挣扎迹象，指甲缝隙中找到了张凯的DNA。"赵晓楠出现在实验室门口，她回到长椅上坐下，接着说道，"我同意她的死是强奸案件犯罪结果的延伸，张凯的本意是强奸，他以为强奸过程中齐倩倩死了，所以才会想尽快抛尸。但齐倩倩实际上在被扔进枯井后还存活了一小段时间，其间出现了严重的挤压综合征，她真正的死因就是胸腹部长时间受挤压，从而呼吸困难，最终引起窒息，伴有胸骨骨折，最终形成骨髓栓塞，死亡的过程可以说非常痛苦。"

李大强面色凝重："没错，那什么样的人最希望张凯死？那就是受害者的家属，或者朋友，再不济就是认识并且与其感情深厚的人。"

"我们最初并没有在社会上宣称齐倩倩已经死亡，那又有什么人会知道齐倩倩已经死了？"李振峰问。

话音未落，他突然脸色一变，嘴里喃喃说道："有个人，确实有个人知道，那就是翠庭华府13栋801室的房东马成宇。他和齐倩倩面对面接触过几天，我记得很清楚，那天他之所以报失踪案是因为要和齐倩倩一起去申请办理租房补贴，这种补贴是要房东和租客都在场并且签字才能办理的。马成宇知道这件事对齐倩倩的重要性，所以她不可能不告而别，除非人出事了。等等，我有那家天马中介门店负责人的电话，我跟他联系一下再说。"说着，他立刻掏出手机，走到窗口，拨通了门店经理的电话。

"洪经理，我是市局刑侦处的李振峰，我们见过面，就是你们门店员工张凯的案子……嗯，对，我现在有个问题想请你回忆一下，这个月3号那天，就是你们那边得到消息说经由你们手下员工出租出去的房子里发生失踪案那天，是不是有一个叫马成宇的老人到你们门店来过？他是事发房源的房东……好的，他具体说了什么你还记得吗？……好，我明白。等等，最后一个问题，你见过张凯所签署的翠庭华府13栋801室的出租合同吗？有？太好了，你还记得租金是多少吗？……合约签了多久？……这套房子以前出租过吗？没有？你确定？……好的……好的，我明白，谢谢你的合作，再见。"

挂断电话后，李振峰抬头对父亲李大强和赵晓楠说道："马成宇老人那天早上确实过去了，并且提出要张凯的联系方式。那天因为他去得早，经理还没到，到的只是一个负责开门和打扫卫生的实习生，因为上班没多久，经验不足，再加上对方是个老人，所以直接就把张凯的联系电话以及在国联大都会的家庭住址全部告诉了对方。后来出了事情，知道张凯涉案，而马成宇老人就是涉案房源的房东，实习生这才意识到自己可能闯祸了，就在今天早上主动离职了，离职前跟门店经理说了这件事。"

赵晓楠听了，皱眉说道："他为什么不直接通知我们？"

"事不关己高高挂起，这种人我见多了。"李大强咕哝了句，"我今天下午问起老谭这个老苗家境怎么样，老谭说家境不错，看上去是不用为钱发愁的人，身体素质也不错，满面红光，精气神很足，好像在锻炼身体上下过很大的功夫。"

马成宇和那个老苗会是同一个人吗？他跟那个在路灯下等王全宝的人是什么关系？紧接着李振峰的脑海里又出现了那辆

黑色摩托车，以及那个骑车的人。他又到底是谁呢？李振峰努力把脑海中的一团乱麻捋成一条线。一时想不通，他站起身就要回办公室去，李大强习惯性地看了一眼自己腕上的手表，赶紧叫住儿子："等等，我也该回去了。阿峰，我们一起走吧。"他回头对赵晓楠说道："赵法医，应该没什么问题了吧？"

赵晓楠也站起来，微笑着摇摇头："叔叔，没问题了，小九稍微修改了下，机器能够识别，现在就需要等了，今晚应该可以出结果。"

"哦，对了，赵法医，你每天都工作到这么晚吗？"李大强笑眯眯地看着她，"你男朋友应该会来接你吧？女孩子家一个人回去，最好有个人送，大晚上的外面不太安全。"

听了这话，赵晓楠脸微微一红，摇摇头："我还没有男朋友呢！叔叔，我不急，以后慢慢找。放心吧，我会照顾自己的。"

"是吗？"李大强双目一亮，若有所思地回头看了一眼李振峰，"哦，哦，我懂，我懂，好好照顾自己，叔叔下次再来看你，再见。"说着摆摆手，转身赶紧一把拽住李振峰就往外走，边走边低声埋怨："你这小子，我白教你了，赶紧走，赶紧走，出去再说，被人家瞅见你这猴屁股脸多丢人。"

老头那一番恨铁不成钢的教训一字不落地都传到了身后不远处赵晓楠的耳朵里，她无声地笑了笑，回实验室去了。

到了单位门口，李大强停下脚步，转身看着面红耳赤的儿子，长长地叹了口气："你呀，都这么大的人了，害臊成这个模样，就不怕人家姑娘瞧不起你？"

"爸，谁让你当着我的面直截了当问人家有没有男朋友的，我都恨不得在脚底下直接挖个洞钻进去算了。"李振峰满脸的委屈。

"你真的喜欢她？"

李振峰从未对自己的父亲撒过谎，此刻，面对老头审视的目光，索性头一仰："对。"

"这就对了嘛，男孩子，要有担当和勇气。那是个性格独立的好女孩，好好待她。"老头拍了拍儿子的肩膀，顺手把胸口的访客证塞进他手里，"你也要照顾好自己，有时间的话，哦，不，等案子办完了，回来看看爸妈，你妈怪想你的，记住哦。我走了，快回去吧，别耽误了事儿，以后记得多动动脑子，别墨守成规，小屁孩！"

夜色中，退休老警察李大强头也不回地走了，看着父亲日渐苍老的背影，李振峰心中升起莫名的不舍。

这时候，电话铃响了起来，是赵晓楠打来的。

"叔叔回去了吗？"

"是的，走了。"李振峰边向办公楼走去，边回答道。

"我就想问你刚才来找我干什么？是不是为了陈秀妍的尸检报告？"电话那头的赵晓楠慢悠悠地说道。

"该死！"李振峰顿时满面涨得通红，"我这就过来拿。"

第七章 在爱的迷宫里迷路

每个人的内心都是一座监狱。

夜凉如水。

阿城下了皮卡车，随手关上车门，向不远处的楼栋走去。

昏黄的路灯光下，夜风吹过，树枝的倒影在路面上轻轻摇曳。四周静悄悄的，他的脚步声在寂静的马路上显得格外鲜明有力。

走过拐角就到楼栋口了，突然，他停下脚步，警觉地问道："谁？谁在那儿？"

老人从拐角的花坛后面缓慢地走了出来，两人面对面站着的时候，阿城松了口气，却又很快怔住了，因为老人的手中拿了一张照片，并且伸手把照片放到了离他的脸不到十厘米的地方："看清了吗？"

"叔，你想干什么？"他有些恼怒，却又只能强压着怒火。

"我不想干什么，只是想知道，你为什么要对无辜的人下手？"老人冷冷地问道。

阿城脸上勉强挤出一丝笑容："叔，你又喝多了，来，到我车里去休息休息吧。你看你，都开始胡说八道了，我都不知道你在说些什么。别丢人了,来,来,我扶着你……"一番半真半假的劝解,他几步上前紧紧地抓住老人的胳膊,不容分说就带着他往车的方向走去。这个时候他可不会冒险让邻居看到哪怕一星半点的异样。

老人试图挣脱,晃了几下手臂后却只能徒劳地叹了口气,任由阿城把他拉到车前。他打开后车门钻进车里,车门在身后应声关上。很快,阿城便绕回到皮卡车驾驶座的车门旁,钻了进来,关上车门,锁上,把车开出了小区。

"你要带我去哪儿?"老人虚弱地问道,自从今天发现陈秀妍医生被害后,他滴水未进,跟个游魂一样在街上晃了一整天。

阿城的嘴角露出一丝笑容:"我送你回去。"

"回去?我早就没有家了。"老人靠在椅背上长叹一声,摇摇头,"你还没有回答我,你为什么要伤害无辜?"

"你凭一张照片就确定是我做的?"阿城一阵冷笑,"叔,你的想象力真好。"

"为什么昨天你把这张照片挂上去后,今天她就死了?天底下有这么巧合的事?"老人愤怒地看向车前方的后视镜,"你说啊,她到底做错了什么,你要赶尽杀绝?"

阿城终于忍不住了,不断滑过路面的灯光照射进车窗里,鬓角花白的头发因为愤怒在灯光中微微颤抖。他看着车窗前方一望无际的路面,沉声说道:"叔,你答应过不干涉我行动的,你也早就知道会有这些事情发生。我只不过是在收一笔被欠了三十年的债而已,没有什么奇怪的。"

车厢里死一般的寂静,记忆中的黑暗迅速吞噬了老人的大脑。半响，他终于放弃了挣扎，任由泪水无声地滚落脸颊，默默地把照片放回胸前的口袋里，继而发出一声长长的叹息，看向车窗外，不再说话了。

"你放心吧，我一定会好好给你生养死葬的。"阿城的声音变得飘忽不定。

皮卡车开过安平大桥，驶向漆黑的远方。

夜深了，皮卡车在小院门口停下。

阿城并没有下车，只是看着车后座上的老人，似乎在等待什么。

老人伸手拉开车门刚要下车。

"叔，"阿城轻声说道，"你早就知道会有这么一天的。"

"他们该死，我不否认这点，但是你为什么要对无辜的人下手？"老人冷冷地反问道。

"张凯并不无辜。"

"你……那王全宝呢？他可是救了你的人。"黑暗中，老人沙哑的嗓音仿佛来自另一个世界。

一声叹息后，阿城轻声说道："我没有逼他，我只是把你的愤怒告诉了他，一字不落。是他自己选择这么做的。我不会阻止他的决定。"

刹那间，耳畔只能听到远处树林沙沙的声响。

"你告诉我，那个女医生到底是不是你杀的？"老人的语气中竟然带着哀求，"不是你干的，对不对？阿城，你是个好孩子，你告诉叔，你没有这么干，对不对？"

许久，阿城轻轻一笑："叔，你纠结那么多干什么？如果你看不下去我所做的一切，你完全可以不看，这本就与你无关。"

老人不由得一怔："你说什么？"

"我说啊，这个世界上没有那么多无辜的人，叔，你要记住这句话。我知道将来我的结局也不可能会好到哪儿去，但是我无所谓，因为三十年前我就应该死了。如果真的要问谁该为这些事情负责的话，不只是我，当初那个夜晚出现在现场的每一个人都不无辜。"

"阿城，你的想法太偏激了。"

"叔，我前不久刚问过你，事情都已经出了，道歉还有用吗？你告诉我——要道歉干什么？他们该付出代价的时候就必须付出代价！没错，这就是代价。叔，别问那么多了，你也别再管这件事，养好狗子，养好身体，人的一辈子是很短暂的，好好过吧，不知道哪一天我就再也照顾不了你了，但我走之前一定会为你安排好一切的，总有一天你会明白我的苦心。你快回家吧，天亮了我还要上班。晚上找机会再来看你。"

听了这番话，老人瞬间面如死灰。他刚下车，阿城就探头对他说道："叔，差点忘了，我给你买了部新手机，以后你就可以用新手机和新号码给我打电话了。我下次来带给你。"

"新手机？"

"你不是老跟我抱怨说没有手机用吗？"阿城若无其事地说道，"我上次给你的那部手机不要再用了，毁了吧，SIM卡也拆了，以免夜长梦多。"他看向老人的目光中闪过一丝异样："叔？"

"好的，我明白了。"

老人转身向小院走去，直到背影消失，他再也没回过头。

凌晨时分,房间里黑漆漆的,屋外的路灯光忽隐忽现。

客厅里,陈昌浩挂断电话,伸手拿起装有女儿陈秀妍毕业照的相框,目光中满是绝望与自责,眼泪无声地滚落下来。许久,他把相框放下,又拿起那张警民联系卡,看着上面的名字和手机号码犹豫了很长时间,几次把手伸向茶几上的手机,可是指尖还未触摸到屏幕便又很快收了回来。

最终,他长长地叹了口气,颓然倒在了沙发上。

窗外,远处,海关的钟声敲过,已经是凌晨2点。

阿城的皮卡车就停在隔着一道围墙的小区拐弯处,这里正好背对着监控,却又是进出小区的必经要道。

早上4点刚过,视线依旧有些模糊的时候,阿城抽完了最后一根烟。他掐灭烟头,看着一身西装、穿着正式的陈昌浩犹如一个游魂出现在街头,嘴角露出了一丝微笑。

看来,这个男人做出了他认为最正确的选择。

阿城打开车门,远远地跟了上去。

早晨5点,红星派出所值班员拨通了李振峰办公桌上的座机,睡梦中的李振峰被冷不丁响起的电话铃声给硬生生地拽回了现实世界。

他揉了揉眼睛,发现是自己所期待的红星派出所的来电,便迅速接起电话:"喂,我是李振峰,情况怎么样了?"

"李队,我是姜波,我们单位在昨晚8点已经按照你们的要求传唤了大都会社区保安杨富贵,他还真有问题,他已经都交代了。"

177

"哦？是吗！太好了，他都说了些什么？"

"9月7号下午，大约5点钟的时候，王全宝给了他一千元现金并一封信，要他做一件事：如果警察打电话过来向他询问辖区业主张凯的日常活动范围，尽量把人引导到星星酒吧，然后立刻找机会告诉张凯，就说他玩弄失足妇女和抽非法烟的事情被警察知道了，让张凯按照信上的指示做。"

李振峰紧接着问："那封信找到没？"

"没有，被张凯拿走了。至于说监控中的那一幕，根本就不是什么王全宝去找张凯要钱，相反是给杨富贵送钱。他偷偷给了杨富贵一个信封，信封里有一封电脑打印的信和一千元现金。杨富贵起先有过犹豫，知道这事有猫腻，可还是想赚那一千元，最后就照做了。"

"张凯当晚回家去了吧？"

"对，回去了，我看了监控，晚上6点03分，张凯的车进了国联大都会大厦停车场。随后杨富贵就进去了，在里面待了十多分钟，晚上6点20分左右才出来，而张凯直接走业主电梯上楼了。之后他晚上7点又离开了家，第二天早上6点30分回家，白天上班，直至转天出事便再也没有回过家。"

"停车场内的监控没有拍到他们两人的谈话吗？"

"只拍到杨富贵走向张凯停车的方向，具体后续没有拍到。"

挂断电话后，李振峰站起身，稍微活动了下有些僵硬的手脚，走到身后的窗边，看着窗外逐渐复苏的城市街道。王全宝哪里来的这封信？是不是幕后真凶给他的？幕后真凶是谁？老苗，还是在路灯下等王全宝的那个人？此时还无法确定，但可以肯定那个叫老苗的老人一定有问题，现在需要确定的是马成宇是不是老苗呢？

想到这儿，他拨通了父亲李大强的手机。听着电话那头传来熟悉的声音，李振峰脸上露出了笑容："爸，我有张照片待会儿发给你，麻烦你今天再去趟公园，帮忙确认一下照片中的老人是不是他们见过的老苗。"

"没问题。啊，对了，阿峰啊，我昨天跟你妈说过了，她没意见，加把油！我看人一准儿没错，赵法医是个好女孩，千万别错过了，你尽快带回家来，哈哈——"

电话挂断了，父亲爽朗的笑声暂时驱散了李振峰脑海里所有的阴霾。他转过身，看着刚进门的罗卜："走，我们去会会那个房东，回来路上我请你吃正宗的淮南牛肉汤，上次经过翠庭路的时候那家店门口排了老长的队，没吃上，太馋了。"

听到有好东西吃，罗卜两眼放光："我听九哥说过，他老家是淮南的，咱安平也就这家牛肉汤店被他钦点过是正宗呢！我正好也要找你，李哥，公众号那边回复很踊跃，筛选下来共有六段视频是有研判价值的，大龙他们目前已经解读出来了。"说着，他晃了晃手中的打印报告。

"那就路上说吧，不耽误事儿。"李振峰伸手从自己的工位上拿起外套，两人边说边走出了大办公室，匆匆的脚步声很快就在走廊里消失了。

正值秋天，早晨的空气中多了几分凉意。

上午7点45分，安平市区人民中路车来车往，路两旁高楼大厦林立，还没有到正式开店的时间，每个商场侧门前几乎都堵着一批等着上班的员工，街面上显得热闹极了。

相比商场，写字楼里已经有人陆陆续续地进入办公室，做着上班前的准备工作，有的和周围同事聊几句，有的争分夺秒抓紧时间吃早餐。

就在这个时候，凄厉的惨叫声猛地划破人民中路上空的宁静，一道黑影由上至下重重地砸向了路面。紧接着，一声沉闷的声响伴随着一连串车辆紧急刹车的声音响起，更有金属碰撞的声音接连不断。

路面上突然发生的骚动让周围的人都惊呆了，而那辆刚打算开进商场底层车库的帕萨特更是倒霉，因为跳楼的人正好砸落在帕萨特的车顶上，不偏不倚，车顶被砸得向下凹进去了一大块。司机是个年轻女性，被吓得一边哭一边连滚带爬地钻出了自己的爱车。回到路边转头一看，她哭得更厉害了，只见这辆崭新的帕萨特车顶上一片狼藉，被砸歪的车顶正在往下渗血。

这一切发生得太快了，快到让人根本就无法躲避，也让人无暇顾及其他。没有人注意到跳楼的人身上居然穿着一套崭新的西服。

接到报警电话的人民路派出所值班民警夏伟和辅警老曹迅速赶到现场。夏伟独自来到顶楼案发处，看见地上有一块手表，下面压着一张写满字的纸，旁边是一支钢笔、一张身份证、一串钥匙，周围地上还有五六个烟头。

夏伟上前弯腰用随身带着的圆珠笔挑开压在纸上的手表放到一旁，这才掏出手帕夹着拿起纸。

这是一封用钢笔手写的遗书,纸上寥寥数语表明书写者跳楼自杀是因为绝望,看不到继续活下去的希望,所以决定去另外一个世界了。最后,他请求这个世界原谅自己所做的一切决定。落款署名陈昌浩。

夏伟不由得皱眉,陈昌浩这个名字好像有些耳熟,但是一时半会儿却想不起来。他又查看了钥匙和身份证,钥匙是一大串,大大小小都有,看不出什么异样,就是一串再寻常不过的钥匙。身份证的照片与楼下车顶上被摔得面目不清的死者细看确有几分相似。

夏伟走到楼顶边缘朝下看去,自己脚下的大楼属于身后大成购物中心的骑楼,高六层,自己所站的位置是楼顶,就平行高度来看属于七楼的范围。此刻,辅警老曹正守在那辆被砸坏了的帕萨特轿车旁边。死者身上那套崭新的西服、领口被血染红了的白衬衣以及死者脸上异常平静的面容,在早晨的阳光中,显得异常醒目。

夏伟突然想起来了,红色!没错!就在昨天上午,自己去安平市中医医院急诊中心维持秩序,那个现场也是一片血红,而死者也是姓陈,叫陈秀妍,她的父亲好像就叫陈昌浩。

想到这儿,夏伟小心翼翼地把右手上拿的遗书换到了左手上,依旧用手帕隔着,尽量不接触纸面,然后掏出手机拨通了人民路派出所的值班电话,接电话的是值班教导员纪灵。

"教导员,我是小夏,麻烦你查一下昨天在我们辖区中医医院被杀的急诊科女医生,她的家庭住址是不是流芳小区1栋502室?家中亲属是不是有人叫陈昌浩?我这边有个死者,年纪在五十岁左右,是个男的,就叫陈昌浩,家庭住址是我刚才说的流芳小区1栋502室。"

"稍等……没错,地址是同一个,陈秀妍的父亲就叫陈昌浩。其父母很早之前就离婚了,她跟随父亲生活,户籍记录上就只有父女俩。"

夏伟心中不由得一沉,他又朝楼下看了一眼:"教导员,陈秀妍的父亲可能跳楼自杀了,你看我们要不要通知市局?他们在办陈秀妍医生被害案。"

"自杀?跳楼自杀?你出警的案子?"

"对,我现在就在死者跳楼的楼顶,现场发现死者手写遗书、笔、钥匙串和一张身份证,上面是陈昌浩的名字和我刚才报给你的住址。"

电话那头陷入一片沉寂,很快,教导员的声音又响了起来:"小夏,我已经派增援过去了,我也通知了市局负责陈秀妍遇害案的林警官。现场由你负责,你守住现场等待技侦的人过来勘验。"

"明白。"

结束通话后,夏伟匆匆下楼,跟老曹简单说了一下楼顶的情况,便让老曹去拿警戒带,把现场周围严密封锁起来。很快,人民中路上有人跳楼自杀的消息便登上了社交媒体平台的头条。

此刻,安平路308号大院内,接到消息的林水生带着人准备开车出发前往市中心现场。警车启动的刹那,刺耳的警笛声骤然响起,警示灯闪烁,随着两道自动门缓缓向两边移动,警车飞速驶出大门，呼啸着一路远去。

底楼实验室内，不断跳跃的电脑屏幕突然停下。一脸惊愕的小九赶紧冲到电脑旁，点开页面，看着上面的结果——相似度60%，瞬间喜笑颜开，转头冲对面工位上的赵晓楠嚷嚷道："师姐，师姐，结果出来了，我们可能找到古墓里那女尸的亲人了，有可能是兄弟，就在本市。"

随着木地板上一阵滑轮椅子转动的声音由远至近，赵晓楠的身形出现在了小九身旁。看着电脑上的文字和户籍资料，赵晓楠也难以抑制内心的激动，轻声喃喃道："这就好，这就好，马上把结果通知李队。尸源确定了，下一步就好办了。对了，小九，你说这一家有没有报失踪？"

小九头也不抬地按着手机屏幕："应该有吧，这大活人又不是从石头里蹦出来的，凭空消失得无影无踪，家人能不急？"

"小丁呢？他还在档案室？"

小九苦笑着点点头："整整十年的旧档案，堆起来恐怕比他整个人还高，那年代又不像现在这样满大街都有探头，人不见了的话，找起来可是非常难的。幸亏我们这边比对成功了，接下来的寻找就有针对性了。等等，电话接通了——李哥，我是小九，告诉你一个好消息，古墓里那具尸骸比对上了……具体是什么关系我不知道，电脑确认有血缘关系……户籍登记上没显示出来，估计是时间太久了吧，采集户籍信息的时候就没采集上去……小丁？没有，他那边还没有消息，我等下会去找他，看看能不能汇总到一起去……好的，户籍资料我等会儿发你，等你好消息……牛肉汤？哈哈，好的，好的，帮我和师姐各打包一份咯，太谢谢啦。"

李振峰和罗卜的警车此刻正停在翠庭华府物业的门口，接到电话催促的物业经理据说正以三倍的速度往这里赶。恰好在这个无聊的节点上接到了小九的电话，这多少让李振峰沮丧的心情好受了些。

结束通话后没多久，手机就收到了一张户籍资料电子页面，李振峰对罗卜说："查查惠泉新村离这儿有多远。"

罗卜看了下地图："走快速道的话，十五分钟就能到。"

透过车窗前挡风玻璃，李振峰一眼就认出了那个正气喘吁吁地踩着共享单车朝这边赶的中年矮胖男人，忙对罗卜说："来了，我们先下车再说。"

顺着李振峰的视线，罗卜也看到了那个男人："哎，李哥，你怎么知道他就是我们要等的钱经理？"

两人下车，李振峰双手抱着胳膊倚靠在车头上，冲着那个正在停车的中年男人微微一笑，语速飞快地低声说道："你看这里周围都是居民区，大家都穿得很休闲，只有他穿的是白衬衣，衬衣下摆全塞进了裤子里，头发尽可能地梳理得整整齐齐，脖子上有一条蓝色的挂带，挂着的东西被他塞进了左面胸部的口袋里，那是他的工作证。这一身打扮是办公室工作人员的标配，而距离这边最近的银行至少要在三站路开外，基本可以排除掉他是银行工作人员的可能性。当然，最主要的是，他明显朝我们的方向而来，还一直盯着这边看。"

果不其然，中年矮胖男人停好车，一溜小跑朝警车的位置跑了过来，呼哧呼哧地刚站定，便满脸堆笑："警察同志，真不好意思，让你们久等了。"

"没事，没事，还不到你们的上班时间，很正常。"说着，李振峰换了种口气，"那我们今天也不多耽误你的时间，开门见山吧，我们就想向你打听个人。"

"你尽管说，尽管说，我在这里工作八年了，小区里的业主和出租户我几乎都认识。"物业经理笑眯眯地说道。

"想问下马成宇的事。"李振峰从公文包里摸出了马成宇的照片，递给物业经理，"这是放大的，你仔细看看，能回忆起多少来就告诉我们多少。"

物业经理拿着照片反复看了好一会儿，满脸狐疑地把照片还给了李振峰："这老人住的应该是13号门8楼，不过他自己不住这儿，房子出租。租他房子的女孩前段日子好像还出事了。"

李振峰点点头："是的。我就想问一下，这个老人在你们小区里的口碑怎么样？"

"还行吧，"物业经理皱眉想了想，"没有听说过他有什么邻里纠纷。不过我们小区上班的年轻人比较多，老人一般都搬走了，把房子出租出去也能有不少的收入，所以我们小区白天几乎没什么人，都去上班了。我估计马成宇老人也是考虑到自己年岁大了，这腿脚不太方便，就索性把房子租出去了。谁想到竟出了这种事，不过还好没成凶宅就是了。"

"老人是什么时候搬走的？"罗卜问道。

物业经理回想了一下："应该是一年多以前的事了，应该是去年8月份的样子。那时候天气很热，搬家公司的车进来的时候,因为我们的保安在空调间里给他开电子门慢了一点,还吵了一架,不过还好,没惊动你们警察同志。"

李振峰和罗卜对视了一眼,微微一笑,接着问道:"那老人新搬去的地址你知道吗?"

"不知道,那是业主的自由,我们物业公司无权干涉。"物业经理回答。

"那你还记得那家搬家公司的名字吗?"罗卜追问道。

"当然记得,那家公司的名字和我女儿爱吃的一种饼干的名字差不多,就少了一个字,所以我就记住了,叫利奥搬家,是在我们安平市挺有名气的一家搬家公司。"物业经理想了想,随即一拍大腿,"里面有个搬家的工人是个光头,很好认,也很凶,我们保安说他一定做过街头混混,是个不好惹的家伙。"

"老人还有没有家人?"

"有,但是不在老人身边。老人还在我们这儿住的时候,我们经常收到国外的来信。听他说他有个儿子,在国外定居,应该是不会回来了吧,都很多年了。"物业经理回答道。

"他搬走后应该再没有信件寄过来了吧?"罗卜问,"是哪个国家寄来的?平时大概多久收到一次?"

物业经理双手一摊,摇摇头:"我不知道是哪个国家寄来的,也没仔细看,每个月都有一封吧。不过,搬走之前大概两个月的时间就没再收到了,老人后来病了,在家躺了半个多月,病好了就搬家了,随后就把房子出租了。"

李振峰皱眉看着他:"钱经理,你怎么知道得这么清楚?"

物业经理赶紧摆手:"我可不是坏人,警察同志。我们也是关心小区的孤寡老人嘛，这不当时好久没见到老人下楼来散步了，老人平时还挺爱干净的，三天两头洗衣服晒衣服，结果那时衣服在外面挂了两天也没收。我们以为出事了，就叫上保安和社区的几个工作人员一起上门，才知道老人病了，人都瘦了一大圈。要送他去医院，他坚决不同意，说自己能照顾自己，就把我们撵了出来，当时我们几个还挺生气的。后来有很长一段时间都没有收到国外的来信，我猜想八成是这个事儿刺激到老人了，也就理解了呗。"

"老人退休前是干什么的？"

"老师。"物业经理笑了。

"他亲口跟你说的？"

物业经理摇摇头："我看见的，那次去他家，看见他的书桌上摆了一个釉质茶杯，上面印着'光荣教师'四个字，下面是一个大大的'奖'字。那玩意儿有些年头了，我老爸就有一个，很漂亮的，那个年代时兴奖这种东西。"

"那他老婆呢？"罗卜问。

"没见过，老头一直一个人。"

李振峰想了想，问道："钱经理，最后问两个问题，你好好回想一下，老人身边有没有出现过别的什么人，比如和老人关系比较亲近的朋友？"

"没有。"物业经理果断地回答。

"老人有没有养狗？"

"肯定没有，老人不养狗，他走的那天是我亲自调解的纠纷，还帮忙搬家来着，我可以肯定他没养狗。"物业经理刻意加强了自己最后说出那句话的语气,转念一想,他又补充了一句,"警察同志,至少在我们小区,马成宇老人没养狗。"

没什么好问的了,李振峰冲着罗卜点点头,临走的时候按照惯例留下了自己的警民联系卡,嘱咐钱经理一旦再想起什么,尽快通知自己。他们很快开车离开翠庭华府小区,上了快速道,迎着早晨的阳光,向城市的另一头——惠泉新村开去。

南江大学历史系讲师欧志城穿着灰色工作服,戴着防尘口罩和白手套,在库房里整理耳室中发现的陪葬字画。突然他接到了赵晓楠的电话,虽然有些意外,但心情明显好了许多。

他向库房外走去,直到站在洒满晨光的屋檐下,才摘下口罩说道:"赵法医,有什么需要帮忙的吗?"

"欧老师,你太客气了,我就想问一下,你是这次挖掘工作中第一批见到这具女尸的人吗?"

"没错,我就是第一批。"

"那好,欧老师,你有没有什么情况需要向我补充的?"赵晓楠接着问道。

"没有。"欧志城果断地回答,"赵法医,你们确定死者是谁了吗?"

"还没有,还在调查。对了,欧老师,你是安平本地人吗?听你的口音挺像的。你大学也是在安平念的吗?"

"对,我是安平本地人,出生在北门口老北塘一带,在苏川念的大学,研究生毕业后考取了教师资格,就来南江大学历史系当了个小助教。赵法医,你问这个干什么?"

电话那头赵晓楠的声音听不出半点波澜："没事，我只是觉得欧老师你的年龄和死者的年龄应该差不多，又都在南江大学，不知道你有没有听说过什么，比方说有谁失踪？"

"没有。"

"好的，我明白了，欧老师，再见。"

电话挂断了，欧志城看着手机发愣。

正在这时，伴随着一阵脚步声由远而近，两位历史系的年轻实习助教出现在了库房走廊的尽头，边朝这边走边低声议论着早上人民中路发生的惨剧，说死者正是昨天上午遇害的急诊科女医生陈秀妍的父亲，不过这未免也太巧合了。走过欧志城身边的时候，其中一位向欧志城打招呼："欧老师，来这么早？"

欧志城礼貌地笑了笑，随口问道："你们刚才说的是那起跳楼自杀事件吗？"

"没错，听说那人正好砸在一辆刚买没多久的帕萨特轿车顶上，那女司机的脸都吓绿了。"

另一位皮肤黝黑的助教强调："我开车来上班的路上就是因为这件事被堵在人民中路，还好我们现在是在工地上做修复的工作。哎，欧老师，你来上班的路上没看见吗？我记得你好像也要经过人民中路那边吧？"

"我来得早了点，运气好，没被堵在路上。"欧志城脸上的笑容没变，"确定是自杀了吗？"

两位助教面面相觑，其中一位说道："欧老师，堵车的时候我看见殡仪馆的车把人拉走了，要是涉及命案的话，那拖走尸体的就不是殡仪馆的车，而是法医的车了。"

欧志城礼貌地点点头，收回目光的时候，轻声咕哝了句："唉，活得好好的，就那么想不开吗？"

转身走回库房的那一刻，他的脸上又笼罩了一层阴影，像一张冰冷的面具。

惠泉新村在安平市的北部，俗称老北门，是一个没有物业的开放式小区。小区里种满了无花果树和梧桐树，树枝疯长，电线交错纵横，房子阴暗老旧，道路坑坑洼洼，警车的轮子好几次都差点陷进路边的小坑里。

看着主干道两边白灰墙上极为醒目的一个个斗大的字——拆，李振峰终于明白了为什么惠泉新村的居住条件会这么差。

警车在一栋五层楼高的土黄色外墙住宅楼前停了下来，一楼临街处的墙面上依旧被刷上了白灰和一个斗大鲜红的"拆"字。还没下车，警车的周围便出现了好几个表情淡漠的老人，他们姿势各异，或坐或站，目光却都投向了警车所在的位置。

"就是这儿，3号楼402。"李振峰朝上指了指，"小九打过电话了，有人在家。"

两人随即下车，然后在众人的目光中迅速钻进楼栋，直接上了四楼。楼道里还算干净，并没有堆满杂物，只是光线很差，外面那棵高大的法国梧桐让本就狭窄不堪的楼道里更加漆黑，他们勉强能看清脚下的台阶。

来到四楼平台，罗卜上前敲门，很快，一位头发花白的中年男人打开了门："你们找谁？"

"打扰了，我们是安平市公安局的，我叫李振峰，这是我同事罗卜,请问您是高鼎臣高先生吗?我有一位同事早上给您打过电话。"李振峰说道。

高鼎臣听了点点头,伸手打开纱门:"我就是高鼎臣,你们进来坐吧。"

话音刚落,身后房间里便传出了一位老人不断咳嗽的声音。

三人在客厅沙发上坐下后,高鼎臣伸手指了指左手方向关着的卧室门:"刚才咳嗽的是我父亲,我母亲早就过世了。我父亲说,一定要等我妹妹回来后他才能闭得上眼。"

"你妹妹?她叫什么名字?什么时候失踪的?"李振峰问,"你们没有上报吗?"

高鼎臣苦笑着摇摇头:"报是报失踪了,按照程序去派出所报的案,但都快三十年了,我妹妹就跟人间蒸发了一样。后来人口普查登记的时候,普查登记人员说我妹妹失踪十年以上,不属于常住人口了,因而无法登记,但是户籍地会算上,所以我们的户口簿上没有显示,但这并不意味着我妹妹就不在了。警察同志,"他抬头看向李振峰,声音微微颤抖:"你们找到我妹妹了是吗?她还活着吗?她到底在哪儿?"

"现在还不能确定就是你妹妹。"罗卜说道,"高先生,给我们说说你妹妹吧,她叫什么名字,出生日期,曾经从事的职业,什么时候失踪的?"

高鼎臣微微皱眉,似乎从警察的言语中察觉到了什么,却又一时之间无法确定,只能无声地摇摇头,开口说道:"我妹妹比我小两岁,随我母亲娘家姓,叫苏月娥,出生于1969年的5月1号,失踪时刚过完二十四岁生日。她是南江医专的校辅导员，实习老师，工作上非常认真，在学校人缘也很好。我妹妹每个月工资一百二十七块三毛五分，她拿到手后都会一分不少地交给我母亲。我母亲的身体一直都不是很好，经常头晕，所以妹妹格外照顾母亲，我母亲要给她钱都被她拒绝了，她说学校管三餐，有劳保衣服，再加上辅导员每个月有十二块钱的津贴，足够她花了。"

听到这儿，李振峰不由得和罗卜对视了一眼。果不其然，高鼎臣递过来的那本相册上，照片中的苏月娥穿着打扮一直都很朴素，扎着麻花辫，脸上的笑容清澈如水。

"高先生，能跟我说说你记忆中最后一次见到你妹妹时的情景吗？"李振峰轻声问道。

高鼎臣点点头："我中专毕业后被分配到市机床厂工作，是车工，也是党员。五一劳动节那天厂子里有个技术故障需要我加班处理，所以我就错过了中午给妹妹过生日。下午四点多时，我骑着自行车从厂子里下班赶回家，远远地看见我妹妹在小区门口的公交站台上，她当时穿着我母亲请裁缝给她做的一条新裙子，蓝底碎花图案，很漂亮。我知道她要回学校去了，她为了挣辅导员的津贴，一直都是住校的。我当时心里很着急，就拼命蹬车，结果，就在离她不到一百米的距离，车链子断了，我只能推着车跑，边跑边叫她的名字，想跟她说几句话，我口袋里还有亲手做的礼物要送给她。可惜啊！喏，就在那儿，我用边角废料给她做了一只漂亮的小鸡，一直放在那儿，等她回来，我要亲手送给她。"说着，他伸手指了指身后五斗橱上一只手工打造的小鸡摆件，旁边那个相框里是一个年轻女孩的照片，十七八岁的年纪,照片中女孩的长相与李振峰此刻公文包里的模拟画像非常像。

"我当时拼命地呼喊她的名字,可惜她没听到,直接上了那趟32路公交车。当我跑到公交车站,车已经开走了,我不知道她有没有看见我狼狈不堪地站在那儿,看着车越开越远,急得直跳脚的囧样。"高鼎臣说到这儿,不由得发出一声叹息,嘴角滑过苦笑,"警察同志,我妹妹每周回家一次,看看母亲和父亲,还会和我说说学校里的事,我却总是没空儿,因为那时候我谈恋爱了,我爱人是毛纺厂的,所以能分给妹妹的时间很少,但是每周还是能和她见上一面的。现在觉得,人啊,真的要好好珍惜和亲人在一起的机会,因为说不定下一次见面,就不知道是什么时候的事了。后来,我妹妹再也没有回来过,我去她的学校找过她很多次,结果,她的同事都说在她回校那天晚上过后就再也没有见过她了,也没有听说她在校园里再出现过,她们都以为她请假了。"

李振峰非常理解高鼎臣此刻为什么嘴角明明有笑容,眼眶里却含着泪水。整整三十年了,眼前这个男人一直都心怀那天没能追上妹妹的懊悔,这种痛或许只有再次见面时才会减弱吧。但是想到那具尸骸,李振峰的心里感到了一阵阵的刺痛。

他抬头看着高鼎臣:"高先生,那你还记得你妹妹失踪前发生过什么特别的事吗?"

高鼎臣摇摇头。

"那她有没有谈恋爱?"

高鼎臣哑然失笑,语气却非常坚决:"别开玩笑了,警察同志,我妹妹失踪前才二十四岁,刚工作没多久,她又是个对工作非常认真负责的人。她跟我说过要晚一点谈恋爱,即使要找,也要找一个责任心强的男人,并且第一时间让我知道。所以,她如果真的谈恋爱的话,是绝对不会不告诉我的。"

听了这话,李振峰不由得紧锁双眉,略微迟疑,接着又说道:"高先生,最后有个请求,能不能借我一张你妹妹失踪那年拍的照片,还有就是,你能给我几根带有毛囊的头发吗?"

"你们要这个干什么?我是说,头发?"高鼎臣不解地问道。

"哦,这是程序,办案程序,现在重新调查你妹妹失踪的案子,需要将你的DNA输入数据库,好在认亲时进行比对。"李振峰解释道。

高鼎臣点点头,摸了摸自己有些谢顶的头,脸上露出了一丝歉意,随即站起身向卧室走去。房间里传出了几声低语,很快,高鼎臣再次出现在卧室门口,手上拿着好几根头发和一张照片,来到近前把它们都递给了李振峰:"几根长的和白色的,是我父亲的,我的又短又软,我怕你们不够用。我爸说了,支持你们的工作,也相信政府能帮我们把我妹妹苏月娥带回来。"

接过高鼎臣递给自己的头发和照片,李振峰分别打开随身带来的两个小证据袋,把它们小心翼翼地逐个放进去,封好封口,这才站起身:"那我们就告辞了,后续有消息了,我一定第一时间通知你。"

高鼎城把李振峰送到家门口,似乎有难言之隐。

"高先生,你想说什么?"李振峰问。

高鼎臣轻轻叹了口气,低声说道:"警察同志,我早就知道我妹妹肯定已经不在了,三十年来杳无音信,她肯定是被害了,是不是?"

李振峰双眉一挑:"你为什么会突然有这么个想法?"

"就在前几天我梦到我妹妹了,她没有跟我说话,但她还是当年上车前的样子,穿着那条蓝底碎花长裙。但这次她看到我,好像在跟我道别。我感觉到,我妹妹再也回不来了,我知道的……"这个面容憔悴的中年男人独自喃喃自语,摇了摇头,没有再继续说下去,转身的刹那,眼神中闪过了一丝痛苦。

第八章 生容易活下来太难

每个人都会死，但不是每个人都真正活过。

正午的阳光照在安平市中心的人民中路，交通已经恢复了，只有出事的大成商业中心骑楼楼顶和楼下死者坠楼的位置依旧拦着警戒带。

站在楼顶平台上，林水生探头朝下看去，虽然尸体已经被殡仪馆的车拉走了，但碎玻璃片和血迹依旧，满地狼藉，人民路派出所的痕检人员弯腰对地面做着最后的清理工作。

"你确定没看见死者的手机？"

夏伟摇摇头："我是第一个上楼的，没看见。"

"这就奇怪了，这里没有，尸体身上也没有，难不成手机长翅膀飞了？"林水生小声嘀咕。

一阵手机提示音响起，夏伟立刻低头查看自己的手机刚收到的一段视频。林水生闻声凑了过去："怎么说？能确定是自杀吗？"

夏伟刚刚收到的这段监控视频来自大成商业中心顶楼的一个消防监控，因为是旋转式探头，所以每隔四十五秒才能扫到骑楼顶上的画面，并且只能拍到三分之一的顶楼平台景象。但仅凭这段视频，也足够表明坠楼事件发生前，陈昌浩在早上6点刚过时曾独自通过攀爬外部消防楼梯上了楼顶平台，完美躲过了底层车库门口的监控探头。在上面徘徊了一个多小时后，这个五十岁出头的中年男人果断地选择了跳楼自杀。

"没办法把视频补全了吗？"林水生问。

夏伟摇摇头："这是目前唯一的视频。至少能证实他是自己跳下去的。"

"奇怪了，这个陈昌浩的家住在流芳小区，离这里不过一条街区的距离，况且他所住的楼有八层，他想自杀的话，为什么不选择自己所住的楼栋，而要来这里呢？"林水生皱眉嘀咕道，"这个位置对他来说难道有什么特殊意义？"

"林哥，你说他自杀会不会是因为他女儿遇害的缘故，他一时想不开就……就跳楼了？"夏伟若有所思地说道，"我们辖区里也发生过这样的事，那个死者留下的遗言和这个陈昌浩留下的也差不多，对不起这个对不起那个的，也是因为自己家的孩子突然没了。"

林水生看了他一眼，意味深长地说道："确有可能。兄弟，有时候我们男人其实没有表面上看上去那么坚强，你还年轻，以后经历多了，自然就明白了。对了，他家里现在还有什么人吗？"

"没了，户籍资料上就两个人。"夏伟回答道。

"走，我们上他家去看看。"说着，两人一起向电梯口走去。林水生伸手按下了电梯的下行按钮。

"林哥，杀害陈医生的凶手抓到了吗？"

林水点点头:"你怎么突然问起这事了?"

"那天出警我也去了,和红星派出所的人一起去的。"夏伟回答。

"一起?"林水生不解地看着他。

夏伟点点头:"案发的市中医医院所处的位置,一半在红星辖区,一半属于我们人民路辖区,但凡有重大突发命案或者处于这种特殊地段的严重医患纠纷,我们两个派出所都会出警协同配合调查。"

"我懂了。"林水生走进电梯,夏伟跟了进去,"我出来的时候听红星那边汇报说好像已经抓住了,他们正在初审,但是总感觉哪里不太对。"

"为什么?"

林水生沮丧地垂下头:"抓住的那人精神有问题,躁狂得很厉害,三个警察才把他控制住,有个侦查员的鼻子还被他咬伤了。"

"双相情感障碍?"

林水生想了想,回答道:"应该是这个毛病,我不是很懂,但是我们李队给我们科普过这种很严重的精神分裂。他说单相躁狂症在平时生活中很少见,而双相Ⅰ型,也就是躁狂和抑郁相结合的病症,就很常见了,也很危险,因为这种患者对自己犯病时的行为根本无法控制。"

"那他为什么要杀害陈医生?"夏伟问道,声音有些沉闷,"我昨天看到陈医生的尸体被抬到担架上的刹那,心就像被什么东西狠狠地戳着。"

"暂时还没有结果。不过我已经联系红星那边尽快把这人给送到我们局里来，李队能对付这家伙。"说到这儿，林水生脸上露出了一丝笑容，"李队是我们单位穿警服的心理医生。只是最近案子不断，所里很多人都被派出去了，不然他今天也能过来。唉，真不知道什么时候才是个头。我们马处说了，等李队问过后要是确定那人精神有问题，那就得直接联系精神卫生中心和检察院的人了。这案子八成要黄。"

"以前你们也遇到过这种事吗？"

想起一年多前发生的姜海的案子，林水生不由得一声长叹，苦笑着点点头。

电梯很快到了一楼，门打开后，两人一前一后走出电梯，向不远处路边停着的警车走去。

离开惠泉新村之后，李振峰一边开车，一边注意身边坐着的罗卜，也许是触景生情，刚才的情景令他想起了去世的母亲。等他情绪平和些了，李振峰才轻声安慰道："兄弟，想开点儿，以后你会习惯的。"

罗卜感激地抬头看了他一眼："李哥，我没事。"

听了这话，李振峰看着车前方的路面，微微一笑："小罗，我理解你，一个人心里的痛苦都是需要自己去调和与适应的。在这个世界上像高鼎臣那样一辈子都走不出来的人或许有很多，但是人活着，就要努力去看见阳光，明白吗？"

罗卜早就已经热泪盈眶，他点点头，哑声说道："李哥，你说得对。我从小和我妈妈相依为命，我跟她说过，不管她做过什么,她都是我的妈妈。李哥,我没事的。"

"如果你需要找个人谈谈的话,我随时都在。"李振峰冲他点了下头,接着说道,"我刚才在高鼎臣家虽然没有把那张模拟画像给他看,但基本可以肯定死者就是他的妹妹苏月娥了。回单位后,你把头发样本拿给小九他们,加紧做DNA比对,确定身份。"

"那具尸骸都白骨化了,还能提取DNA?"

"当然可以,死者的牙齿还在,完整的牙齿,可以提取牙齿脊髓,赵法医以前做过类似的比对,没有难度。"李振峰回答,"说说视频吧,大桥上的,大龙那边有结果了吗?"

罗卜拿出报告又仔细翻了翻,随即点头:"但不多,就辨认出了两三句话,前因后果不是很完整,因为视频本身就有些模糊,这几句话还是分辨了很久才拼凑出来的。王全宝说——……杀了……我们一起死……张凯表情惊讶——你怎么会知道这件事?王全宝说——你这畜生。张凯表情恍然大悟——我知道了,是他……后面这句话还没说完,张凯就被王全宝用力推了下去。"

"现场还没找到张凯的手机吗?"

罗卜摇摇头:"图侦组查看过监控,从张凯冲进快车道,然后上引桥,最后顺着坡度爬上横梁,其间最有可能藏人的一个地方,就是引桥和桥面相连接处的一个花坛,花坛离人行通道入口最近。我看过桥上的监控,事发后,有人在那里坐过,可惜只拍到了背影,只知道是个男人,是个光头,随后通过人行通道口下去后就消失了。后来现场搜索小组查过花坛,一无所获。"

李振峰听了这话，应声踩下刹车，转头看向罗卜，脸上的表情格外凝重："当时我们对张凯只是传唤，没有对他采取人身强制措施，只是简单搜了一下身，我记得很清楚，当时他的手机就在左手边裤兜里放着。打捞队有没有再尝试打捞一下？"

"试过很多种方法了，都没找到，而且他从桥上掉下去的视频我翻来覆去看过不下百次，当时画面中并没有出现有异物同时掉落的场景。李哥，我觉得可以排除手机掉在水里的情况。"罗卜回答。

"假设手机被他丢到了花坛里，然后被人捡走，那目前手机的信号呢？有没有再次使用过的迹象？"

"没有，从他出事那一刻开始到现在，张凯名下的手机号就彻底静默了，没有任何被用的迹象。"罗卜从李振峰的神态中感觉到了事情的严重性。

李振峰一声不吭地发动警车，继续往前开，同时叮嘱道："第一，通知图侦组，找到光头男出现的位置，追踪来源；第二，你马上和分局的老陈联系，问一下榕树湾小区许大鹏的手机有没有找到。"

"明白。"

很快，老陈的回复过来了，罗卜紧锁双眉："李哥，还没找到。"

"那么四部手机被凶手拿走的可能性就最大了。凶手应该知道光靠手机号码也能查出通话记录，拿走手机只有一个目的，那就是刻意掩盖死者曾经接收的电话与信息。"略微停顿过后，李振峰把车开上了左转弯岔道,"我们现在去利奥搬家公司。"

"不提前通知他们吗?"

李振峰摇摇头:"不用,直接去比较好,这事儿越少人知道越保险。完了直接回单位,赶得上5点的案情分析会。"他瞥了眼仪表盘上自己的手机,为了方便接打电话,李振峰只要上了警车,就会习惯性地把手机从兜里拿出来放在车头的位置。现在手机上没有收到回复,显然父亲李大强那边还没有消息,希望老头一切顺利吧。

阳光中,警车沿着长长的海岸线向路的远处开去。

法医解剖室里,赵晓楠看着眼前桌面上摆放整齐的尸骨,又低头看看自己手中这一截细小却又非常光滑完整的骨头,简直不敢相信自己的眼睛——把人体的骨头按照它们在人体内部原来所在的位置排列整齐是每一个法医的入门必修课,为什么自己之前就没有注意到这节细小骨头的真正来历呢?

刚开始整理的时候,她本以为这是一节碎骨,毕竟死者遇害前遭受过非人的毒打和虐待,肌肉腐烂后碎骨掉落也是很正常的;或者说是老鼠的骨头,因为古墓中有老鼠和蛇也毫不稀奇。但是刚才自己再次用手仔细触摸和检查这节骨头时,却发觉不对,这不是老鼠的骨头,分明是一节人类胎儿的股骨!这节骨头上没有任何受到外伤的痕迹,应当是在母体子宫中正常脱落的,但为什么只有一节股骨,别的骨头呢?胎儿的头骨呢?

赵晓楠的脑子越想越乱。从显微镜中看,这节人骨就是一个五个月月龄左右的胎儿的股骨,难道说面前的这个女死者在遇害前已经有孕在身？

赵晓楠的目光又一次落在有裂痕的盆骨上，这个想法让她瞬间感到自己的后脊背阵阵发凉。

这时候，走廊里由远至近响起脚步声，小九推门走了进来，把一份报告放在赵晓楠办公桌上："师姐，大致的凶器种类和样式我都做好了。"

赵晓楠猛地抬头看向他："计算下来共有多少种凶器？"

"至少四种，其中三种钝器，一种是锐器。"小九回答。

"也就是说三十年前的凶案现场至少有四个凶手。"

小九摇摇头，眼神晦暗："不止，师姐，我想绝对不止这个数字。我只是保守估计，事实肯定比这个多，可惜的是这是一个没有现场的陈年旧案，要查清太难了。"

"你看，我发现了这个。我才发现，真丢人啊！这个就明明白白地放在我面前，我竟然一直都没有注意到。"说着，赵晓楠抬起左手，亮出了那节股骨，"这是胎儿的股骨，我起先以为是一块碎骨，结果怎么也拼不回去。对比仔细看，才发觉这是一节五个月月龄左右的胎儿的股骨。"

小九一脸的惊愕："师姐，从尸骨上看，不是说她没生过孩子吗？"

赵晓楠叹了口气："我刚才以防万一又测量了盆骨，变化是有，但不是非常明显。这个月龄的胎儿，母亲的盆骨还没有发生明显的变化，只是局部显形而已。我现在感到奇怪的是，这个胎儿的头骨去哪儿了。等等，我有他们刚进入古墓时的一手视频资料，是高主任给我的，我再去仔细看看。几点开会？"

"5点。"

"那还来得及。"说着，赵晓楠便利索地摘下手套，转身走出解剖办公室，去了隔壁的房间。小九也不急着回实验室，索性跟着走了过去。

现场录下的视频很长，有将近92分钟，详细记录了从开启墓室到最后发现尸骨的过程。

视频播放完后，赵晓楠皱眉说道："古墓中有老鼠和蛇出现很正常，但是它们绝对不会把受害者的衣服给吃得干干净净，所以不排除受害者生前曾经遭受性侵。另一种可能是凶手想让以后的古墓发掘者无法确认死者的生存年代，将其当作随葬人员，剥去死者的衣物是为了掩盖死者的真实身份。"

小九点点头："凶手做这些是为了不让人发现她。但从把她丢进古墓这一点可以看出，这个凶手之一必定是懂得古墓知识的，知道怎么打开和关上墓道，所幸受害者的尸骨基本保存完好。"

"对，我刚才就是在查看尸骨上的啮齿动物的咬痕，不是很多，只发现了十一处。现在让我感到困惑不解的是，胎儿的头骨和其余的骨头为什么找不到，视频中没有直接拍下清点尸骨的一手资料，真是太可惜了。"赵晓楠抬头看向小九，满脸疑惑，"我明天找机会去趟工地详细询问一下这个墓被发现的经过，同时再去看看其他三具尸骨，看看是不是遗漏了什么。"

"师姐，你一个人去？"小九不放心地问道。

"没事，我对付得了。我差点忘了，听说红星派出所抓住了凶手？"

小九点点头:"对,已经将人移交过来了。小丁看着呢,就等李哥回来了。不过,这人的精神状况好像有点问题。"

听了这话,赵晓楠微微一怔,脑海中迅速闪过陈秀妍医生满脸的笑容:"精神有问题?"

"是的,有点躁狂症的迹象,把我们的人都咬伤了。"小九脸上神情凝重。

"怎么可能?"赵晓楠猛地站了起来,一脸的愤怒。

利奥公司大办公室里灯火通明,窗外大卡车进进出出响声震天,罗卜斜靠在窗口,时不时地朝下面停着的警车看一眼,目光中流露出些许的不安。

"老头?翠庭华府那家?去年8月份?"利奥搬家公司的副经理皱眉想了半天,点点头,"我好像有点印象,但是具体长相的话……警察同志,我们每天都要见那么多张脸,哪儿还记得住啊?"

李振峰笑了:"那是当然,我们理解,所以只想麻烦蔡经理帮忙查查存档的搬家记录。老人的名字和原来的住址我都给你们了,我们只想找到他后来的去向。"

"好吧,稍等一下。"说着,副经理晃了晃手中写有马成宇住址的纸条,转身向后面的办公区走去。

"李哥,"罗卜朝李振峰低声打了个招呼,走到近前后才压低嗓门说道,"注意看楼下那个穿灰色衣服的光头,他盯着我们的车已经有一段时间了,鬼鬼祟祟的。"

李振峰心中一怔,突然想起之前物业经理提到过的那个光头,随即迅速把罗卜拉到一旁,小声道:"你盯着这家伙,等下你看我安排。"

正在这时,光头男掏出手机低头开始打字,还时不时朝楼上窗口看一眼。

罗卜心有灵犀地点点头。

没多久,随着身后地板上一阵脚步声响起,副经理的声音由远至近,他说话的语气中满是歉意:"真的很抱歉,警察同志,去年8月份的搬家记录中,我仔细查过了,并没有你们所说的这个名字和住址的订单,你们是不是记错了?"

一听这话,李振峰下意识地和罗卜对视了一眼,微微点头,后者便快步向办公室外走去。一两分钟的工夫,他眼角的余光便看见罗卜的身影已经出现在刚才那个灰衣光头男的身边,迅速把对方控制在了角落里。

此时,李振峰的脸上才露出笑容:"是吗?蔡经理,你有仔细核对过记录吗?"

副经理双手一摊,显得很无奈:"我都核对了好几遍,确实没有这笔记录。"

"那天一共做了几笔搬家生意?"李振峰不紧不慢地问道。

副经理回答:"从早上6点开始,一直到晚上9点收工,四台车总共有十二笔订单,唯独没有你刚才所说的那笔翠庭华府的。"

李振峰的脸色顿时沉了下来。

这时,走廊里响起了一阵杂乱的脚步声,转眼间,刚才楼下的灰衣光头男便出现在了办公室门口。这番响动引得众人纷纷向那边看去,目光中充满诧异。

"这，这怎么回事？"副经理不解地问道，"刚子，你来这儿干什么？还不赶紧下去干活？"

灰衣光头男还没回答，罗卜便从他身后走了出来，语气冰冷："自己说吧，在我们车边鬼鬼祟祟地想干什么？"说着，他把一部手机交给李振峰，点开页面，正是某社交平台的聊天画面，上面打着一句话："二舅，警察来干什么？有没有问起我？"

显然，对方还没来得及回复。

李振峰见状微微一笑，把手机屏幕合上后，随手往身边的桌面上一放，双手依旧抱着胳膊，看着灰衣光头男不吭声。

"没，没什么，警察同志，我只是好奇……"灰衣光头男脑袋低垂着，声音小得几乎只有自己才能听到。

副经理刚想开口责问，李振峰却摆了摆手，目光一沉，转而冲着那个叫刚子的光头男人问道："说吧，你到底收了多少钱去删除那条翠庭华府的搬家记录？"

"什么，什么记录？我听不懂你在说什么？"刚子的声音有些微微发颤。

"从翠庭华府到工业园区的搬家记录，这条记录是你删除的吧，是谁让你这么做的？"李振峰的语气变得异常严厉，"我们警方没有证据是不会随便找你的。"

刹那间，刚子脸色煞白。他咬了咬嘴唇，抬头看向对面站着的李振峰："你们，你们真的都知道了？"

李振峰没有说话，目光愈发犀利，而身边站着的副经理的脸也已经变了色。

"我，我错了，警察同志，我错了……"刚子哆哆嗦嗦地说道,"我真的不知道这件小事竟然会惊动了,惊动了你们。我真的错了,我以后再也不敢了,我一定老老实实做人……"

"少废话!"罗卜冷冷地说道,"问你什么答什么,到底拿了多少钱?"

"5500块。"刚子结结巴巴地回答。

房间里的空气瞬间凝固了。

"你现在回答我两个问题:第一,搬迁的新地址是哪儿;第二,给你钱的人是谁。"

刚子抬头看向李振峰,几乎哭出了声:"地址,地址我真的不知道,警察同志。钱,就是那天搬家的业主给我的,我是工头,他私底下塞给我的。"

副经理一听就急了,上前一把薅住刚子的衣领,嚷嚷道:"刚子,这就是你的不对了,你给人搬家怎么可能不知道地址,万一出什么事情我们公司不都得跟着你倒霉?"

"蔡经理,现在不是你教训自己员工的时候。"罗卜拦在了两人中间,皱眉对刚子厉声说道,"蹲下,两手抱头!"

刚子乖乖地照做了。

"姓名?"

"季,季节的季,季刚。"

"季刚,那天你最后把这笔派单送到哪里了?"李振峰问道。

"工业园区的集,集安路口。"季刚结结巴巴地回答道。

罗卜在李振峰耳边轻声说道:"集安路口就属于开发区洋山基站的信号区范围内。"

李振峰点点头,接着问道:"与你接头的是什么人?"

"一个中，中年人，开着一辆小型皮卡，上面正好装得下老人所有的东西。我正奇怪呢，他们明明自己有车，为什么还要雇佣我们。"

"这个中年人长什么样，有什么特征没有？"李振峰紧接着追问道。

季刚摇摇脑袋："都一年了，谁还记得啊？"

李振峰突然脸一沉，顺手抓过季刚的手机："你到底糊弄谁呢，既然一年了都忘了，那你为什么今天一看见我们，就躲躲藏藏的？小罗，带上这家伙，我们走。"

季刚一听，双腿顿时软了，瘫倒在地，一把鼻涕一把眼泪地哀求道："我说，我说，警察同志，我之所以这么害怕，是因为我前几天看见那家伙了。我真的和这事儿没关系，真的没关系，我没杀人，我就贪了点小便宜。"

李振峰把手机递给罗卜，随即在季刚面前蹲下来，笑眯眯地说道："你还是在骗我，既然一年多没见了，你怎么一下子就认出了给你钱的人？季刚，走吧，别藏着掖着了，跟我们回公安局一趟，把你知道的事情都告诉我们。否则，咱就慢慢谈，对你，我有的是时间，至于事后你要承担什么责任，那就不是我现在跟你谈谈话这么简单了。"

见事已至此，季刚只能沮丧地咕哝了句："好吧，我跟你们走。"

远处，海关钟楼敲响了下午4点的钟声。

李振峰冲罗卜点点头："马上回单位。"

傍晚时分，夕阳西下，视野逐渐暗淡。

位于郊外天马山下的安平市殡仪馆中，工作人员送走了当天预约的最后一批家属，当班锅炉工丁庆海关闭电闸，逐一拖出轮床，开始仔细清理上面遗漏的骨灰。这是他每天下班前必须完成的扫尾工作。

偌大的焚化车间里，还有他拖动轮床时产生的金属撞击声，以及扫把滑过轮床表面的轻微的沙沙声。

丁庆海已经快六十岁了，算算自己离正式退休的日子，也就三个半月的时间了。他非常满意自己这份工作，虽然说它不是那么容易被周围的亲友接受，但他已经习惯了。因为这份工作薪水不菲，而他又是个很知足且很现实的人，想着每个月的收入足够自己住上档次比较高的养老院，他觉得自己这辈子已经没有什么遗憾了。

不知不觉中，锅炉房里的光线越来越弱，现在只能勉强看清楚脚下的瓷砖地板，身边几台高大的锅炉和墙角的杂物都变成了一团团无法分辨的黑影。

只剩屋角最后一台锅炉了，丁庆海懒得去开灯。这几天膝关节痛得厉害，他不想多走路，更何况这么多年了，每个开关、每张轮床，甚至每块瓷砖所在的位置，闭着眼睛都能准确指出来，他觉得自己不需要光线也能完成手头的工作。

此刻锅炉操作工丁庆海一心只想着赶紧收工回宿舍，还赶得上今晚电视剧的大结局。

对了，上一集演到哪儿来着？

丁庆海皱了皱眉头，懊恼地发觉自己怎么也想不起来了，不禁叹了口气。人上了年纪就这点不好，有时候会突然记不住东西。

所幸自己的听力依然很好。因为他上班的地方非常安静，尤其是当锅炉的蒸汽散尽的时候，更是有种空洞的安静。

只有一个人的焚化车间区域，安静得只能听到他自己的脚步声。

但就在此刻，门外的走廊里由远至近传来了轻微的脚步声。丁庆海微微一怔，心想如果是值班员的话，应该直接给自己打电话才对，难道说有小偷？

他放下手中的扫把，走到门边探头看去。

走廊里亮着灯，出现在走廊里的是一个中年男人，穿着很朴素，头上戴着帽子，戴着手套的右手中提着一个小行李包，左手则刚从停尸间的门把手上收了回来。

丁庆海看不清对方脸上的表情，只感觉他整个人风尘仆仆的，与印象中打过交道的小偷完全是两路人。

不过还有一种可能，以前殡仪馆中也不止一次出现类似的自行前来寻找亲友遗体的家属。一般都是外地人不幸在安平出车祸后，尸体被运到殡仪馆停尸间暂时存放，而家属接到消息后从老家赶来，多数人一下车就直接来到殡仪馆停尸房要求查看自己亲属的遗体。所以丁庆海很快就打消了心中的疑虑，从锅炉房里走出来，随口问道："你有什么事吗？"

因为背对着头顶的照明灯光，丁庆海依旧看不清楚对方脸上的表情："现在都下班了，这里面停放的都是没火化的遗体，你要领骨灰的话明天直接去前面登记处办理就行了。"

"不，我要找人，找我哥哥。麻烦你，师傅，让我看一眼就行，我看一眼就走，求你了，就看一眼。"中年男人的话语中满是哀求，语气却异常平淡。

"你哥哥？"丁庆海的心软了，"你是从外地来的？"

"对，刚到。"中年男人声音沙哑，应该是光线的缘故，他的脸始终都被一层阴影笼罩着。

"你哥哥叫什么名字？"

"他姓陈，叫陈昌浩，今天上午送过来的，坠，坠楼，在市中心人民中路。"中年男人结结巴巴地回答道，"我就想看我哥哥最后一眼，求你了，师傅。"

丁庆海叹了口气，点点头："好吧，反正我要下班了，给你破个例吧，跟我来。"说着，他伸手从墙上取下一长串钥匙，来到停尸间门口，找出其中一把打开门，率先走进停尸间，一股寒气扑面而来。"我们上午就接了这一具尸体，是从现场直接拉过来的，说是跳楼自杀。唉，我说啊，好好活着不好吗？有啥想不开的哦！"

中年男人没有吭声，只是低着头默默地跟在身后。

"这里的温度常年保持在4摄氏度，柜子里是零下8摄氏度。因为你哥哥还没做遗容整理，所以暂时被停放在外面，身体不会坏。明天一早等你们家属来办完手续后，就会由遗容整理师进行遗容整理，然后再决定是直接火化还是继续寄放。寄放的话就要收费了，一天两百元。"

说话间，两人穿过两大排柜门，来到最里面靠墙的位置，那里放着三张不锈钢停尸床，丁庆海伸手一指中间那张，说道：

"盖着白布的22号就是。"

没有人回答他。

丁庆海以为中年男人因为胆怯而犹豫不决，毕竟面对的是死人。

他转头看去，刹那间，一把利刃划过了他的咽喉，鲜血瞬间喷溅而出，身边的半面不锈钢柜面瞬间被鲜血染红，三具尸体上的白布也鲜血斑斑。

丁庆海说不出话来，甚至都无法呼吸，他惊恐地瞪大眼睛看向对方，右手本能地捂住自己的脖子，但这么做明显是徒劳的。随着他的每一次心跳，大量鲜血涌出体外，血液随着开口的气管进入丁庆海的肺部。他觉得天旋地转，一阵恶心袭来，便踉跄着扶住了冰冷的不锈钢柜门瘫坐在地上。

本以为中年男人会进一步伤害自己，谁知对方却似乎已经忘了他的存在，提着小行李包径直向中间那具尸体走去。走到近前，中年男人弯腰打开了脚边的小行李包，从里面拿出一个塑料大围裙和一次性套袖戴上，这才伸手拉开了盖在尸体表面的白布，又用刚才那把刀划开了尸体胸口的衣服。

此刻的丁庆海已经没有办法阻止他了，只能呆呆地看着中年男人接下来诡异的一举一动。因为有高度差，他看不到停尸床上发生的事情，只能看见对方忙活了一阵子后，便放下刀，又从小行李包中拿出一个塑料袋，然后装了点东西进去。至于说是什么，丁庆海已经看不清了，他的视线越来越模糊，只看见了一团阴影，就像那个男人的脸，自始至终都裹着一层深不可测的阴影。

被塞得鼓鼓囊囊的塑料袋随即被中年男人放回了小行李包，同时他换了一副手套，先前那副手套以及脱下来的围裙和袖套都被他一并塞进了小行李包的夹层中，包括那把沾满鲜血的刀。一切都有条不紊地进行着。

丁庆海到死都想不明白，自己计划的退休生活就这样没了，而那个始作俑者只是为了从一个死人身上取走某些东西，这真的是太荒谬了。

血液流动的速度已经逐渐减缓，丁庆海无法呼吸了，彻骨的寒冷逐渐侵袭了这位老锅炉工单薄的身体。在意识即将永远消失的刹那，他的视线转向天花板的一角，那里有一个监控探头，是遗容整理师白天工作时使用的，以便于死者家属事后查看整理过程。如今，既然自己的死亡已经无法挽回，那这个监控探头就是他最后的一丝指望了，至少它不会让自己死得不明不白。

中年男人做完手头的一切后，便随手把白布盖了回去，继而拎着小行李包，小心翼翼地绕过地上的血泊，在经过丁庆海身边的时候，甚至都没有看上一眼。

离开停尸间，他顺手带上了门，头也不回地沿着走廊走出了大楼，很快就消失在漆黑的夜色中。

收听完晚间新闻，关掉收音机的那一刻，老人并不知道院子里有人。直到忙完厨房的杂务，拿着狗粮走出堂屋时，他才突然感觉周围的环境有些异样。

院子里太安静了，两头混血罗威纳犬并没有守在堂屋外的两级台阶旁。这是极为反常的事，要知道罗威纳犬从不轻易改变自己的习惯，守时和服从更是这种狗子的本性。

老人一脸诧异地环顾院落四周："雅虎，安安？吃晚饭啦。"

话音刚落，一阵急促的奔跑声伴随着狗子的喘息声由远而近，两条狗子从黑暗中来到自己的主人面前，满脸兴奋。

老人脸上的笑容却消失了，他弯下腰，伸手在狗子的嘴角抹了一把，收回来在鼻尖闻了闻，一种特殊的腥臭气味瞬间直冲鼻腔。

"阿城，是你吗？阿城？"老人颤抖着双手冲着狗子跑来的方向叫了几声。

没有人回应。

他迅速走回房间拿了一把大手电，哆嗦着走下台阶，穿上鞋子，然后径直朝狗窝的方向快步走去。来到打开的铁笼前，手电光柱照向里面的狗食盆，他记得很清楚，早上自己是清理过盆子的，此刻的狗食盆里却装了一堆早就分辨不清本来面貌的肉块。显然，阿城来过了，却并没有再像往常那样陪着老人喝酒聊天，而是直接就走了。

这意味着阿城不再信任自己了，他以后的行为也不会再受任何控制了。

老人彻底慌了，丢下手里的狗粮跌跌撞撞地跑回屋内，蹬掉鞋子穿过堂屋来到后面的小房间，用力推开门，从柜子里摸出那部自己使用过的手机，手颤抖着拨通最后一个号码。电话通了，但是没人接，只是转入了语音留言信箱。这时，他的目光落在了手机下压着的一张纸上，那张纸叠放得整整齐齐，打开后,上面只有一句话——别给他打电话了,他已经死了。

虽然留言没有落款,但是老人知道这就是阿城留下的。

彻骨的绝望瞬间席卷了老人的全身。

安平路308号底楼实验室内,机器已经运行了一整天,烟嘴上的DNA比对结果仍然不容乐观。小九皱眉看着电脑屏幕,沮丧地咕哝:"师姐,库里没有。"

"试试父系Y染色体遗传,最近省里刚弄的项目,库里的样本还是挺多的。"赵晓楠放下手中的笔,抬头说道,"从这个DNA样本我们可以确定,对方是个四十岁到六十岁的中年男人,年龄最高可以放宽到六十五岁左右。那这个年龄段的人应该是有兄弟姐妹或者男性亲属的,只要能在库里找到相匹配的父系遗传样本,就可以缩小范围了。"

小九一听就乐了,点点头:"明白了,谢谢师姐。"随即在椅子上坐下,开始飞快地敲击键盘:"差点忘了,师姐,李哥带回来的头发样本和古墓女尸的DNA比对结果出来了,可以证实死者就是苏月娥。"

"好,我知道了。唉,作孽!"赵晓楠站起身向外走去,"我先回办公室,你有结果了给我发消息。"

小九做了个"OK"的手势。

李振峰接到通知,马国柱临时和局领导开会,5点的案情分析会延后到晚上10点。

李振峰和罗卜把季刚交给丁龙直接带去办案区,同时嘱咐了他几句问讯的要点。而且李振峰想起，张凯的手机好像也是被一个光头男拿走的，有这么巧合吗？于是他让丁龙再重点询问一下季刚与张凯的关系。交代完这些，他这才安心地和罗卜跑到食堂，胡乱地填饱肚子。

　　李振峰从食堂出来，经过一楼的羁押室时，隔着观察窗看见红星派出所送来的犯罪嫌疑人已经呼呼大睡了。他索性打消了马上跟进的念头，准备自己先回办公室理一下头绪再说。

第九章 你看彼岸花开了

在他看来,死亡才是永恒的高潮。

安平殡仪馆保卫处的值班员，在进行每天的安全例行检查时，发现锅炉房的钥匙没有送来，接着又发现停尸房的钥匙也没有及时归还。按照规定，晚上8点前所有部门的钥匙都必须交给保卫处统一保管，以防出现责任事故。他给丁庆海打电话，却一直打不通，去宿舍也没找到人。值班员便派保安员直接去锅炉房查看。在经过停尸间的时候，当班保安员发觉门是虚掩着的，他推门而入，发现了停尸间里那异常恐怖的一幕。

五分钟后，安平市局情报中心的报警电话响了。

"你说什么？"李振峰皱眉问110接线员，"死了一个锅炉工，同时一具尸体被严重损毁？"

"是的，李队，你们那边出个警去看看，我已经安排最近的派出所派人过去维持现场秩序了。"

"好吧，我马上派人过去。"李振峰放下电话，对罗卜说道，"我现在走不开，你和技侦大队的人去一趟，有什么情况随时和我联系。"

"没问题。"罗卜拿起外套快步走出了办公室。

半个多小时后,李振峰在白板上书写时间线时,罗卜的电话便打了过来:"李哥,锅炉工被抹了脖子。至于被严重损毁的尸体,是陈昌浩,死亡原因是高坠,自杀。"

李振峰的目光落在自己面前白板的最后一个名字上,心中一动,紧接着追问道:"尸体丢了什么没有?"

"他的心脏被整个挖走了。"

"心脏?"李振峰脸色一白,"你确定?"

"没错,整个心脏。"罗卜回答。

"赵法医在你身边吗?在的话你问一下她,伤口是不是和之前被挖心的几个人的伤口一样?能不能判断是同一把凶器造成的?"李振峰急切地问道。

罗卜给出了肯定的答复:"李哥,赵法医说从位置和状态来看,可以确认是同一个人所为。"

李振峰心烦意乱地挂断了电话,回到白板前,看着上面相互对应的名字。沉吟片刻后,他默默地拿起板擦,擦去了陈秀妍名字下的红色问号标记。

正在这时,李振峰的电话又响了,他拿起电话一看,是父亲李大强打来的。

"爸,情况怎么样?老苗是不是照片中的人?"李振峰焦急地问道。

"是的,就是他。"

看着自己面前办公桌上小九临出发前送过来的人像比对记

录结果,上面是马成宇的户籍资料,他心中悬着的石头终于落下了:"谢谢爸,你早点休息吧。"

"等等,阿峰,你们是不是正在调查南江大学后山建筑工地发现的女尸案?"李大强突然问道。

李振峰微微皱眉:"爸,你别打听这个事。"

电话那头传来一声轻轻的叹息:"刚才有个老朋友给我打电话,我们老哥俩聊了一会儿,所以我才这么晚打电话给你。我那个老伙计也是退休的警察,以前是南江派出所的。"

"南江派出所?我怎么不记得有这么一个单位?"李振峰愣住了,"爸,你是不是记岔了?"

李大强轻声笑道:"傻小子,我的话还没说完呢,对于老前辈你要学会尊重,明白不?"

李振峰脸一红。

"南江派出所在八年前被合并了,我那个老伙计在退休前被塞到了夏家边派出所,因为位置满了,所以临退休那几年他一直都在做文书后勤工作,憋屈坏了。"老爷子忍不住抱怨起来。

"爸,我等下还有事,你长话短说吧。"

老头怔了一下,语气中多了几许落寞:"他从报纸上知道你们发现了一具尸骨,很有可能是起命案,便稍微托人打听了一下,然后他就给我打了电话,因为他知道你接替我去了刑侦处。"

"爸,我跟你说过很多遍了,不是我接替你,我是自己凭本事考进来的。"李振峰咬着牙一字一顿倔强地道。

李大强装没听见,自顾自接着说道:"我那老伙计说三十年前南江医专有段时间确实不太平,那时候的治安比不上现在,一方面警力不足,另一方面设备也跟不上。他说有一个案子,据说到现在还没破,也是个女孩子,挺可怜的,从楼上掉下来,结果身体被楼下的铁门给挂住了。"

李振峰心一紧,追问道:"挂住了?爸,什么意思?"

"等等,我换种说法你可能好理解一点,就是我们小区和外面之间不是有一道铁栅栏吗?"

"没错,你接着说。"

"铁栅栏的顶上一般都是尖尖的,属于防盗设置,有的大有的小,尺寸不是很统一。"李大强深吸了口气,"那女孩掉下来的时候,胸口正好插在尖顶上,因为撞击力度实在太大,心脏被刺穿了,当场丧命。唉,真的很惨。"

"爸,这起案子,你为什么会把它和南江古墓里的尸体联系在一起?案发地也是在南江医专里吗?"李振峰皱眉问道。

"不,但案发地就在与学院一墙之隔的一处宾馆的十二楼,女孩就是从那里坠下的,听说是自己跳下去的。"说到这儿,李大强微微停顿了下,"这姑娘是南江医专的学生,案发时间就在1993年寒假结束开学的第一周周末。"

"都是南江医专,都是1993年,这确实有些巧合。"李振峰心想。沉默片刻,他轻声提醒:"可是,爸,都三十年了,那栋大楼早就被拆了。"

"不,那铁栅栏还在,我这个老伙计退休后每周都会去一次。"李大强的声音有些沙哑,"那毕竟是他的一个心结。"

李振峰瞬间明白了李大强说这番话的用意所在:"爸,是不是这个案子没有办法定性?"

223

"没错,因为现场没有监控,种种迹象表明女孩是自己跳下去的,缺乏命案的成立条件,所以一直都没有立案。"

"现场勘查下来既然是这样,那他为什么还要坚持说这案子没法定性?"

"因为女孩青梅竹马的男朋友找到他,说这女孩绝对不可能自杀,她是个非常善良孝顺的孩子,家里还有一个得了脑瘫的弟弟。父母亲在田里操劳了一辈子,却还咬牙供她读书,她怎么可能做出这么自私的决定?更何况女孩还有不到半年的时间就毕业了,工作也确定了,就在安平市第一人民医院,这个节骨眼上,出这么大的变故,换谁都接受不了。"李大强喃喃地说道。

李振峰脑子里嗡嗡作响:"爸,你给我说实话,他们家后来怎么样了?"

"很惨。案子是我老朋友接的,他几乎每周都会去女孩家一次。不予立案的决定下来后,他当面把这个消息告诉了女孩的父母,他说都过去三十年了,那中年汉子的眼神中所流露出来的深深的绝望,到现在他还记忆犹新。一年后,女孩的母亲开煤气,全家自杀了。我想,他们应该是一直都没能够走出丧女的悲痛吧,之所以带走了儿子,留下的那封遗书中写得很清楚,是不想让儿子留在这个世界上独自痛苦地过完一辈子。"说到这儿,李大强咳嗽了几声,"阿峰啊,这个案子应该没有档案可查,只有办案警察手里有些资料。我跟我的老伙计说了,叫他把自己留下的所有记录,包括他当时所拍摄的现场原始照片,都给你送到单位去。我想他明天早上应该会到,到时候你记得拿一下。"最后,他略微停顿了一下,用李振峰从未听过的一种语气轻声说道:"爸爸谢谢你。"

电话应声挂断,李振峰轻轻叹了口气,沉思片刻后便回到白板前,拿起标记笔又在下面另外一个位置上写下了马成宇的名字,旁边照样打了一个红色的问号。

"李哥,还没休息啊?困死我了,连轴转了整整两天,我得歇会儿。"丁龙出现在门口。他回到工位上坐下,打了个哈欠,摘下眼镜,伸手揉了揉发酸的眼睛,靠在椅背上闭着眼睛开始汇报工作:"季刚这边已经问完了,情况有些麻烦,不过基本在你的判定范围内。"

"他跟张凯果真有联系?"

"没错,他是跟张凯混的小弟。张凯在星星酒吧是出了名的大款,花钱如流水。季刚给人搬家那点收入根本就不够他花的,而张凯经常包场,这便宜不占在他看来都说不过去了。"

李振峰神情凝重地指了指他放在办公桌上的塑料证物袋,里面装着一部最新款的苹果手机,紫色背面:"这就是张凯的手机吗?"

"对,来龙去脉,这家伙全交代了。他从花坛里拿到这部手机后就一直随身携带着,最初的目的只是贪财,他知道张凯已经死了,所以只想着刷出里面的钱,然后把机子一卖了事。但有两个原因让他的如意算盘破碎了:其一,手机需要死者的指纹才能解开,光凭这家伙自己那点本事根本解不开,出去找人的话,治安大队那边正好在抓这事儿,处在风头上没人愿意干;其二呢,就是这家伙回去后突然回过神来,想起当天在安平大桥上看见过我们要找的犯罪嫌疑人,当时两人离得很近。这家伙当时就怂了，刚才还神神道道地跟我说对方的眼神能吃人，所以便暂时打消了这个念头，想等过了风头再说。可之后他前后联想起来越来越觉得不对劲，说是这几天也想过来报警的，但又怕我们跟他算旧账，就这么拖着惶惶不可终日。直到你和小罗突然出现，他以为是去抓他的，才会立刻吓破了胆。"丁龙回答道。

"这手机市面价现在多少钱？"李振峰问道。

丁龙听了嘿嘿一笑："李哥，值你三个月的工资加津贴，还只是挂牌价，黄牛手里一倒腾至少值两万。"

"那么贵？就一部手机？"

"那是当然，够他进去蹲很久了。"丁龙回答。

"难怪他见了我们就跟见了鬼一样。对了，也就是说他自始至终没打开过手机？"李振峰伸手拿起标记笔，在白板上张凯名字下的"手机"一栏打了个钩。

"是的。"

"这时间点大龙应该还在，你去他的办公室找他，这活儿他拿手。解开手机后，立刻通知我。"李振峰看着白板，想了想，随即叫住了丁龙，"等等，我还有两个问题，他现在还在羁押室吗？"

"对，在1号羁押室。"丁龙回答。

"那好，我去会会他。你在大龙那边休息会儿，等结果出来了再回来找我。"李振峰和丁龙一前一后走出了办公室。

"哦，对了，我差点忘了。李哥，这是分局褚浩云发过来的人物模拟画像，吃晚饭的时候发过来的。看情形那个律师'强迫症'的毛病终于被治好了。"

"是吗？"李振峰拿过画像看了看，轻轻叹了口气，"这个时间节点上叫小九做比对的话，估计要到明天下午才能出结果了，这张脸看着识别度也太不明显。也许，找季刚认一认，结果出来得更快。"

小丁一脸的难以置信："你确定那家伙真的见过这张画像中的人？"

李振峰脸上露出了狡黠的笑容。

夜幕中，远处海关的钟声敲了九下。

阿城坐在皮卡车的驾驶座上，看着远处漆黑的海面，海浪阵阵拍打着堤岸，他的心里感到一阵说不出的酸楚。

车厢里循环播放着巴赫的D大调第三号管弦乐组曲第二乐章咏叹调，每次听这首曲子的时候，阿城总会想起那个已经远去的背影，他不知道自己为什么一直都走不出来。整整三十年了，自己的灵魂始终被禁锢在那个漆黑的夜晚，再也没有得到过真正的解脱。悲哀的是，车内后视镜中的自己早就已经不再年轻，摘下帽子，已然早生华发。

一缕苦笑从嘴角滑过，阿城打开手机相册，其中一张照片上是一本摊开的工作笔记，耳畔是海浪连绵不断的声音。这是一本样式老旧的笔记本，封面是深棕色的，触感非常粗糙，抬头印着"南江医专"四个字，落款处则是三个娟秀的字——苏月娥。

总共五个名字，现在还剩最后两个。

只是他不明白为什么最后那个名字上会被打上一个小小的问号？

难道说就连当年的她都无法确认？

看着这张笔记本照片，阿城回想起自己半个多月前发现它的时候，那一刻，他的世界迎来了第二次颠覆。原来，他竟一直活在盲目与欺骗中，原来他离真相那么近……

回忆暂停，阿城继续往后翻，目光又一次落在了被翻动过无数次的工作笔记的照片上。

"1993年4月26号，天气晴，根据小N同学的回忆，今天我要走访的第四个人，名字叫方强，二十二岁，旅游职业中学高三退学，无业。我感觉今天的走访不会很顺利，因为小N同学说方强是打人最狠的一个……"

阿城面无表情地掏出另一部手机，按下开机键。这是许大鹏的手机。

他在社交平台上找到了方强的联系账号，看着对方在许大鹏出事前后不断发来的气急败坏的询问短信，嘴角不由得露出了冷笑。他编辑了一条短信回过去，然后很快便关了手机，靠在驾驶座的后背上长长地出了口气，闭上双眼，开始聆听不远处海浪的声音。

"1993年劳动节的那天晚上，我看见你们杀了人！"

羁押室里，季刚鼾声阵阵。

"他怎么睡得这么熟？"李振峰皱眉问道。

侦查员小戴笑了："刚才一问完，他立刻就趴那儿了。看这架势,估计是心里有鬼,一周没好好睡觉了。"

"哎,季刚,快醒醒。"李振峰上前拍了拍季刚的肩膀,"还不到晚上10点,这就急着睡觉了?平时这个点儿你应该还在星星酒吧玩乐吧?怎么,一进来你就改邪归正了?"

季刚抬头的刹那,伸手揉了揉眼睛,等看清楚自己面前站着的李振峰时,旋即满脸委屈地说道:"人没心事了,自然就睡得着了。李警官,你找我还有什么事儿?我把知道的都告诉丁警官了。"

"我还有两个问题需要找你补充一下。"李振峰来到办公桌前坐下,摊开工作笔记,然后抬头看向对方,"第一,你和张凯的关系怎么样?"

季刚回答:"还,还行吧。"接着,他便嘿嘿一笑:"李警官,我兜里有几个子儿能让我三天两头在那儿消遣?我就是抱了条大腿。"

李振峰笑了。"他是你在安平大桥上看到的那个人吗?那个开着皮卡接走马成宇的人?"他慢悠悠地打开手中的A4传真纸,推到季刚面前的桌子上:"仔细看看是不是这家伙,年龄在四十到五十岁的样子。"

季刚一眼就认出了画像中的人,赶紧抬头看向李振峰:"就是他。"

李振峰脸上的笑容消失了,因为这样一来,张凯案、张胜利案就能连接起来,而这也就意味着后面的三起挖心案,很有可能也是这个人干的。而他与马成宇有着密切的关联,看来明天一早就要跟进马成宇这条线才行。

"刚子，你是怎么得到这部手机的？"李振峰笑眯眯地问道。

"我捡的呀！"季刚一脸的无辜。

一听这话，李振峰的脸顿时沉了下来："还不老实！这手机价值超过一万五千元，你又是累犯，足够你进去蹲很久了。要我给你看现场大桥上的监控视频吗？才多久前的事你就记不清了？"

季刚一听这话顿时泄了气，瘫坐在椅子上，沮丧地回答道："你们解开手机了？好吧，好吧，我说，前天早上我有单活儿，所以大前天晚上我就没去星星酒吧。早上4点多的时候张凯给我打电话，说警察真的来了，他很慌，不知道怎么办。我说那你就赶紧跑呗，他回复我说不知道来了多少个警察，大哥叫他别怕，直接从快车道往桥上跑就行，但他心里还是有点发虚。"

李振峰顿时警觉起来："大哥？哪个大哥？在张凯出事前，你有没有见过这个人？"

"见过。"季刚的回答非常果断。

李振峰却是一愣："什么时候的事？"

"出事前几天，他几乎天天都去，和我们一起喝酒聊天。"季刚伸手指了指面前的传真纸，"就是他，人家不一定记得我，我却忘不了这张脸。眼神跟死人一样。"

"他是什么时候开始出现在星星酒吧的？"李振峰的目光变得凝重起来。

"我想想，一周前，大概3号前后的样子，是在晚上来的。"

"他谈起过自己什么事吗？"

"没有，对自己只字不提，而且和张凯的关系一下子就很热络，我们都以为他是张凯的亲哥。"季刚想了想，又补充了一句，"谁都知道张凯那家伙没什么脑子，但是有人缘，毕竟有钱嘛。"

"为什么这么说？"李振峰毫不掩饰自己内心的厌恶。

"有一次张凯在酒吧和别人打了起来，争风吃醋嘛，在我们那里是常事儿。但他打不过人家，只有挨揍的份儿。结果那大哥来了，只用了一招就让对方瘫倒在地，像条死狗。"季刚乐呵呵地说道。

"是吗？他那个动作是怎么做的？"李振峰双手抱着肩膀，目光若有所思地看着桌子对面的季刚。

"喏，就是用手掐住这个位置，大概这个位置。具体怎么做的我就不知道了，那天光线不是很好，我又离得不是很近。"季刚一边比画一边解释道。

李振峰心中一沉，他见赵晓楠做过这个动作，并且记得很清楚。当时赵晓楠曾经一脸严肃地强调这个动作如果持续几分钟，就可以让人窒息，但门外汉达不到这种程度。

"那个大哥，他用的是什么交通工具？"李振峰步步紧逼。

"一辆黑色摩托车，很帅。"季刚的眼神中闪过亮光。

李振峰示意他接着说下去。

"后来我就跟他说听大哥的呗。但是我一琢磨，这小子喝了一晚上的酒，万一在桥上有个闪失，这手机是刚买的，坏了太可惜。我就试探着问他大哥呢，在不在，张凯回复我说人刚走，我就放心了，于是跟他说新买的手机别放在星星酒吧，会被那帮人偷走卖了的,他说那被警察搜走了怎么办,那以前自己偷鸡摸狗的事儿不就都被抖搂出来了?"

"那你是怎么回答的?"

季刚的眼神变得躲躲闪闪起来:"我呀,就忽悠他说你那事儿警察还没有证据,更别提只是失踪,所以警察只是传唤你,不会对你采取强制措施,不会收走你的手机。但是不怕一万就怕万一,所以呢,大哥既然教你怎么做了,你就照做。只是上桥的时候那里不是有个花坛吗?最大的那个,就在人行天桥口旁边。你把手机朝里丢就行,那时候天还没完全亮,光线不太好,周围人不会注意到的。到时候我去把手机拿回来,等你没事后,我再当面交给你。"

李振峰听了,不由得哑然失笑:"所以你就赶紧去拿走了手机,对不对?你对我们警方的各种执行措施标准还挺熟悉的嘛。"

季刚的脸涨得通红:"被你们逮过几次,自然就熟悉了。"

李振峰的脸色突然变了,冷冷地问道:"那部手机里的东西根本不是什么偷鸡摸狗的小事,对吧?张凯奸杀齐倩倩的事情你既然早就知道为什么不及时举报?"

房间里的空气瞬间凝固了,季刚的脸色由红转白,刚想开口说什么,李振峰却再也没有耐心继续听下去了,他已经得到了自己想要的信息,剩下的就等丁龙那边的结果了。他站起身,头也不回地走出了羁押室。

身后传来了季刚撒泼打滚似的号啕大哭。

"李哥,怎么办?"从安平殡仪馆匆匆赶回来的小罗下巴朝羁押室的方向努了努，目光中满是征询。

李振峰微微一笑："很正常，刚开始的时候他只是担心自己会不会因为盗窃被起诉；现在嘛，他还得担心自己是不是犯包庇罪了。不过这位进出号子好几回了，不是笨蛋，不用我们给他科普法律条文，就让他先这么待着吧。"

"马处通知说可以开会了。"

李振峰点点头："走吧，我这边的线索也整合得差不多了。"

"唉，今晚又得通宵了。"罗卜伸了个长长的懒腰。

两人一起向楼梯口走去。

"李哥，红星派出所送过来的嫌疑人你打算怎么处理？"罗卜随口问道，"刚才我在外面走廊上等你的时候，小戴跟我说了这事儿。"

"明儿一早等他吃饱喝足了，我会和他好好聊聊的，既然他的精神可能有问题，那就最好在他状态良好的时候问。"李振峰轻轻一笑，"只有精神上彻底放松了，回答问题的过程才会顺利。"

夜凉如水，金黄色的银杏树叶在微风中发出沙沙的响动。

午夜，海关大楼的钟声敲了十二下。

安平路308号大院内静悄悄的，除了各个单位的值班室外，只有三楼刑侦处的案情分析会议室里灯火通明。虽然大家都很疲惫，但是每个人都知道最近的几起案子影响太大，只有案子破了，才能睡得踏实。

先是汇报工作，专案内勤丁龙分别拿出了两份卷宗："我今天要说的是两个以前的悬案，都与南江大学医学院的前身——南江医专有关。第一件，严格意义上来说并没有被立案，只是以自杀为名记录在案，死者叫王佩妮，殁年十七岁，离十八岁生日还有五个月，死亡时间是1993年1月20日凌晨2点。那一天是小年，王佩妮被人发现从南江招待宾馆的十二楼坠下，浑身上下衣着单薄，由于角度的关系，尸体被悬挂在了防盗围栏的顶上。防盗围栏顶端的尖叉正好穿过了女孩的心脏部位，所以，当时的法医判断死亡是瞬间发生的，女孩没受多大的痛苦，但现场流了很多血。"

话音刚落，房间里顿时议论纷纷。李振峰突然想起父亲李大强给他打的那个电话，心中不禁一怔。

丁龙接着说道："我之所以介绍这起自杀案，很重要的一点就是女孩的死亡方式，据说最后尸体被取下来的时候，心脏被钩出了体外。"

赵晓楠皱眉："为什么不把防盗栏给切割掉，反而要硬拽？"

丁龙摇摇头，取出一张放大的现场照片展示给在座的人："这是一张尸体已经取下来后的照片。当时天气太冷，室外温度是零下4摄氏度，再加上防盗栏的顶端尖叉横截面直径有将近八厘米，以当时的条件想要单独切断几乎不可能，最后只能动用了消防人手帮忙把整个栏杆拆了，才把女孩放了下来。人早就没有生命体征了，当时的人处理方式也欠妥，直接把人给拽了下来，结果……唉。"

"除了这个案子外，所有三十年来与南江大学医学院有关的案子中，都没有再提到'心脏'这个字眼。"

马国柱问道:"确定是自杀吗?"

"怎么说呢,当时接到报案后,先期赶到现场的是南江派出所的值班民警窦卫国,后来也是由他负责和死者家属联系的。目前这位民警已经退休。案件最终没有被批准立案,原因是当时宾馆前台的监控记录显示死者王佩妮是和一个男生一起上去的。宾馆前台工作人员回忆说,登记入住时并没有看出两人之间有什么异样,使用的身份证名字叫方强,二十二岁,已经成年。当时死者和男生站在一起没有说话,也没有表现得过于亲密,看上去却也没有什么让人起疑心的地方。"丁龙想了想,接着说道,"我也查阅了1993年南江派出所接到并处理的治安案件,其中不包括王佩妮的案子。三个月内就有两起发生在宾馆的男女同宿案件,经过查证,女方来自南江医专,或者南江大学,而男方,有的是附近旅游职业高中的学生,有的则是已经进入社会的无业游民,都是以谈朋友的名义去宾馆开的房。所以,王佩妮案发当晚出现在宾馆的事,前台服务员已经司空见惯。"

李振峰问:"那这些治安案件都是谁打电话报的警?是宾馆前台吗?"

丁龙摇摇头:"不全是,有的是宾馆前台工作人员出于责任心打来的举报电话,有的则是学校的老师实在没办法就求助于派出所出面。不过,因为都可以排除卖淫嫖娼的可能性,所以本着保护学生隐私的目的,南江派出所基本上就是以训诫或者教育为主,很快就把人放回家了。"

丁龙看了看卷宗中的记录,接着说道,"坠楼事件发生后,报案的是方强,说案发当晚是方强的生日,两人既然处朋友,就相约到宾馆开房间庆祝一下。结果两人为了琐事吵架，女孩进房间后没多久一气之下竟然选择了跳楼，方强当时正好去了卫生间，等发觉出事的时候已经来不及了。"

"从入住到出事，中间相隔多长时间？"

"没多久，可能也就十多分钟吧，这个也是排除命案的要素之一。"丁龙回答道，"当时宾馆同一楼层的隔壁还住着两个年轻人，楼下也住着人，反映下来说没有听到隔壁有什么异常打斗之类的声音，只是吵架，这种事发生在情侣之间很正常。"

"那现场看过了吗？"李振峰追问道。

丁龙点点头："现场发现了蛋糕，两只红酒杯，一瓶红酒，还有鲜花，没有发现什么特别的地方。至于说女生跳楼的原因，方强就说是吵架。方强说女方要钱花，他说拿不出那么多，没同意，两人吵了起来，女方以死相要挟，爬到了窗台上，可能是手没抓住吧，就这么滑下去了，毕竟外面下着大雪，女孩穿得又挺单薄的。"

赵晓楠伸手拿过卷宗，翻看着现场图片，突然皱眉，抬头问道："死者是仰面倒下去的？"

"我起先看这张照片时也有怀疑，但是想着如果是没抓住而滑落的话，那确实有可能是这种状态。"丁龙叹了口气，"后来案件就是因为现场没有发现明显疑点，周围走访下来也是这样的情况，所以就定性为了自杀。"

马国柱看着丁龙，沉吟了一会儿后，说道："小丁，你之所以选择在这里介绍这个案件，不只是出于心脏的原因吧？"

丁龙苦笑着点点头："马处，被你看出来了。我找到这个卷宗后，就去了南江医专退工委，找到当时王佩妮的班主任，想了解一下王佩妮的为人。说实话我当时是没有信心的，因为毕竟案件过去了这么久。但值得庆幸的是，班主任虽然已经七十四岁了，好在记性还行，她姓华，华老师。她之所以还记得这个女孩有两个原因：第一，案发那晚她接到校方紧急通知赶去现场，看到了尸体被挂在上面的惨状。"

一旁的李振峰听了，不由得面露同情："这个老师看来是得了精神创伤了，我们警察尚且如此，普通百姓看过那种现场，是很难再忘记的。"

"是的，一听我提起这事儿，她的情绪就很激动。老太太连连摆手，跟我说王佩妮这孩子很不错的，绝对不可能是那种贪慕钱财的轻浮女孩，这孩子学习也很刻苦。"丁龙接着说道，"那时候的医专和我们现在的大专不能比，被录取是很难的，有时候你都能考上高中了，分数还够不上医专的保底分数线呢。而王佩妮当时还有半年毕业，但已经和市里的大医院签了用工意向，这可是人人都羡慕的机会。华老师说这孩子怎么可能去干这种蠢事？那种窗台，又是下雪天，傻瓜都知道窗台上有多危险。所以我觉得很可疑，再加上这案子发生的年份正好与我们在古墓中发现的女尸的死亡时间差不多，我就把这个案子留下了。"

李振峰补充道："我父亲在电话中也跟我提过这个案子，经办民警窦卫国和他是老相识，他说今天早上这个老警察会将他当年的工作笔记和相关线索送过来，我会跟进的。"

马国柱点点头，继而把目光转向丁龙："小丁，接着说吧。"

"好的，下面这个案子，发生在1993年5月1日。那天是周六，因为是劳动节，所以南江医专就多放了一天假。结果，就在那天晚上，南江医专的学生辅导员苏月娥失踪了，她的尸体在三十年后被人从南江大学后山工地的古墓中发现。"丁龙打开右手位置的那份卷宗，"这就是档案中苏月娥的照片，失踪时年龄为二十四岁，刚参加工作第二年。报案时间是5月3号，报案人是苏月娥的哥哥高鼎臣。"

"两个人的姓不同，是亲哥哥吗？"庞同朝问道。

"是的。"李振峰补充回答道，"我和小罗走访过高鼎臣，他说妹妹随了母亲的姓。"

庞同朝点点头。

丁龙又拿出一份当年的报案记录："苏月娥平时都是住校的，每周六晚上回家，周日下午返校。1993年5月1日学校放假一天，苏月娥是在上午离开学校的，搭公交车回家，当天是她的生日。她的室友回忆说，苏月娥临走的时候一切都很正常，还跟她说2号下午返校时一定给她带母亲亲手做的酱焖排骨。她室友是外地人，不能经常回家，所以苏月娥每次回家都会给她带一些母亲做的菜改善伙食，两人相处得很不错。

"苏月娥的哥哥高鼎臣回忆说自己妹妹当天下午就返回学校了，走的时候非常匆忙，连最后一面都没见到。她母亲则回忆说苏月娥是突然离开家的。苏月娥家中没有电话，楼下有个小卖部，那里有一部公用电话，如果有人找苏月娥就会打那个电话。当天下午，苏月娥就是接到一个电话后匆匆带着行李返回了学校。因为苏月娥是一个非常敬业的人，家人都挺支持她的，也就能够理解她突然离开这件事了。"

"没说为什么离开吗？"李振峰问。

丁龙摇摇头："报案记录上写的就是说工作忙，临时需要赶回学校。3日那天医专领导因为急着找苏月娥要一份学生的统计数据，却怎么也找不到她，便和她家里人联系，这时候家人才得知苏月娥失踪了。苏月娥的哥哥当即赶到学校，找遍了妹妹的宿舍，行李都在，也就是说妹妹苏月娥1号当晚是回到了学校的，校门口的监控也确实显示5月1号晚上7点30分左右，苏月娥拉着行李走进了学校，但是没有找到她再次出去的记录。"

"那她还在学校里？"马国柱和庞同朝对视了一眼，后者神情凝重地问道。

"不一定，因为南江医专的校园没有被完全封闭，校园后方是一座山，当地人管它叫三宝山，不是很高，记录显示只有54.8米，周长是1500米。它紧邻我们安平市的天马山，属于天马山东峰脉断处凸起的一座小峰。所以，南江医专严格意义上来讲是属于三宝山景区内的学校，后来在1998年被并入隔壁的南江大学后，出于校园安全的考虑，才在三宝山周围建起了比较明显的防盗围栏。"丁龙回答道，"当时高鼎臣赶到学校前前后后几乎找遍了校园的每个角落，甚至去了后面的山上，就是没找到妹妹苏月娥，真是活不见人死不见尸。"

"当时没人知道学校后面的三宝山上有古墓吗？"马国柱问。

丁龙回答："民间传过一阵子小道消息，尤其是新中国成立初期，据说也有人因为贪财上山去找了，但是没找到，后来渐渐地就没人再相信这种民间传闻了。而这次古墓之所以会被发现，是因为南江大学要在三宝山上建学校内部的教授住宅区，那地方环境很好，空气也好，很有世外桃源的感觉，天气好的话还能看见远处的大海。学校的意思是改善住宅条件后，能更多地吸引一些海外想叶落归根的知名教授来这里安家，没想到竟挖出了古墓。"

李振峰想了想，神情凝重地说道："这么看来，苏月娥当晚赶回学校后放下行李，没停留多久就上了三宝山，在山上出了事，最后被人丢进了古墓。凶手本想着蒙混过关，几十年甚至上百年后，尸体化为白骨，和古墓内本来的尸骨混为一谈，这桩杀人命案就成了一桩无头案。小丁，当时那个把苏月娥叫回学校的电话是谁打的，有结果了吗？"

丁龙点头："当年卷宗显示，当时查到电话是从学校外的一部公用电话亭打出去的，时间是下午4点多，但没有其他有用的信息，所以线索到这里也就断了，没人知道到底是谁打的这通公用电话。苏月娥就此失踪，一拖就是三十年。"

庞同朝问道："那苏月娥有没有男朋友？她这个年龄应该有谈恋爱吧？"

李振峰和丁龙不约而同地摇摇头，赵晓楠却从自己的工作笔记里拿出一张放大的胎儿股骨的照片放在桌面上："我对这个持保留意见。这是对古墓里这具女尸尸骸进行清理时发现的，苏月娥的死因我已经在尸检报告中说明了，我现在要特别指明的是，苏月娥在遇害前可能已经怀有身孕，胎儿有四五个月的月龄，骨骼刚发生钙化定型，这节差点被我误认为是成人碎骨的胎儿股骨就可以证明。只是有一点我无法解释，那就是胎儿其余的骨头不知道去哪里了。"

"会不会被老鼠吃了？"

"有这个可能。"赵晓楠点头认可这个观点，"古墓里老鼠和蛇是常客，但是唯独留下这节股骨，就有点让人难以信服。可惜的是，目前我们的技术手段尚无法证实这节股骨的血亲来源，无法提供进行比对的样本，所以说胎儿母亲是不是苏月娥，我也没有办法肯定。"

"怀孕？"李振峰和罗卜不由得面面相觑，"高鼎臣对我们说他妹妹刚参加工作没多久，他很肯定苏月娥没有男朋友。"

"那我明天一早再去找找她当年的室友看看能不能问出点什么。"丁龙说道，"我觉得从这条线上应该能追出点什么东西来。"

"没问题。"马国柱在笔记本上简单记录下了这条线索的追踪方向，接着抬头问道，"张凯案有什么进展吗？找出幕后真凶是谁没有？"

李振峰对罗卜点点头，后者随即拿出了那张分局褚浩云传过来的脸部模拟画像，打开展示给大家："首先，我们要找的就是这个人，推断年龄在四十到五十岁之间，上下不会超过五年，男性，受过一定的高等教育，有固定的交通工具，还不止一种，分别是黑色无牌摩托车和一辆车身为墨绿色的小型皮卡车。这种车型我们已经和交警部门联系过，希望能尽快落实到车主和车牌号。他有固定工作，收入不低，性格内向，身边真正的朋友不多，善于隐藏自己，能迅速调整自己的状态融到周围的环境中而不被人排斥，目的性极强。"

李振峰接着拿起一张照片:"这个人叫马成宇,今年六十五岁,已经退休,早年妻子过世,户籍资料上登记显示他唯一的儿子马涛去国外留学后就一直没有回国,自打前年加入了海外国籍后,两人之间就几乎断绝了联系。马成宇原先的住址是本市翠庭华府13栋801室,后来他因为腿脚不便就把房子租了出去,在一年前的8月份搬家去了开发区居住,目前地址正在进一步落实中,但是不会离开洋山基站附近。开会前我已经通知了开发区派出所,请他们连夜跟进马成宇老人新的住址。"

"为什么要找到他?"马国柱问。

"因为我怀疑他就是张凯案背后的主谋。"李振峰回答。

"那他的犯罪动机是什么?"庞同朝追问道。

"报复。"李振峰果断地回答,"因为张凯杀了齐倩倩。"

马国柱听了,不禁面露疑惑的神情:"一个六七十岁的老人?"

"马成宇?"在座的人无一不感到惊讶,"和他又有什么关系?……他不就是齐倩倩的房东吗?……"

李振峰平静地回答:"我先说一件事,翠庭华府的出租房价普遍在每月两千元以上,从没低于过两千元。但是马成宇和齐倩倩的租房合约上却写着每个月的房租只有五百元,这样的房租可能就只够支付每个月的水电物业费吧,而且是每月五日之前打入马成宇老人的账户即可,承租时间是一年起。"

"房租这么低?"罗卜皱眉问道,"我记得在荣华新村走访的时候,墙上贴的招租广告显示房租都要一千元起。这样的价钱简直就是白送了。"

李振峰点点头："你说得对，马成宇老人就是在白送，等同于给自己找了个看房子的人。翠庭华府的物业经理说马成宇的这套房子以前并没有公开出租过，空了有一年左右的时间，这次突然出租，又是以这么低廉的价格，去他们分店签协议的时候，很多人都觉得奇怪。但是老人说小姑娘很像他的一位故人，当时分店经理还特地征求过张凯的意见，毕竟是他拉的生意，结果张凯表示没有意见，说提成少点儿也无所谓，所以就签署了出租合同。"

马国柱听了，若有所思地点点头："难怪了，看来这位故人在马成宇心中的份量不低。"

"对，"李振峰说道，"所以齐倩倩突然失踪，最焦急的就是他。9月3日早晨报案后没多久，马成宇便一个人去了张凯工作的中介分店，分店经理说一大早门店刚开门他就过去了，利用实习生不熟悉业务，以房东寻找中介张凯的名义拿到了对方的住址和联系方式。随后这个四五十岁左右的人就出现在了张凯经常去的星星酒吧，并且刻意接近张凯。"他伸手指了指那张模拟画像，"要知道一周前我们还不知道齐倩倩已经遇害，知道真相的只有凶手和最接近受害者的人，我们排除掉齐倩倩的家人，那就只有房东马成宇了。无论是出于同情还是自责，他都会坐不住的。"

"那这个刻意接近张凯的幕后凶手和老人之间是怎么联系上的？"庞同朝皱眉问道。

"不排除他们很早就认识了。我和小罗今天又走访了翠庭华府的物业经理，他说不知道老人的新地址，但告诉了我们一年前给老人搬家的公司的名字，就是利奥公司。我们顺着线索追到利奥公司，发现了一个很有意思的地方，就是利奥公司并没有把老人送到新的住址，而是在开发区的集安路口就把老人放了下来。搬运工人回忆说当时来接老人的是一辆墨绿色的小型皮卡车，驾驶这辆车的正是凶手，车上正好可以装下老人所有的家当，而这个集安路口就属于洋山基站范围。上次会议我提到张胜利的手机有一次就是在洋山基站范围内拨打出去的，是为了向荣华新村的社区主任询问有关王全宝的海葬时间。"

"等等，搬家工人为什么隔了一年还会对当初发生的事情记得这么清楚？"赵晓楠突然问道，"这有点不太符合我们的记忆规律，难道说还发生了什么特别的事情？"

李振峰点点头："因为开车来接马成宇的人，也就是一周前出现在星星酒吧刻意接近张凯的人，同时也在案发当天出现在安平大桥上，眼睁睁看着张凯掉了下去。那个搬家工人季刚是张凯的小弟，据他供述，张凯对这个神秘大哥非常信任，可以说是言听计从。而搬家工人季刚却对嫌疑人颇为警惕，用他的原话来说就是——这人的眼神非常可怕，像死人。"

"张凯有一部刚买的价值不菲的手机，季刚一直很垂涎。8日那天晚上季刚因为第二天一早要工作，就没有去星星酒吧消遣。季刚接到张凯的电话说警察可能要去抓他，他有点害怕，但是那位大哥跟他说了，叫他别怕，到时候按照他的计划做就行了。这个计划就是以跳桥要挟警方，因为星星酒吧处在一个特殊的地段，拦车逃跑根本不可能，只有到了桥上才能吸引足够多的眼球，然后趁乱逃走。"

马国柱呆了呆:"这傻子信了?"

李振峰无奈地点点头:"是的。现在张凯的手机已经被解开,从相册中发现了好几张死者齐倩倩遇害前后的照片,甚至还包括一段长度为三分钟的犯罪视频,都是案发当天凌晨拍下的。这些证据当然是不能给我们警方看的,张凯又不舍得删,所以手机自然不能落到警方手里,于是接受了季刚的劝说。两人约定好丢弃手机的位置,之后季刚立刻开车去了现场,事发后拿到了手机,却也在大桥上看到了那个男人的脸。惊恐之下,他连手机都没敢脱手,直到看见我和小罗出现在利奥公司,他还以为我们是去抓他了。"

"季刚这条线,就间接证明了张凯案名义上是一起意外,其实却是一起刻意的杀人命案,只不过受害者是齐倩倩案的直接凶手罢了。"说着,李振峰又拿起了马成宇的照片,"我父亲刚才给我打电话说已经有人认出照片中的马成宇就是在案发前刻意接近王全宝的退休教师老苗。我想,他应该就是去劝说王全宝杀张凯的,因为公园目击证人提供线索说两人断断续续提到一件事,关于一个女孩子被欺负了,王全宝起先是拒绝的,后来很勉强地答应了,再后来安平大桥上就出了事。"

"但是,王全宝是怎么认识马成宇的,我就不是很清楚了,而且王全宝能答应替马成宇杀人,也让人感觉这里面有文章,毕竟那可是犯法的事情。"说到这儿,他走到会议室的白板前,依次写下了:张凯、张胜利——许诺、许大鹏——陈秀妍、陈昌浩。

"这六个名字共有三个共同点,除了这个许诺,她已经出国留学，剩下的五个，他们的共同点是：第一，两个相近名字之间有直系血缘关系，分别是父女或者父子；第二，除去可以证实的许诺不在国内，剩下的都已经死亡，张凯死于所谓的'意外'，陈秀妍被割喉，而张胜利、许大鹏死得更惨，并且被取走了心脏，陈昌浩虽然是跳楼自杀，但是尸体也很快被人取走了心脏；第三，张胜利、许大鹏和陈昌浩年龄相近，都在五十岁上下。"

"李队，你的意思是有人在对这些人实施报复？"庞同朝问道。

"完全有这个可能。"李振峰回到椅子上坐下，又一次拿起马成宇的照片，"而且他很可能就是知情者。所以等下天亮后，我会去一趟开发区，希望能尽早找到这个马成宇，和他好好谈谈。"

马国柱听了点点头："你和小罗过去？"

"那是当然，他现在可是我的好搭档。"李振峰冲着马国柱咧嘴一笑，算是稍微缓和了下会议室里略显严肃的气氛。突然他注意到赵晓楠的脸色有些不对："赵法医，怎么了？"

他这时候才回想起赵晓楠的双眼从未完全离开过那张模拟画像。

她伸手指了指，皱眉说道："这人我似乎见过。"

话音刚落，房间里顿时一片寂静。

"与南江大学历史系的讲师欧志城很像。"赵晓楠一脸的迷惑，"我和他聊过几次，他是个思维很简单的人。"

"他是历史系的？"李振峰脑海中响起了季刚说过的话——

上去只用了一招,就让对方瘫倒在地,像条死狗。

"是的。"赵晓楠回答。

李振峰在自己的警务通上迅速查出了欧志城的户籍资料,递给身边坐着的丁龙,说道:"马上拿去给季刚看,确认是不是这个人。"

丁龙点头,站起身离开了会议室。很快,电话打过来了,季刚一眼就认出了,正是欧志城。

李振峰挂断电话,看向赵晓楠的目光变得凝重起来:"赵法医,欧志城有没有见过那张女尸的模拟画像?"

赵晓楠点点头:"他见过,我给他看了。"

"他在挖掘工地上具体负责什么工作?"

"嗯……比较杂。我第一次见他的时候,他在尸骨旁清理尸骨。他是第一批进入古墓的人。他还会修复古画,反正就是什么地方有需要,他基本都能顶上去。"赵晓楠回答。

李振峰立即对马国柱说:"马处,我请求对欧志城进行背景调查,同时对他的住处和行踪进行二十四小时监控。"

马国柱看了一眼身边坐着的副局长庞同朝,后者点头同意:"我们没意见。会议结束后你就去办吧。"

赵晓楠说道:"我补充一下刚才李队提到的死者陈昌浩。他的尸检工作是我经手的,死因是坠楼自杀,不属于他杀,他死后尸体被送往安平殡仪馆。今天晚上7点在安平殡仪馆里发生了一起诡异的命案,死者是殡仪馆的锅炉工,死于颈部开放性锐器伤,与陈秀妍医生的死法几乎如出一辙,而陈昌浩的尸体同样被取走了心脏。锅炉工被杀,杀人动机应该是凶手为了挖走陈昌浩的心脏而扫除障碍。"

"死人都不放过？"

"没错。"赵晓楠回答，"我初步查看过锅炉工尸表的锐器伤，与陈昌浩胸口的锐器伤相同，应属于同一把凶器造成的，而殡仪馆现场勘验下来也是只有除受害者外的一个人的成趟进出足迹，与监控视频中所发现的现场只有一个犯罪嫌疑人的数目相符合。"

林水生想了想，说道："陈昌浩的死亡现场是由我负责的，自杀这个结论没有嫌疑。而让我想不通的是，他为什么要选择在市中心的大成购物中心骑楼楼顶上跳楼自杀？唯一的女儿遇害，换位思考，他走绝路是在情理之中的，但是选择这么一个特别的地方，确实让人无法理解。要知道他家离他跳楼的地方也就隔了一个街道而已，站在楼顶甚至都能看得到。"

李振峰突然一怔，脱口而出道："等等，你刚才最后说的是'看得到'三个字？"

林水生点点头。

"现场有没有找到他的手机？"

"没有。"林水生回答。

"我懂了，"李振峰脸色铁青，"凶手当时应该就在现场附近。"说着，他点击手中的电脑触屏，根据地址显示调出了跳楼现场的立体地图，然后把屏幕转向大家。"你们看，这栋骑楼所在的位置就像是一个舞台的中央，它是周围所有楼层中最矮的，周围的房子把它隔在中间。这里有个岔路口，而死者家就在岔路口进来不到三十米的位置，也就是说凶手只要在这个位置上，就可以完整地看到陈昌浩跳楼的整个过程。死者家的楼层在8层,你在底楼无论哪个位置都看不到顶楼,案发现场的骑楼却不同,只有六层,因为有楼层高度视觉差,只要在这个位置,"他伸手指了指对面岔道口的林荫道,"凶手坐在车里就可以看到陈昌浩跳楼的整个过程。结合后面发生在安平殡仪馆的杀人挖心事件来看,他这么做是在享受观摩死者自杀的过程。这是要有足够的恨意才会做出来的事。他非常偏执,对死者恨到了极点。"

"手机呢?手机也是被他拿走了吗?"马国柱问道。

李振峰放大现场的地图,指着屏幕说道:"死者是步行前往案发现场的,从小区出来穿过林荫道,到了骑楼楼下。电梯监控里没有他的身影,他走的是消防楼梯,显然是不想被人发现,我怀疑他可能受到了威胁。"

"威胁?"罗卜问道,"他还有什么可以被人拿来要挟自己的呢?"

"名誉!"马国柱右手手掌在桌上用力扣了一下,"他的年龄和我差不多,我刚才查了一下他的背景资料。陈昌浩的正式职务是安平卫校的常务副校长,安平卫校几乎培养了我们安平38家公立医院80%以上的护士,可以说陈昌浩在我们安平市的卫生系统里是有很高威望的。并且他是下一任卫生局副局长的人选之一。你们想想看,他在这个世界上最宝贵的两样东西,已经失去了其中一样,他怎么能承受失去另一样?保住名誉而死去,还是身败名裂,甚至被判刑,你说你会选择哪条路?"

说到这儿,马国柱伸手指了指丁龙放在桌面上的两份卷宗:

"还有一件很重要的事情,也是我刚才偶然看到的,从陈昌浩的履历表可以确认,三十一年前,也就是1992年的8月,他从南江医专毕业,因为成绩优秀,在校方的推荐下,当年他便被留校并聘用为实习课辅导员。"

"原来如此。"李振峰恍然大悟,"那看来我也得好好查查张胜利和许大鹏的历史背景了,看看他们是否和南江医专有关联。"

马国柱笑了:"没错,这条线索要追下去。"

李振峰看了看自己工作笔记本上的记录,抬头说道:"马处,分局褚浩云曾经跟我说犯罪嫌疑人用许大鹏的手机给陈昌浩打过电话,但是通话时间非常短,怀疑被接入了语音信箱。后来通信公司查过,语音信箱内只有一句话——你要小心,他来了。听上去像是句警示的话,说话的人听声音是个老人,留言时间是在陈秀妍医生被害后。"

马国柱点点头:"这就更加证实了有人在向他们进行报复。对了,上次会议上提到过群众所拍摄的安平大桥上的视频,有没有什么新的线索?"

"不是很全。"罗卜回答,然后将拼凑出来的语言展示了一下。

马国柱看过,沉思了一会儿后说道:"李队,判断方向和你刚才所说的差不多,王全宝确实是带着目的去的。接下来有你们忙的了,第一,确认苏月娥当年是否怀孕,排除自杀可能并找到真正的犯罪动机;第二,追踪马成宇下落;第三,调查欧志城并且派人二十四小时蹲点;第四,调查陈昌浩与当年南江医专失踪案是否有关；第五，调查张胜利和许大鹏的历史背景，看他们是否也与失踪案有关联；第六，继续追查黑色无牌摩托车和墨绿色皮卡车车主的具体下落。好，那今天就这样，散会。"

李振峰和赵晓楠刚走出会议室，还没来得及开口说话，丁龙便急匆匆地走过来："李哥，快，情报处理中心刚才接到一个报警求助电话，我都录下来了。和我们的案子有关，可能是潜在的下一个受害者。"

"快走！"李振峰脸色一变，两人匆忙向楼梯口快步走去。

看着两人的背影很快消失在走廊拐角处，副局长庞同朝靠在走廊扶手上，随手丢了支烟给马国柱，说道："老马，你对这个南江大学的案子有信心吗？"

"当然。"马国柱的回答向来都非常果断，尤其是在这种节骨眼上，"我相信阿峰能处理好所有问题，这小子遇事冷静，我对他充满信心。虽然说这个案子的犯罪现场已经缺失，时间也拖太久了，但是只要犯罪嫌疑人还在，他会把那家伙给逮住的。"说到这儿，他的嘴角露出了笑容："老庞，阿峰天生是块当刑警的料子。他老爹当年把他交给我的时候，可是下了死命令，叫我在三周之内把他给踢出刑警队的。"

庞同朝微微一笑："那结果呢？"

马国柱下巴一扬，满脸的骄傲："他不还在吗？不过代价是老领导半年都没搭理我，连过生日都给我吃了个闭门羹，嘿嘿！"

庞同朝轻轻叹了口气："可以理解，他自个儿当了一辈子刑警,里面的苦也只有自己才能体会得到,心疼孩子嘛,每个当爹的都会有这种想法。我老婆是医生,她就坚决反对我女儿当医生,唉,我能说什么好呢。"

马国柱无声地笑了笑。他知道李振峰当年放弃出入境管理处的工作而返回学校继续攻读研究生,最终坚持去基层干上了刑警这一行的原因。

都是性情中人,只有深爱这个职业并读懂个中真谛的人,才会干得更久。

电话里传来一个男人沙哑的声音,空洞、绝望、语速飞快。

"喂,110吗?"

"是的,请问需要什么帮助?"

"有人要,要杀我,求求你们,救命!"

"你说有人要杀你?"

"对,没错,有人要杀我。他给我留言了,对,留,留言,他会来找我的……"

"先生,你别激动,慢慢说,他什么时候给你留言的?留言内容是什么?"

"他说,他说看见我杀人了,他,他胡说,他胡说!我没杀人,我没杀人……警察同志,你要相信我,你一定要相信我!我,我真的没杀人……"

"别激动,先生,你冷静点,你详细告诉我,你知道对方是谁吗?"

"不,不知道……(咚咚咚——)等等,有敲门声,这个时候怎么会有人敲门?我,我去看看,我去看看……"

电话挂断。

"这是刚才发生的事吗?"李振峰皱眉看着丁龙。

丁龙抬头看了下墙上的红色电子钟,神情凝重地点点头:"十三分钟前,随后我们的接线员拨打回去,但是电话已经显示关机了。"

"会不会是恶作剧?"

"不可能,我们追查到手机的户主姓方,叫方强,今年五十三岁。"

李振峰的目光瞬间变得犀利,冷冷地说道:"这名字,我今晚已经是第二次听到了。小丁,第一,赶紧查出方强的家庭住址,拨打他家人的手机,同时联系当地派出所马上派人先赶过去,我们这边立刻出发;第二,交代接线员不停地拨打方强的手机,直至拨通为止,不管是谁接的电话,尽量拖住他,锁定位置。"

"明白,李哥,这方强是不是第四个人?"丁龙紧锁双眉,急切地追问道。

"应该是。我现在去车库,有情况随时给我打电话。"李振峰扭头便走,来到楼道里冲楼下二楼大办公室开着的窗户方向大吼了一句,"罗卜,车库!紧急出警!"

洪亮的声音瞬间传遍了整个308号大院。

第十章 很久很久以前

我们太善于伪装自己,结果到头来,自己都看不清自己了。

二十分钟前。

树荫下的皮卡车已经停了将近三个小时，海关钟楼传来凌晨2点的钟声，而三楼最右面的那扇窗户依旧透着微弱的灯光。

两天前，阿城只用了一包烟就从小区门口收破烂儿的老头那里套出了他所需要的信息。现任南江大学工学院院长方强去年当上了爷爷，他儿子方德开了一家互联网公司，去年春节刚结的婚，住在另一个小区。但是孙子体质弱，晚上总是哭闹，孩子奶奶就过去帮儿媳照顾孩子，而方德便搬过来和父亲同住，这样去开发区的公司上班也比较近。两个男人几乎都不会做饭，于是每天都会点外卖。

——许大鹏已经死了，别以为我不知道。我不管你是谁，当年的事与我无关，你找别人去！再这样我就报警了！

阿城读着傍晚时分方强发来的信息，脸上露出恶劣的笑容，就像猫看见了老鼠一般。他拉开车门下车，边走边戴上手套，刀子就在右手的袖子里，他低着头，慢悠悠地朝楼栋口走去。

凌晨2点，小区里静悄悄的。

距离楼栋还有不到五步远时，有辆电动车由远至近在他面前停了下来，耳畔传来一个年轻小伙子的声音："请问这里是278号门吗？"

头顶上方铁质的门牌早已生锈，晚上即使有路灯照明，也看不太清楚，不熟悉的人第一次来这里多少都会有些犹豫。

阿城转过身，看清面前电动车上是一位外卖员，便笑着点点头："没错，278号，是我点的外卖吗？"

外卖员随口问了句："你的手机尾号是不是2373？"

"是的，2373。"阿城伸手接过外卖，笑容依旧挂在脸上。

"谢谢，麻烦给个五星好评，祝您用餐愉快。"年轻的外卖员匆忙掉转车头，不一会儿就骑远了。

阿城手提着外卖走进楼栋，径直上了三楼，这是标准的一梯两户，方强家就在右面，门牌号是302。门口的楼道公共区域内照明灯坏了一只，剩下的那个也发出了嘶嘶的声响，忽明忽暗。

阿城伸手敲响了302的房门，很快，门里传出了一个中年男人询问的声音："找谁？"

"送外卖的，302方先生的外卖。"阿城把外卖举得高高的，遮住了猫眼的镜头。

果不其然，门锁发出了咔嗒一声响，紧接着便是转动门把手的声音，伴随着中年男人骂骂咧咧的话："半夜三更点什么外卖，折腾人！"

门应声打开了，开门的正是方强。此刻，因为楼道里光线暗淡，302室玄关声控灯的亮度把方强脸上的表情照得清清楚楚，他把手朝外卖伸过去，嘴上说道："好了，给我吧，我是他爸。他在打游戏呢，没空接。"

话音未落，锋利的刀刃便深深地扎进了方强的胸膛，同时耳边传来一个低沉的声音："别动，你要敢出声，刀子往上半寸你就没命了。"

说话间，方强的上身向后缓缓退去，最后无力地靠在了墙上，阿城走进来，门在他身后关闭。与此同时，小卧室的方向，方德正全身心地沉浸在游戏中，厚厚的耳机完全阻挡住了外界的所有声响。

阿城抓过客厅的一把靠背椅，顺手就顶住了小卧室的门把手，这才转身看着已经瘫软在地的方强，脸上的表情似笑非笑。

"你，你是谁？"方强哑声说道，他不敢冒险拔出自己胸口的刀，只能哀求对方，"不要杀我，求求你。"

阿城并没有回答他，只是默默地摇摇头，把他按倒在地，然后盯着他的眼睛看了一会儿，用左手捂住他的嘴，右手猛地按下了刀柄……

方强的瞳孔迅速放大，身体近乎扭曲。

……

收好塑料袋，把手机关机塞进兜里带走，阿城打量了一下房间，目光又一次落在了方强的脸上，看着他脸上诡异的神情，阿城知道他已经到了濒死的边缘，但是尚存一丝意识，于是轻轻叹了口气，弯腰在他耳边轻声说了句："这是你的道歉，我替王佩妮收下了。"

地上血泊中的男人已经一句话都说不出来了。

阿城转头看向紧闭着房门的小卧室，这时候，隔着一道门依然能清晰地听到游戏背景音，只是打游戏的声音不知何时已经消失了。他刚向前走了一步，耳畔却隐约传来警笛声，他不由得微微皱眉，旋即转身头也不回地离开房间，关门下楼。

皮卡车开出小区的同时，两辆警车从身边驶过，阿城的心顿时提到了嗓子眼，警察今天来得太快了。

突然，他从后视镜中看到一辆警车正远远地跟在自己皮卡车的后边。

李振峰把警车开进小区的刹那，视野中出现了一辆皮卡车，心中不由得微微一怔，开口问道："罗卜，犯罪嫌疑人开的是墨绿色皮卡对吗？"

副驾驶座上的罗卜点头："没错，墨绿色的小型皮卡。"

"刚才过去的那辆就是。"李振峰一脚踩下刹车，车轮发出了尖锐的声响，"你下车，立刻去现场，我跟上去。"

"可是……"罗卜面露难色。

"少废话，快下车，我们保持联系就行。"李振峰的声音不容置疑，"再磨叽就来不及了。"

罗卜咬牙打开车门跳下车，人还没完全站稳，李振峰便猛打方向盘掉头，一脚油门踩到底冲出了小区，向皮卡车行驶的方向开去。

刺耳的警笛声响彻凌晨的街头，李振峰把警车开到了全速，好几次都想在弯道处超过前面的那辆皮卡车，但是都被对方闪避开了。

耳机中突然传来了罗卜焦急的声音:"李哥,能听清我说话吗?"

"能听清,你说。"李振峰双眼紧紧地盯着车前方不到二十米远的那辆墨绿色小型皮卡车,随时防备对方对自己的车头进行碰撞。

"方强死了,心被挖走了,他果真就是第四个人。不过方强的儿子没事,我们看过现场的室内监控了,欧志城杀了方强,那辆墨绿色皮卡车上的人就是凶手欧志城。你现在在哪个位置,我马上过来支援。"

此时,警车与皮卡车一前一后全速冲过安平大桥的桥面,进入了漆黑的开发区范围。

"我们现在已经进入开发区了,没事,我会咬着他的,我的车辆坐标你可以叫丁龙给你。"话音未落,车前方的皮卡车突然一个急刹车,眼看着警车就要全速撞上去,而警车的油箱就在车头位置,这要是撞上去后果不堪设想。

李振峰本能地向左猛打方向盘,并踩下了刹车,车轮摩擦地面发出刺耳的声音,刹那间整辆车开始向左偏移。等看清楚前方是一个防护隔离水泥桥墩的时候,他不由得吓出了一身冷汗,拼尽全力把车再朝另一个方向扭转,终于在即将失速的关头,警车擦着水泥桥墩安全通过。李振峰不作他想,继续脚踩油门追了上去。

他伸手打开扩音喇叭,边开车边高声警告:"前方车牌号***2374墨绿色皮卡车听着,我是安平市公安局刑侦处警察,现在执行公务,请你马上靠边停车接受检查,马上靠边停车接受检查！"

墨绿色皮卡车根本就没有要停下的意思，它沿着长长的海岸线全速朝前开着，只不时地关注一下身后尾随的警车。皮卡车穿过漆黑的村道，在迷宫一般的厂区码头附近飞速地穿梭着，李振峰驾驶的警车紧紧地跟在身后，他的视线一刻都没有离开过皮卡车。

就在这时，寂静的旷野中突然传来了大功率摩托车的轰鸣声，一辆黑色无牌摩托随之出现在警车前方。它让过墨绿色皮卡车，突然一个急转弯，在警车前方不到三十米的位置停了下来，车头直直地对着警车，骑手戴着全包的黑色头盔，穿着皮衣，车灯照向警车的方向，把路面照得一片雪亮。

这是一条仅有一个车道的路，两边都是三四层楼高的集装箱，警车根本没有办法拐弯。

李振峰见状，不得不踩下了刹车，看着墨绿色皮卡车一溜烟地消失在摩托车后方的路口，不由得暗暗咒骂了一句。

现在再想追上那辆皮卡车明显是不可能了，更何况摩托车的功率是超过警车的，李振峰知道自己不能冒这个险，他伸手打开了车辆大灯。

"出什么事了，李哥？"耳机中传来了罗卜的声音，"我们现在已经到开发区了。"

"我在港口集装箱这边，A区码头。"李振峰手握方向盘，目视前方的摩托车，语气平静地说道，"皮卡车跑了，我现在被那辆黑色无牌摩托车拦在了集装箱通道的中间。他正对着我的车头，我不知道他下一步会干什么。你马上通知交通大队，立刻将这片的道路监控调出来，看他们还能跑到哪里去。"

"知道了，我们马上就到。"

通话结束的刹那，警笛声已经在码头边缘响起，并且越来越近。

黑色无牌摩托车上的骑手显然已经听到了密集的警笛声，突然转动把手，踩下油门，摩托车猛地朝警车的方向冲来。

李振峰没有动，他知道撞车是不可能的，而要想拦下正面全速驶来的摩托车也非常危险，他能做的就是什么都不做。

摩托车从警车旁开过去的一刹那，就几秒钟的时间里，两人四目相对，空气瞬间凝固了。李振峰虽然看不清对方的长相，但是他意识到眼前这个人绝对不是自己在安平大桥上见过的那个人，因为这人的身高明显矮了很多，不只是头盔不一样，甚至都不是同一辆车。

如此擦肩而过后，摩托车很快便消失在了漆黑的集装箱高墙后面。

李振峰索性打开车门走下车，在逐渐接近的警笛声中，皱眉看向摩托车消失的方向，为什么？他为什么要冒险出面救下欧志城？

摩托车开进小院的时候，天边已经出现了明显的鱼肚白。露水打湿了草坪，车轮碾压过后，留下了一条鲜明的车辙辘印。

欧志城停好车后跳下车，转头看了一眼身后，安静如初，便放心走进了院子。

空气中弥漫着淡淡的血腥气混杂着酒精的味道，阿城盘膝坐在地板上,身边放着两瓶啤酒,一瓶已经空了,歪倒在地板上。

"叔,你回来了。"

马成宇从摩托车上下来,摘下头盔随手挂在车上,几步上前在阿城身边坐了下来,哑声说道:"停手吧,阿城。"

阿城摇摇头:"还差最后一个。"

"你这么做,她会原谅你吗?"

阿城轻轻一笑:"叔,你想多了,我都已经很久没有梦见妮子了。"

马成宇的心微微一颤:"都这么多年了,阿城,你年纪也不小了,该放下了。去看看心理医生,让自己心里好受些。"

"叔,难道说你已经放下了?"阿城的目光中充满了难以置信,"苏老师死得那么惨,我亲手把她的骨头一块块从那该死的地方拿出来,整理干净。"他话锋一转:"那一幕……你就能放得下?她等了你整整三十年,她甚至一天都没有离开过三宝山。叔,你难道就忍心不管不顾?"

马成宇听了,张了张嘴,最终却只是轻轻叹了口气。他站起身,脱下鞋子走进堂屋,再出来时,手里拿着一个黑色的帆布双肩包,被塞得鼓鼓囊囊的:"这里面是我攒的20万元现金,还有我儿子的身份证,他出国的时候没带走,正好给你用。钱和身份证你都拿走吧,这就走,不要再回安平了。警察应该很快就会追过来,阿城,你赶紧走吧,走得越远越好。"

阿城呆住了,他并没有伸手去接双肩包,只是站起身,用陌生的眼神看着老人的脸,许久,摇摇头:"如果你真想把钱给我,那就用它们好好帮我照顾这两条狗子,这是我唯一的牵挂了。至于别的,就不用你操心了。"

老人愣住了,似乎对阿城的回复感到有些意外:"那,你身上的钱够用吗?"

"够。"阿城轻声说道,"这么多年来你一直把我当儿子一般照顾着,我怎么可能再拿你的东西。"

老人想了想,一声不吭地转身回到堂屋,从墙上拿下一串钥匙丢给阿城:"车就在后面库房里,已经加满油了,也检修过了,车身的颜色也换了,你尽管骑,不会被警察认出来的。"

"谢了!"

阿城转身刚要走,马成宇突然叫住了他:"等等,阿城,我只有一个要求,就算叔拉下老脸求你,好吗?放过赵刚,他不是个坏人。"

冷不丁听到这个名字,阿城脸色一变,他皱眉看着老人:"叔,你刚才说谁?"

马成宇意识到了什么,浑身一颤,目光移开了,轻声说道:"你听错了,我没说谁,我,我只是,叫你别再杀人了。平平安安过完以后的日子吧,有些东西也该放下了。以后啊,叔或许再也帮不了你什么了。"

初升的太阳让沉闷的空气舒张开来。

阿城若有所思地点点头,穿好鞋子,迈步向房后的库房走去。再出来时,他推着一辆深灰色和白色相间的摩托车,跨上车,看着站在堂屋门口的老人:"叔,提醒你一下,狗子已经习惯吃那种肉的味道了,你以后再喂它们时,一定记住不要让它

263

们闻到人血的味道，不然狗子会失控的。以后，如果你不想养了，那就让它们走的时候少受些痛苦，我会很感激你的。"

马成宇呆了呆，身子微微摇晃了下，这才沉声说道："我知道了，你放心吧。"

阿城随即跨上车，一阵低沉的轰鸣声响起，摩托车开出了海边小院，很快便驶离了村路，消失在树林的尽头。

老人突然想到了什么，急匆匆地转身跑向小房间。推开门的刹那，他整个人都呆住了——墙壁上干干净净的，什么都没有留下，除了墙角的地板上放着一个相框。照片的背景是两辆摩托车，马成宇和欧志城手里各自拿着头盔，对着镜头做出了胜利的手势。

老人重重地跌坐在地板上，知道阿城是绝对不会放过赵刚的，这三十年来，这是他活着的唯一理由。

沉思片刻后，马成宇站起身，从堂屋墙上取下备用的皮卡车钥匙，匆忙向后门走去，车就停在那里。

现在是早上5点刚过，赶去城里还来得及。马成宇不怕半路被警察拦截下来，因为在开发区这种小型皮卡车有很多，而他与方强的案件毫无关联。

换好车牌和驾驶证，把工具和旧车牌统统丢回院子，他打开发动机，利索地转动方向盘，很快便把皮卡车驶离了小院，朝安平大桥的方向开去。

空手而归的李振峰对自己很懊恼，将警车开回局里，就窝在车里思考，不知不觉睡着了。当他再次睁开眼睛的时候已经是早上6点。

李振峰走下车,伸展了一下麻木的身体,给罗卜打了通电话询问交通大队那边的反馈,结果罗卜的话让他瞬间心凉,监控视频没有有效的。挂了电话,李振峰拖着疲惫的身体回到宿舍,简单洗漱后,拿上工作笔记和一本厚厚的就诊病历匆匆穿过不锈钢栅栏走进办案区,推开门时看到,丁龙已经打开电脑在等着自己了。

"情况怎么样?"李振峰坐下后低声问道。

"冷静下来了,和他家人联系后吃了药,一晚上都很安稳。现在人很清醒,情绪也很稳定。这就把人带过来吗?"

"带过来吧。"李振峰神情凝重地说道,"我好好跟他谈谈。"

在等待对方的过程中,他又一次拿起了那本自己在警车中反复研读过很多次的就诊病历。病人的名字叫黄旭东,今年四十八岁,因为患病目前已经无法工作,平时的生活起居都依靠自己的姐姐和父亲照顾。此刻,他的姐姐在得知弟弟又出事后,正心急如焚地坐在一楼的等候室里,而这些病历和药也是凌晨1点的时候由她从家里拿过来的。

所谓的双相情感障碍,是心境障碍的一种类型,一般指既有躁狂或者轻躁狂发作又有抑郁发作的一类心境障碍,如果不用药物干扰的话,躁狂发作往往会持续一周以上,而接下来的抑郁状态则会持续两周左右。这种躁狂和抑郁的症状交替或者循环出现,呈现出典型的发作性病程。只有使用药物控制,才能让每次发作持续的时间缩短,并且尽快进入精神状态正常的间歇缓解期。

"他以前住过院吗？"李振峰皱眉问道。

"住过，但已经是很久以前了，好几十年了吧。"眼前这个瘦小的女人脸上布满了操劳过度的皱纹。

"如果确诊是双相情感障碍，那为什么不让他长期住院？"李振峰说道，"你弟弟第一次住院时的病例上就已经写明他的社会能力明显受损，无法进行有效交谈。这个病情就该按照医嘱住院，你要知道这种病如果中断治疗的话，很容易恶化，要想彻底治好就难了。"

"我们家没钱，我弟弟又没有医保，住不起，那一个月已经花光了我们家所有的钱。"黄竹青的声音中充满了疲倦，"警察同志，不是我不想帮我弟弟，负担他的药费就已经让我不堪重负了。我弟弟，他又不能自己出去工作，什么都得靠我，我太累了。"

李振峰不禁为自己刚才的话感到一阵懊悔，他完全可以看出眼前这个中年女人已经站在了崩溃和麻木的边缘："对不起，我刚才不该那么说你。"

黄竹青摇摇头："警察同志，不过我弟弟还是很努力的，这三十年来他只住过两次医院：一次是1995年，我妈刚死没多久；一次是2000年。出院后，他就好了许多，有时候也会去朋友那儿帮忙打扫房间，赚点生活费。"

"朋友？"李振峰心中一动，他知道双相情感障碍症患者是很难找到朋友的，因为他们根本不知道如何控制自己的情绪，一点点小事都可能随时把他们激怒而令他们失去控制，所以他们怎么可能会有朋友？

"是的,我弟弟有个朋友,帮他介绍了一份简单的工作,去南江大学给那边的学生公寓打扫卫生,一次给二百块钱。虽然不多,但是也能解决他一点基本生活费。"黄竹青脸上露出了难得的笑容。

"你见过你弟弟的朋友吗?"

李振峰对这个回答并不抱任何希望,谁知黄竹青转而满脸的歉意:"很久以前见过的,他是个好人。那时候我送我弟弟去安平市精神卫生中心住院,那个人已经在里面住了一段时间了,很年轻,听说是个大学生,对我弟弟很照顾的。"

"你怎么会到现在还记得?"李振峰不解地问道。

"因为那个大学生很可怜的,听病友家属说他女朋友死了,死得很惨,从楼上掉下来的时候整个人正好落在下面的金属叉子上,太惨了,太惨了……唉,不说了,想想都替那女孩难受。"黄竹青连连摇头,"听说我弟弟的朋友亲眼见到了那一幕,后来人就疯了。"

一听这话,李振峰的心顿时沉了下去。

开门声打乱了李振峰的思绪,一脸平静的黄旭东跟在丁龙的身后走进房间。李振峰特地挑了一个没有明显隔离设施的房间,以防万一。

黄旭东的个子很高,身形强壮,尤其是双上肢特别发达,头发有些凌乱,皮肤黝黑。

目光交汇的时候,李振峰脸上露出了轻松的笑容:"你好,请坐。"

黄旭东报以同样的笑容。

"我姓李,你呢,叫什么名字?"

"黄,黄旭东,东方的东,不是冬天的冬,别写错了。"黄旭东的身形姿态和语气就像在回答老师问题的学生。

"好的,不会写错的,你放心吧。"李振峰笑眯眯地说道,"我见过欧志城了,你朋友,南江大学的。他要我向你问好,还给你带来了照片。"李振峰举起手中欧志城的照片。

看到照片的刹那,黄旭东呆滞的眼神瞬间被点亮了,他开始抬头四处张望,嘴里嘀咕道:"他,他在,在哪?你什么时候见到他的?他来看我了,真的来看我了?"

丁龙向李振峰投来诧异的目光,后者微微摇头,示意他不要多问,因为这是双相情感障碍患者正常的表达方式。

"黄旭东,你看这个,这人你认识吗?"李振峰又拿出了一张照片,照片里的年轻女医生正是被残忍杀害的陈秀妍。

黄旭东只是瞟了一眼,就很不耐烦地把头转了过去看向门口的方向,嘴里咕哝着:"我不认识,她是谁?"

李振峰脸上的笑容突然消失了,他站起身,几步上前来到黄旭东身边,把照片放在他的视线范围之内,冷冷地说道:"她姓陈,叫陈秀妍,是一名急诊科医生,是你亲手用刀割断了她的脖子,你应该不会这么快就忘了这件事吧?"

黄旭东怔住了,眼神呆呆地看着照片,紧锁双眉,似乎在努力回想着什么,同时下意识地伸手想去拿那张照片。可手指刚触到照片他又迅速缩回了手:"不,不,不,不是我要杀的,阿城说她父亲是坏人,当年害死了别人母子,所以,她也必须付出代价。"

"母子？什么母子？"李振峰心中一震，迅速看了眼丁龙，接着问道，"是欧志城亲口跟你说的？"

"是的，他对我说这事与我无关。我是在帮忙，我没有责任的，我真的没有责任的。"黄旭东语无伦次地说着，脸上的表情变得乖张扭曲起来。

"黄旭东，你说得对，这事你确实不用负责，你是在帮别人。"李振峰看着他的眼睛，柔声说道，"我现在要你帮我一个忙，帮我仔细回想一下，阿城在你面前提到'母子'的时候，还说了什么？"

黄旭东出人意料地很快点点头，一脸的神秘，悄声说道："他给我看了骨头，一堆的骨头，告诉我这就是那个小孩的骨头。"

一阵寒意袭来，李振峰脑海中顿时出现了赵晓楠所提到的那根胎儿股骨，还有她曾经说的话——五个月左右的月龄，难道说苏月娥真的怀孕了？

结束问询后，羁押室的小戴已经来到办案区门口。李振峰想起凌晨时分黄竹青最后对自己的恳求，便嘱咐小戴务必让黄旭东和他姐姐在监管的条件下见上一面，因为后续再想见上一面的话，可能就难了。

小戴点头带着黄旭东去了一楼。

来到走廊里，李振峰拨通了安平市精神卫生中心陈院长的电话，在简单讲明需要帮忙的事情后，陈院长立刻答应道："好的，李警官，我马上去单位，叫他们查一下1995年有关欧志城的入院档案，等有进一步消息了，我电话通知你。"

挂断电话,李振峰快步走下楼,来到底楼的法医办公室门口,正好看见赵晓楠站在打印机旁偷偷打哈欠,不由得笑了。他双手抱着肩膀倚靠在门框上,说道:"这么困的话,干吗不去睡一会儿呢?"

赵晓楠摆摆手:"没空啊,烟头检测的父系遗传结果刚做出来,与苏川市的一支马姓家族匹配上了。我刚给苏川市局的刑科所发去传真,希望他们配合调查走访一下这个家族在苏川的本家,看看能不能找到年龄段相吻合的人,DNA完整的样本我也给他们发过去了。"

"能排除是欧志城吗?"

"当然可以,年龄不吻合。"赵晓楠转身看着李振峰,"而且通过DNA可以知道这个人家族有隐性遗传的三体综合征基因,也就是说他的兄弟姐妹中肯定有人患这个毛病,或者同样携带这个遗传病的基因。我已经把这些信息都告知他们了,只要线索匹配上就能立刻确定这个人的具体身份。"

"那就好,那就好。"李振峰微微一笑,却没有要走的意思。

"你还有事?"

"没,没有。我……我马上就要走,今天可能一整天都会在外面,只是走之前想跟你说句话。"李振峰的目光中流露出些许无奈的神色,"那根胎儿股骨,我刚才得到确切消息,很有可能就是苏月娥未出世的孩子。"

"你,你别开玩笑,这可是一尸两命。"赵晓楠的声音微微有些发颤。

李振峰摇摇头,眼神专注地看着她:"我对你从不开玩笑,更何况这消息一点都不好笑。杀害陈秀妍的犯罪嫌疑人黄旭东是双相情感障碍症患者,他无意中证实怂恿他杀人的正是欧志城。1995年,欧志城进过精神病院,这是他们两人最初的生活轨迹交叉点,他们之间的友谊至今还存续着。"

"天呐,难道说欧志城亲眼见过王佩妮被挂在叉子上的尸体?"赵晓楠皱眉反问道,"我看过小丁拿来的卷宗,其中有当时现场拍下的照片。"

"恐怕是的。不过还得等精神卫生中心核实,才能确定。"李振峰轻轻叹了口气,"黄旭东提到欧志城之所以会怂恿他杀害陈秀妍,是因为陈秀妍的父亲杀害了别人母子。单凭这些话,我还不相信,但是他提到了一堆骨头,而你曾经跟我说你第一次见到欧志城的时候,是在挖掘工地上,他的工作是挑拣尸骨,对不对?"

赵晓楠茫然地点点头。

"那时候欧志城的杀人模式还未完全成型,直到他确认了古墓里的那具尸骨是苏月娥后,才开始迫不及待地开始了他的计划。"

"这么说,杀害张胜利父子的犯罪动机并不是一个?"

李振峰摇头:"对。但是导致他酝酿了多年的报复行为开始的原因,不仅是古墓里尸骨身份的揭开,应该还有一个诱因,有可能与心脏有关。"

"你是说王佩妮?"

李振峰苦笑着点点头:"也许我们很快就能拼凑出完整的犯罪图鉴了。"

最后，李振峰对赵晓楠郑重地说道："我们正在四处搜捕欧志城的下落，如果他给你打电话，你要答应我，第一时间和我联系，并且千万不能一个人和他见面。现在，欧志城已经失去了一个正常人应该有的是非观念，他太危险了。我怕他伤害到你，明白吗？"

赵晓楠轻轻点头。

李振峰这么担忧不是毫无来由的，欧志城和赵晓楠单独接触过不止一次，两人的个性又非常相似，他真怕欧志城利用赵晓楠做出点什么。不过他真的希望自己只是杞人忧天。

李振峰离开底楼法医办公室，刚走进车库，就接到了陈院长的电话。

"李警官，在1993年5月至1995年的9月份之间，欧志城在精神卫生中心1病区内陆陆续续住过三次：第一次，他得的是应激性精神障碍，当时并没有采取药物治疗，只是心理介入，很快就恢复出院了；第二次，出院两个月后，因为得了严重的抑郁症，多次自杀未遂，被他的老师和同学送来的，住了四个月；第三次，是1995年的1月，是他自己进来的，说是有些妄想、幻听，无法正常睡眠，住了一个月，评估正常后就自行离开了。"

"等等，陈院长，第三次的症状是什么？只是他的简单自述吗？"李振峰追问道。

"对，他离开前我们院内组织对他进行了几次评估，都是正常通过的，最后他自己也表示说没问题了，这才正式离开了中心。"陈院长肯定地说道。

"那你们查没查他住院期间有没有人去探望过？"

"有。我们查过记录，有一位姓马的老师，他每次住院，马老师都来探望两次，时间都是固定的。我想欧志城之所以能恢复过来，很大程度上是因为这位马老师，再加上他们学校也很关心这位学生，同情他的遭遇。后来我们做跟踪回访，得知欧志城没再犯过病，顺利毕业后，自己也做了老师。"陈院长笑呵呵地回答道。

"马老师？陈院长，记录上有写明这个马老师是什么学校的吗？"李振峰问道。

陈院长回答："那个时候叫南江医专。"

"欧志城就读的大学有没有记录？"李振峰问道。

"很抱歉，李警官，我们对这个不做记录。"

"我明白了，谢谢陈院长，再见。"

挂断电话后，李振峰打开警车钻了进去，坐在驾驶座椅上不由得陷入了沉思。

按照年龄推算，欧志城现年四十八岁。根据大龙查的王佩妮的信息，当年报警人方强是王佩妮的男友；但根据黄旭东的讲述，欧志城才是王佩妮的男友。到底哪个信息是真的？1993年1月20日凌晨到底发生了什么？他又是怎么知道苏月娥失踪的事，并且心甘情愿为苏月娥母子报仇的？如果那个胎儿真是苏月娥的，那孩子父亲又是谁？为什么这么多年他都不曾报案呢？……很多问号不停地从李振峰的脑海中冒出来。但是不管欧志城是何身份，可以确定的是他目睹了王佩妮的死亡。

李振峰的手机又一次响起来。与此同时，小九急匆匆地跑进了车库，手里提着个公文袋，神情焦急地四处张望着。

李振峰冲他招招手。

小九气喘吁吁地跑了过来，说道："楼上楼下找了你一圈，你竟然躲这儿了。"

"下次记得给我打电话就行。"李振峰打开车门，身子斜靠在座椅上，笑着伸手接过了小九手里的棕色档案袋，"这里面是什么？"

"打你电话老占线啊。"小九索性一屁股坐在踏脚板上，咕哝道，"你自己看吧，东西挺多的，是个老头给我的，就在门卫那里。现在人家走了，临走时再三跟我说东西很重要，非常重要，对你有帮助。"

"我知道，是个退休的老警察，叫窦卫国。"李振峰边打开档案袋拿出资料看着，边随口回答道。

小九一听，立刻站起来："没错，就是这个名字。李哥，上面都写了些什么？"

李振峰没有吭声，双眉逐渐紧锁，他在窦卫国的现场记录中看到了两个非常熟悉的名字——苏月娥、欧志城，这已经足够让他震惊了。接着他看到出事的隔壁房间住着的五个人的名字——朱海、许大鹏、方强、赵刚、陈昌浩，心不由得一沉。他记得很清楚，朱海是张胜利的曾用名。目前，这七个人中已经有五个人在死亡名单上了。

李振峰语气飞速地说道："小九，马上通知大龙和丁龙，立刻锁定本市与方强年纪差不多的叫赵刚的人，立刻保护起来。"

小九听罢，眼前一亮："赵刚就是下一个人是吗？找到他，也许谜团就都能解开了。我立刻打电话。"

李振峰点头,又翻到谈话记录页,上面是根据录音逐字逐句记录下的问询,当年每一个老刑警在接到案子出警回到单位后,都会进行这样的文字备案。

  警察:请问你的姓名和工作单位。

  苏月娥:我姓苏,我叫苏月娥,南江医专的学生辅导员。

  警察:苏老师,你别激动,请问你和死者王佩妮之间是什么关系?

  苏月娥:王佩妮是我们学校护理一班的学生,我是她的辅导员。

  警察:王佩妮有男朋友吗?

  苏月娥:据我所知没有。(询问时,苏老师眼神有点闪躲。)

  警察:与你一起前来的男同学你认识吗?他在哪儿读书?和王佩妮之间是什么关系?

  苏月娥:他是王佩妮的邻居,叫欧志城。两人很早以前就认识了,他是南江大学历史系学生,他们是朋友关系……或者说更近一点吧,反正就是朋友关系。

  警察:这位欧同学的为人怎么样?

  苏月娥:我了解欧同学,他学习很上进,年年被评为校三好学生,也是学生会优秀干部。我能够担保,以欧同学的为人,他与王佩妮这次出事没有关系。

警察：你是南江医专的老师，你怎么可以为他担保？

苏月娥：嗯……警察同志，你别误会，我认识他的班主任马老师，他是我男朋友。

警察：原来是这样。苏老师，那请问王佩妮同学的成绩怎么样？

苏月娥：王佩妮同学的成绩挺好的。对了，她已经找到工作了，到市里的三甲医院当护士，我们学校推荐的。所以，她今天出事，真的是太可惜了。

警察：苏老师，我还有个问题，你觉得王佩妮同学有自杀的倾向吗？

苏月娥：没有，绝对没有。王佩妮同学自身努力上进，为人正派。而且她的家境不是很好，有个生病的弟弟，家里重担都是父亲担着，但她很孝顺，一直努力为家人分担。现在她马上就要上班了，工资也不会低，还是正式员工，有编制。你说，正常人会在这个节骨眼上跳楼自杀？

……

看到这儿，李振峰猛地合上工作笔记，抬头看着小九，目光犀利："最近这几起案子的症结真的都是王佩妮案。"

小九吃惊地问道："李哥，你的意思是苏月娥被人打得半死丢进古墓，也是因为王佩妮？"

李振峰没有回答小九的疑问，而是把所有东西都塞回档案袋，然后丢给了小九："放到我的办公桌上。还有一件事，你现在找一下赵法医，跟她说我需要一份苏月娥身上伤口的详细报告，越详细越好。然后通知阿水，叫他去一趟南江大学，想办法找一下当年出事前后，从1993年开始，最晚到1995年，南江大学有关欧志城的所有资料，包括处分记录，确定一下班主任是不是马成宇。"

"我懂了，李哥，那你去哪儿？"

李振峰低头看着自己的手机页面，上面是开发区派出所刚发来的一个地址。他随即关了页面，把手机固定好，系好安全带，关上车门，隔着车窗玻璃向小九做了个打电话的手势："我去开发区一趟，找马成宇好好谈谈，保持联系。"

话音刚落，尖锐的轮胎摩擦地面的声音响起，警车冲出了停车线，飞速向大门口开去。

看着眼前空空荡荡的车位，小九这才意识到李振峰今天开走了单位里性能最好、刚买不到一个星期的新警车，顿时惊得目瞪口呆。

赵刚是个唯物主义者，尤其是到了现在这个年纪，更是不会轻易相信世界上会有什么先兆之说。但是今天早上从睁开双眼的那一刻起，他就感觉到一种莫名的烦躁。随着时间的推移，糟糕的感觉不仅没有消失，甚至愈演愈烈。他知道肯定有什么事要发生，但又不知道会是什么事。

或许是因为那几个在记忆深处消失了很多年的名字最近在新闻中频繁出现，才让他陷入不安之中。赵刚看着最近的新闻，

277

就像大白天见了鬼一样禁不住地哆嗦。他死死地按住了颤抖的右手大拇指,强迫自己一个字一个字地看下去,连个标点符号都没有漏掉。

他知道张胜利是谁,对方强、陈昌浩和许大鹏的名字也再熟悉不过了。当年出事后,他的第一个念头就是立刻和这些人划清界限。那时候的赵刚天真地以为,不再来往自己就可以彻底置身事外,继续平平淡淡地过日子。

他原本以为,那具尸骨,至少会过一百年,或者永远都不会被人发现,但是才过了三十年,三宝山的古墓就被人发现了。

那句话怎么说来着——若要人不知,除非己莫为。

难道这就是自己的报应?

想到这儿,赵刚不禁泪流满面。

"赵主任,您怎么哭了?"秘书小钱吃惊地看着赵刚。

"没,没,迷眼睛了。"赵刚尴尬地笑了笑,伸手去拿桌上的紫砂茶杯,"小钱,找我有什么事吗?"

"赵主任,有位姓马的老人找您,就在门外。"

赵刚瞬间脸色发白,手上的茶杯应声掉落在地上,碎成了好几块。

"赵主任,您没事吧?"小钱吃惊地看着赵刚。

赵刚摇摇头,平静地笑了笑:"去吧,把马先生请进来。然后今天上午所有的会议都帮我推了,就说我在见一个重要的客人,明白吗?"

"哎,好的,赵主任。"小钱忐忑不安地走出了办公室。没多久,马成宇出现在门口。

赵刚脸上的表情缓和了许多,他微微一笑,站起身:"把门关上吧,马老师,好久不见。"

半小时后,办公室的门又一次打开了,马成宇走了出来。他顺手带上门,冲着秘书小钱微微点头,随即快步离开了。

小钱不放心,站起身来到办公室门口,侧耳倾听,办公室里什么声音都没有。她伸手轻轻敲了敲门:"赵主任,我是小钱,昨天的会议记录需要您签字。"

办公室里依旧鸦雀无声。

小钱的心顿时悬到了嗓子眼,又敲了敲门,房间里依旧没有声音,除了呼呼的风声吹起墙角厚厚的三本报纸夹,发出沙沙的声响。她索性伸手拧动门把手,推开门说:"赵主任,王局长催着要签字。赵主任,我……赵主任,你在干什么?快下来!危险!"

赵刚闻声回头看了小钱一眼,脸上露出了莫名的笑容,随即仰天一声长叹,从窗口一跃而下,身体很快便重重地砸到了办公楼底坚硬的水泥地面上,发出一声沉闷的撞击声。

赵刚死了,死因是高坠,性质是自杀。

办公桌上,赵刚用最喜欢的一块镇石压着他的遗书,字迹龙飞凤舞——我对不起家人,对不起同事,更对不起领导,万恶的抑郁症让我痛苦不堪,我终于解脱了。对不起,希望我的道歉能让所有人都不再恨我。赵刚。

隔着一条马路,看着殡仪馆的车从安平市卫生局的大院里缓缓开出来。阿城呆住了,他走到身后的小卖部,买了包价格最贵的烟,倚靠在柜台上随口问道:"老板,这卫生局怎么会有殡仪馆的车进出?"

老板是个个子矮胖的中年汉子,年纪比阿城大几岁,过早谢顶,双眼却非常有神采,尤其是听到这种八卦消息的时候,更是来了精神头。他左右看了看,这才压低嗓门神秘兮兮地冲着阿城摇摇头:"大兄弟,你不知道?咱们安平市卫生局医政科的赵刚赵主任,在半小时前跳楼自杀了!保安小雷跟我说的,消息绝对可靠。听说是抑郁症,遗书上都写得明明白白,还说什么对不起这个对不起那个的,谁知道为什么死的呢?反正就是自杀了,他的秘书小钱亲眼看到他跳楼的,派出所的警察刚才来了,排除他杀后就走了。"

阿城不由得倒吸一口冷气,呆住了,半天才回过神来:"不会吧?这赵主任我也见过两次,人挺开朗的,怎么会有抑郁症呢?"

"就是嘛,你想想,在卫生局上班多舒服,工资那么高,福利待遇也不差,怎么会不知道珍惜呢?哪像我们哦,风里来雨里去就赚点小钱,唉,劳碌命。"老板一声长叹。

"那今天他有没有见过谁?"阿城抽出一支烟丢给老板,看似很随意地问道。

老板接了烟,表情却像发现了新大陆,一脸震惊地连连点头:"大兄弟,还是你细心,要是你不提的话,我还真差点忘了。刚才保安小雷无意中提到,有个老头来见过赵主任,估计是来送礼的。"

"送礼的？为什么会这么想？"

老板笑了："小雷说那老头穿着很寒酸，开着辆满是灰尘的绿色小皮卡车，但是听说赵主任对他很热情，人一进去就关了办公室的门，还能聊啥？肯定是见不得人的事。"

阿城听到"绿色小皮卡车"六个字，脑子里顿时嗡嗡作响。

李振峰在等红灯的时候，拨通了丁龙的手机并同时按下了免提键："小丁，你那边情况怎么样了？"

"我正好要给你打电话，李哥，我找了苏月娥以前的室友。她跟我说苏月娥确实有个男朋友，在南江大学教书，至于说怀孕的话，没听苏月娥提起，但有关系是能确认的。"

"出事之前两人交往多长时间了？"李振峰问。

"大概一年。"丁龙回答道，"她说他们两人的关系很隐秘，她也是无意中才发现的。"

"能确定对方是谁吗？"

"她问过，但苏月娥不肯说，只说会尽快考虑结婚。"

李振峰若有所思地点点头："九十年代的人对恋爱结婚都是比较保守和低调的。苏月娥不敢说也能够理解，毕竟这种事要是传出去，也会有一定影响。"

丁龙问道："李哥，那你现在去哪儿？"

"我去开发区，找马成宇，他在那儿用儿子马德的名义买了一座农家小院，就在海边。"说话间，红灯灭了，绿灯亮起，李振峰赶紧脚踩油门跟上前面的车，同时看了眼车内导航，"我对路况不太熟，还有二十分钟左右到。"

"需要支援吗？"

"暂时不需要，开发区派出所的人会守在外面，我就想与马成宇谈谈。"李振峰回答，"你们等我的电话吧。"

正说着，手机显示有信息进入，李振峰便挂断了电话，点开信息。在听语音报读的过程中，李振峰的脸色逐渐沉了下来——在苏月娥的尸骨上发现明显的骨折迹象，非外力造成，而是高坠伤，尤其是盆骨位置，也就是说她在死前曾经从高于两米的落差高度处坠落，从受伤的点看，这种高坠伤能让苏月娥失去站立或者行走的能力，只能在地上爬行。

他立刻拨打了小九的手机，电话接通后，急切地追问道："苏月娥尸骨上的高坠伤是怎么回事？"

"师姐昨天才发现的，她也感到很迷惑，所以现在去现场复勘了。"小九回答。

"你说什么？"李振峰一脚踩下刹车，"她一个人去的？"

"对，她说去看看就回来，因为这种高坠伤是在死前没多久形成的，不超过十二个小时。她总觉得照这种高坠伤的发生位置和严重程度来看，受害者当时已经很难再被移动了。按照苏月娥生前的身高体重推算，如果她是在被丢入墓中之前就出现高坠伤的话，至少需要两到三个男人才能把她从墓室外挪动到后室。她记得上次去现场时看过，两道墓门非常沉重。你想想看，打开墓门都已经很困难，还要带一个受伤严重的女人，这根本是天方夜谭，所以她怀疑古墓另外有入口。"小九回答。

李振峰心中一动："墓室有多高？"

"四米到六米。"

"难道说凶手是从后室的顶上开了个口子？那得多了解这个墓啊。"

小九回答："没错，师姐也是这么说的，她现在怀疑苏月娥就是被人从后室顶上扔进去的，但是不了解历史和古墓知识的人根本找不到那个墓所在的位置。对了，李哥，刚才的新闻你看了吗？半个多小时前市卫生局有一个医政科的科长死了，自杀，姓赵，叫赵刚。接到出警任务的城南派出所说确认是自杀，而且有现场目击证人，也在办公桌上找到了遗书，所以他们就收队了。李哥，他不会就是我们要找的那个赵刚吧？"

"你叫阿水跟进一下，拿到赵刚的所有背景资料，同时联系赵刚的家人，任何有疑点的情况都记录下来，看是否能排除别的因素导致的自杀。"李振峰说道。

"明白。"

电话挂断后，李振峰又试图联系赵晓楠，几次呼叫都显示不在服务区。知道古墓里信号不会很好，他便转而联系了罗卜，叮嘱罗卜马上从设卡的地方撤回，赶去最近的南江大学后山工地古墓，保护赵晓楠的人身安全。

李振峰本想自己赶过去，但是现在掉转车头离开开发区的话，赶到南江大学时即便有情况恐怕一切也迟了，而罗卜从所在的位置赶过去只需要十分钟不到的车程。

看着警车前方连绵起伏的厂区和成片的树林，李振峰的心情愈发焦急起来。

南江大学后山挖掘工地，因为警方已经接手，工地上除了简易工棚里多了个看工地的老头外，周围还多了几根木桩上缠绕着的长长的警戒隔离带。

赵晓楠出示警官证后，径直走进了古墓，墓道里的光线依旧昏暗不清，偶尔有一两只老鼠匆匆从眼前蹿过。她沿着重新搭建的木质隔离地板向里面走去，穿过中间耳室，最后跨进后室的墓门门槛，浓烈的土腥味夹杂着陈腐味扑面而来。上次来的时候她的注意力都放到了那扇墓门上，但苏月娥要是从那里被送进来的，不可能造成这么严重的高坠伤，除非是从墓顶上被扔进来的，正好砸在墓主人的棺椁上，也就是说这里有一个尚且不为人知的盗洞。

她打开随身带着的强光手电朝上看去，墓顶非常高，有四米左右，黑漆漆的墓顶形状类似穹顶，满是砖瓦块，这是当年墓道挖好后，工人往上填充的砖块。记得刚进墓道时，欧志城指出过一个盗洞，就在第一层木门和甬道入口处的上方，当时他没有明确指出后室上方也有盗洞，如果有的话，欧志城没道理隐瞒。

手电光线缓缓在墓顶上方移动，当移动到正对着墓主人棺木的墓顶上方时，赵晓楠顿时屏住了呼吸——那里有一块目测面积为45×45的空间没有砖块，只是用泥土封住了。虽然墓顶的砖块也并不是完好无损的，因为年代久远，已有部分脱落，但是能脱落得这么整齐，却是自然力量无法形成的，只能是人为。

也就是说，这里还有一个盗洞，但是掩饰得非常巧妙。

或许是太过专注的缘故，赵晓楠没有注意到身后有轻微的脚步声逐渐靠近。

"你也发现了。"欧志城轻声说道。

赵晓楠一惊,立刻转身看向身后,离她两米远左右站着一个人,正是欧志城。她不禁脱口而出:"你,你什么时候进来的,欧老师?"

"看门人并不知道我做的事,不是他的责任,你别怪他。"欧志城的语气就像在拉家常,他平静地抬头看着墓顶的盗洞,脸上露出了一丝悲哀的神色,嘴里喃喃说道,"原来如此。"

赵晓楠不解地问道:"欧老师,你怎么看?当时你没发现这个盗洞?"

"马成宇是历史系的教授,他的研究方向就是明朝中晚期的历史,这里发现古墓的时候,我去请教了他,他给了我很大的帮助。那天,我把这个消息告诉他的时候,他真的很高兴,我一点都看不出来他是装的。"

一股寒意袭上心头,赵晓楠吃惊地问道:"你们考古队队员名单中明明没有他的名字啊?"

欧志城摇摇头:"是他自己主动提出不要加上去的,说只是给我们这些晚辈一些建议和意见,但为了尊重他,我们把所有的计划和研究方向都及时向他汇报了。他也来过现场几次,当时有人提出这上面是不是有个盗洞时,被他否决了,说只是砖块自行脱落造成的。"说到这儿,他抬起头,墓室的照明在欧志城的脸上投下了一层沉重的阴影:"赵法医,最后一个问题,你为什么也会想到这是个盗洞?我很好奇。"

赵晓楠轻轻叹了口气:"因为我在苏月娥的尸骨上发现了高坠的痕迹,你跟我说过这个木门有将近四吨重,如果她是高坠后被送进来的,那凶手带着她进出的过程将非常艰难。所以,我怀疑她是被人直接从高处扔下来的,并且盗墓与藏尸不是同时发生的。高坠的痛苦让苏月娥从昏迷中醒了过来,出于本能,她的第一个念头就是向门口爬去,想求救,但可惜,直到最后,都没有人来救她。"

话音刚落,墓室里陷入死一般的寂静。

"你,你去自首吧,欧老师。"赵晓楠仔细斟酌着自己的用词,"既然现在苏月娥遇害案已经真相大白,马成宇也很快就会落入法网,受到法律严惩,你的心愿……"

话还没说完,墓道口突然传来凌乱的脚步声和说话声——"赵法医,你在哪?赵法医……"罗卜没有来过工地,所以很容易就失去了方向,心急之下只能大声呼喊。

欧志城转身就跑了。

赵晓楠没有去追,只是默默地看着欧志城的背影消失在墓道口,眼神黯淡无光。

院落门是开着的,开发区派出所蹲点的同事告诉李振峰,就在八分钟前,马成宇一个人开着皮卡车回来了,没有再出去过,至于说欧志城,没有出现过。

也就是说,这座以马成宇儿子的名义买下的院落里目前只有马成宇一个人。

"这所房子是什么布局?"李振峰问。

"院内有前后两部分,前面是堂屋和居住生活区,后面有个库房,库房旁边靠近后门处是一排塑料棚,估计是用来堆放杂物的。这些都是我们通过无人机看到的。"派出所带队侦查员说道,"除了他开回来的那辆墨绿色皮卡车外,我们还发现了一辆黑色摩托车,就停在库房门口,你看一下。"

说着,他把拍摄下来的视频放给李振峰看:"是这辆车吗?"

李振峰点点头:"没错,昨天晚上就是这辆车救走了被我困住的犯罪嫌疑人。"

说着,他从兜里摸出蓝牙耳机戴上,独自一人缓步走向开着的院落门。

李振峰曾经设想过无数次自己与这个案件真正的凶手见面的场景,却怎么也没有想到眼前只有安乐椅上这么一个满头白发的老人。

先前在调查齐倩倩案的时候,李振峰、罗卜与马成宇老人见过一面,就是因为交流的过程感觉太普通了,所以没有留下任何深刻的印象,只是觉得老人的思维很清晰,逻辑严谨,交谈起来没有任何障碍。

这次见面却是完全不同的感觉,李振峰听到了暗流涌动的声音。

老人坐在屋檐下的躺椅上,旁边桌子上放着一副棋盘,院落里干净整洁,远处海浪的声音夹杂着海鸥鸣叫声此起彼伏。这里确实是一个安度晚年的好地方。

"李警官,你找我有事吗?"马成宇平静地问道。

"想和你好好谈谈。"这时,李振峰闻到了养狗人的身上特有的味道,突然想起父亲曾经提到马成宇养狗,心中不由得一紧,但他脸上丝毫没有流露出来。

"谈谈？当然可以，我还要谢谢你们帮我查清了齐倩倩的案子，让这可怜的姑娘能早日回家呢。"马成宇感慨地说道。

"马老师，这是我们分内的工作，不用感谢。我想问的是你退休前是南江大学历史系的教授，对吗？"

马成宇点点头："没错，我主要研究明朝中晚期的历史。"

"三宝山上的古墓你不会没听说过吧？"

马成宇愣了一下，似乎没有想到李振峰会径直问起古墓的问题。实际上，之前他一点都不担心阿城做下的命案会牵连到他，所以才会这么从容地等待警方的到来。

"这个，我，我听说过。"马成宇的目光里多了几分飘忽不定。

"只是听说那么简单吗？"李振峰微微一笑，"欧志城曾经是你的学生吧，对吗？"

"欧志城？我想想……哦，对，对，他是我的学生，现在是历史系的讲师，挺沉闷的一个孩子。他怎么啦？"

"他参加了南江大学的校内考古队，并参与了三宝山古墓的修复工作。对了，马老师，那个古墓你还没跟我说呢，你是怎么听说的？听谁说的？"李振峰的双眼紧紧盯着马成宇，不紧不慢地说道，"你应该很早就知道了吧？三十年前可是有很多人因为这个古墓而对三宝山起了野心，但都空手而归。而这个古墓就是明代中晚期的墓，而且规制非常大，是个藩王墓，比起帝王墓来说虽然小了点，但也是一个很轰动的发现了，历史中不可能没有记载。你作为研究这方面的权威人士，佟副校长肯定会第一时间联系你的，对不对？"

"是的，我参与了，不过只是顾问。"马成宇见躲不过去，便坦然承认了。

"你能说说，你为什么那么照顾欧志城吗？只是因为他是你的学生，还是因为愧疚？"李振峰突然转换了话题，语气也变得冰冷起来。

"愧疚？你什么意思？"老人猛地从安乐椅上站起来，看向李振峰的目光变得锋利。

李振峰没有太在意老人的愤怒，依旧慢悠悠地说道："1993年的5月1日，南江医专的辅导员苏月娥突然失踪了，没有人知道那天晚上在三宝山上到底发生了什么，苏月娥也没有再走下过三宝山，直至三十年后，她的尸骨在古墓中被人发现。对了，马老师，说到这个，我觉得挺有意思的，也挺想请教你的，苏月娥在古墓中存活了一段时间，具体多久我不知道，但可以肯定的是她被人扔进古墓后没有马上死去。而凶手把伤痕累累的苏老师从四五米高的地方扔进古墓中时，一定认为她已经死了，对吗？因为那时候到山上寻找古墓想发财的人有很多，如果发现尸体，很快就会查到凶手头上，那么最好的方法就是把尸体丢进古墓里，让她和那些古人的尸体混在一块儿。若干年后，她就成了一具陪葬的尸体，她的命案就成了一件无头案，没人会知道她是谁……啊，对了，对了，没错，整个过程应该就是这样，马老师你听听我的分析，这个凶手非常熟悉古墓，不仅自己进去过，还对隐藏古墓特别有信心，他熟知古墓中的一切。马老师，你跟我说说看，三十年前，除了你之外，南江大学还有谁对这方面有如此深刻的研究呢？"

马成宇的脸色有些发白,紧咬嘴唇一声不吭。

"我想请你听一段有关苏月娥遗骨上伤痕的介绍,是我们单位的法医发给我的,要不要听听?"李振峰晃了晃手中的手机,目光犀利,脸上的笑容变得有些僵硬,"它会告诉你苏月娥当初被多少人往死里打;会告诉你她最终在昏迷的状态下被人扒光了衣服,从后室的墓顶扔下了古墓;它更会告诉你,这件事有多么残忍,因为将苏月娥丢进古墓的人就是她的男朋友。"

阳光突然变得异常冰冷,马成宇的嘴唇微微颤抖着,却一个字都说不出,整个人像极了一具行尸走肉。

"哦,我差点忘了说,苏月娥还怀孕了。"李振峰目不转睛地盯着马成宇脸上的表情。

果不其然,老人的脸色瞬间改变,抬头皱眉看向李振峰:"怀孕了?"

"没错,胎儿已经有四五个月了。"李振峰脸上依旧挂着平静的笑容。

"怎么可能?你胡说,为什么看不出来?"马成宇脱口而出,却又很快意识到自己犯了一个愚蠢的错误,"我,我说的是尸骨,我见过尸骨,我去过工地。"

李振峰脸上的笑容消失了:"法医在她的遗骨中发现了胎儿的骨头。而且根据苏月娥家人的回忆,她临死前曾经要求母亲为她做一条蓝底白花的裙子,因为她胖了许多。而且苏月娥的室友回忆说,苏老师说自己很快会结婚,男友对她很好。马老师,还需要我再进一步说明吗?"

马成宇的脸色瞬间灰白,嘴唇嗫嚅:"我,我承认,我当时是正在与小苏谈恋爱,但她不是我杀的,真的不是我杀的。"

李振峰的嘴角露出冷笑:"马老师,你别急,慢慢听我说,苏月娥之所以遇害,还有一个原因。"

马成宇茫然地看向他:"你说什么?"

"这个原因要你来告诉我。"李振峰说道,"我的同事查遍了南江大学当年所有的记录,记录显示在苏月娥失踪后,你突然开始对欧志城关怀备至,而在这之前,你根本就没有在意过欧志城。你能告诉我你在怕什么吗?"

"怕?年轻人,你这个问题真的很奇怪,老师关心学生不是天经地义的事吗?"马成宇重新坐回了躺椅,脸上的神情轻松了许多,他知道李振峰根本就没有直接证据来抓自己。

正在这时,一阵由远及近的脚步声传来,一个男人的声音幽幽地响了起来:"叔,我去过古墓了,当年后室顶上那个盗洞是你亲自挖的,对吗?赵法医说得对,你进去过很多次,所以你才会对里面这么熟悉。所以当时出事了,你才会将苏老师的尸体扔到里面,但是在被扔下去时她还没死,你怎么忍心下得去手?"

李振峰和马成宇不约而同地抬头看去,说话的正是欧志城,派出所的侦查员跟在他旁边,他的手正被一副手铐铐住。后者对满脸疑惑的李振峰说:"他是投案自首的,他在门口看见了你的警车,就举着手四处张望找我们,说自己要投案自首,还要检举揭发。我不放心,就把他铐住了。"

李振峰看向欧志城,但欧志城却只是死死地盯着马成宇,眼泪在眼眶中打转:"叔,难怪你不想让我见赵刚,原来你怕他告诉我真相，对不对？叔啊，我看见那个洞的时候就知道是你干的了。当初我再三问你，为什么那地方的砖块掉得那么齐整，你非说是自然脱落，甚至还不让我说这件事。叔，你知道吗？苏老师太可怜了，她的骨头是我一块块捡回来的，包括你孩子的骨头。

"李警官，那个塑料袋就在我右面的裤兜里，你把手伸进去就能拿到。你给他看，让他看清楚，他亲手害死了自己的孩子。我可怜他失去了苏老师，所以很同情他。我心甘情愿帮苏老师母子报仇，因为叔对我有恩，这几年来他一直照顾我。我家人都不要我了，说我是疯子，他却一直关心我，资助我读完大学。我做梦都没想到当年是他亲手把苏老师丢进去的，等等，他不是要证据吗？我有，他家里有一本工作日记，就在他的卧室里，李警官，你们可以派人去拿。那日记本最后一页写的是——他给我打电话，说今晚要和我谈一谈结婚的事，我真的很开心，他是爱我的。"

李振峰心中一沉："难道当年是他骗苏月娥上三宝山的？"

"对！"欧志城声音嘶哑，痛哭流涕，"这么多年，我就没往这上面想过。所以他要我帮忙杀人，我都没有拒绝，因为三十年前我就已经死了。我活着就是为给妮子报仇。"

"你是怎么知道王佩妮案的犯罪嫌疑人的？"李振峰的心在微微发颤。

"当初妮子被方强、张胜利、陈昌浩、许大鹏、赵刚他们糟蹋，我劝妮子报警，妮子却说没人会相信她的话。我就鼓动她去找苏老师，谁都知道苏老师对女学生非常关心，就像亲姐姐一样。妮子听我的话去找了苏老师，当时苏老师非常愤怒，答应要帮妮子讨回公道，要将那帮畜生绳之以法。但就在那个节骨眼上，妮子死了，她坠楼了，活生生被插在防盗栏上！"欧志城号啕大哭起来，"那个惨啊，我亲眼看到的……那天晚上苏老师通知我，我们一起赶过去，我不相信妮子会跟别人开房，她肯定是被人骗过去的，苏老师也这么说。我求苏老师陪我去报警，她安慰我说要有足够的证据，不然别人不信，立案都不可能，结果妮子的案子果真没有被立案。"

李振峰强忍住心中的愤怒，沉声说道："苏老师把走访的经历都记录下来了？"

"对，包括苏老师挨打的经历，她被方强那畜生打过！"欧志城咬牙说道，"然后，苏老师就失踪了，谁都不知道她去了哪里。直到去年8月搬家的时候，我偶然在他那里发现了那本苏老师留下的工作日记，这才知道，原来她有可能早就被害了，而害她的人有可能是他也是我最亲近的人。直到古墓被发掘，我才真的确认了。"

李振峰看了一眼彻底呆住的马成宇，又看向痛哭的欧志城，说："你跟我们的人走吧。麻烦把他送到市局，谢谢。"

派出所侦查员点点头："你放心吧，那我的人先撤了。这人怎么办？"他指了指呆坐在躺椅上的马成宇。

"没关系，交给我吧。我等下带他回市局做笔录。"李振峰回答道。

欧志城听了这话，突然露出一副欲言又止的表情。他看看马成宇，两人四目交汇；他又看了看右手方向，似乎在犹豫着什么,最终没说一个字,很快转身跟着走了。

院落里又一次只剩下李振峰和马成宇。老人站起身,轻声说道:"李警官,我去喂下狗子,我跟你走后,不知道什么时候才会回来了。"

"喂狗?"

"嗯,我养了两头狗子,罗威纳混血犬,都是定时投喂的。李警官,大型犬不能饿着,会出事,我多喂一点。"马成宇布满皱纹的脸上满是恳求。

"好吧。"李振峰回答道。

马成宇如释重负地点点头:"我不会跑的,你放心好了,你看得见的,我就在那边的狗笼外。"他伸手指了指十米开外的那个塑料棚,里面隐隐传来狗子低低的叫声:"你坐着吧,我很快过来。"

李振峰便在堂屋台阶上坐了下来,看着老人已经走到狗笼边,心中突然一惊,他不会把狗放出来咬人吧?自己可没有带武器啊。

正胡思乱想着,他看见狗子没出来,老人却弯腰钻了进去,并回手扣上了狗笼。这个奇怪的举动让人摸不着头脑,难道说这是喂大型犬的特殊方式?

就在这时,狗笼的方向发出了一阵嘈杂的诡异撕咬声,浓烈的血腥味随之扑鼻而来。李振峰拔腿向狗笼的方向冲去,越到近前,血腥味愈发浓烈,几欲让人作呕。

笼子里的老人已经被咬住了喉咙,血流如注,一把被血染红的刀掉在一旁,两头红了眼的狗子正拼命撕咬着早就无声无息的老人。

李振峰突然意识到，是马成宇用那把刀划开了自己的喉咙，也正是这个举动让饥肠辘辘的狗子发了疯。

他想打开笼子把老人救出来，但已经来不及了，笼子上的大锁是老人亲手扣上的，也是他自己亲手判了自己死刑。

看着这惨烈的一幕，李振峰突然感到胃里一阵翻江倒海，狂奔出小院。

两天后，在看守所里，李振峰又一次见到了欧志城。

刚见面的时候，欧志城便迫不及待地开口问道："叔呢？他还好吗？他应该不会被判很久吧？年纪都这么大了。"

李振峰摇摇头："他死了。"

"死了？"欧志城吃惊地反问道，"怎么……死的？"

李振峰没有直接回答他这个问题，而是从公文包里拿出一张照片递给他："留个纪念吧。"

这张照片是从马成宇家中找到的，正是欧志城最后留在小房间里的那张照片。

欧志城目光中闪过一丝温柔。

"欧志城，狗子有个特性，尤其是烈性犬，平时你喂过它什么，它就会吃什么，尤其是饥饿的时候，更会把这种东西当作它天经地义的食物。四位死者的心脏，你都喂了狗，对吧？你为什么要这么做？"李振峰直截了当地问道。

"为了妮子。"欧志城喃喃说道，"那晚悲剧发生的时候，他们就是始作俑者，所以我也要让他们尝尝被人活生生扯出心脏的滋味。"

"你既然已经知道是他们干的,为什么隔了这么久才动手?是因为进了精神病院吗?"李振峰的目光中充满了疑惑。

欧志城若有所思地看了他一眼:"不,还差一个人,我想找出那个晚上把妮子骗过去的人。你想想看,妮子那么单纯的女孩,怎么可能重新回到那帮曾经强奸她的人身边?还去开房?苏老师说得对,她是被骗过去的。所以当她发现不对的时候,就反抗了。"

"你也认同王佩妮是自己跳的楼?"

欧志城痛苦地点点头:"她跟我说过,说自己想过自杀,因为没办法忘记那场噩梦。有几次她差点成功了,都被我救了回来,后来医生跟我说她得了抑郁症,而那帮混蛋就是造成她患病的原因。妮子都恨死他们了,怎么可能一反常态要和他们开房?所以她肯定是被人骗过去的。"

李振峰心中一动:"欧志城,你回忆一下,当初王佩妮见过马成宇吗?"

"见过……"突然,欧志城脸色变了,目光中闪过一丝恐惧,"难道真的是他?"

李振峰没有回答,只是接着问道:"马成宇和苏月娥之间谈恋爱的事,你知道,对不对?"

"对。"欧志城点点头,"他们的感情看上去很不错,但是因为马成宇比苏老师大了十几岁,又刚离婚,所以世俗偏见可能比较深吧,他们之间的关系就很隐秘。"

李振峰叹了口气,马成宇档案中离婚的时间是1998年,他实在不忍心再把这件事告诉欧志城了,便转而指了指欧志城手里的照片:"马成宇是什么时候开始玩摩托车的?"

"他比我玩得早,年轻的时候就开始玩了,我也是在他的影响下在读研究生期间才开始学的。"欧志城回答。

"你见过马成宇的儿子马德吗?"

"没有。我去叔的家里总共没几次,我求学的时候一直住宿舍,每次周末,叔就会带我出去玩车。他把我当亲生儿子,都不愿意提起自己的亲儿子马德,只说他是住校生,很少回家。"欧志城回答。

李振峰从公文包里拿出一份检验报告递给欧志城:"马德和马成宇之间只是收养关系,马德是马成宇族亲的孩子。因为马成宇患有精索静脉曲张,生育能力极低,所以就过继了一个孩子。"

"叔?怎么可能?"

"一方面,他带有三体综合征的遗传基因,生下唐氏婴儿的概率非常大。他家里五个兄弟姐妹,四个都是唐氏儿,这给了他很大的刺激,所以他绝对不允许自己有孩子。另一方面,他患有精索静脉曲张,会引起无精症或者是少精症,进而就会导致不育。他对你好,一部分是愧疚,一部分或许是有了感情吧,毕竟他前面那段婚姻并不幸福,而随着年龄的增长,他对孩子越来越渴望,他帮你,也许是为了圆梦吧。"李振峰想了想,感叹道,"我们其实对马成宇杀害苏月娥一事没有证据,因为最有可能说出真相的人,三天前的早上自杀了,就在马成宇见过他之后。不管他是出于什么原因逼迫赵刚自杀,我想,他都及时清除掉了当年最后一个知道他藏尸真相的人。"

"那他为什么还要自杀？"欧志城脱口而出。

李振峰吃惊地看着他，目光中充满不可思议："原来你早就知道他会这么做，你给狗喂那种东西就是为了给最后的这一幕做铺垫。因为你知道每天给狗喂食的人就是马成宇，而吃过那种东西的狗，在饥饿时第一个攻击的，就是和它们最亲近的人。你早知道他会这么做了，就像王全宝会答应你去当众杀害张凯一样。欧志城，你真的很会布局啊！"

欧志城一脸的平静："李警官，你错了，马成宇是自杀的，与我无关。"

"没错，他是自杀的，就像陈秀妍、张凯、陈昌浩，他们的死都可以与你无关，你只不过亲手杀了张胜利、方强、许大鹏和那个可怜的锅炉工而已，但是这一切的导火索，都是你。"李振峰的语气中带着些许毫不掩饰的厌恶，"马成宇之所以绝望自杀，是因为现在他的思想观念与当初已经完全不同了。如果当初他知道那个孩子是他和苏月娥的，那他绝对不会做出当年的事，况且那个孩子来之不易。但你的那袋骨头直接宣判了他的死刑。最后一刻，他选择了你教他的死法，也算是对你有个交代吧。至于其中原因，我想你最清楚了，这么多年你在他身边，你能忍这么久，我想他对你也是同样如此，对吗？他可能试图阻止过你，但是没有成功。"

欧志城仍旧面无表情，一副看客的模样。突然，他好像抓住了重点，恨恨地说："马成宇竟然以为苏老师的孩子不是他的？他太蠢了。"

李振峰没有回答他的问题："欧志城，我有个问题一直想不明白，三十年了，你一直忍着，为了什么？"

沉默许久的欧志城终于开口了："我一直在寻找苏老师，大家都说她是跟自己的恋人私奔了，但我不相信。苏老师是被我牵涉进妮子案件中的，她是个工作认真负责的好老师，她肯定出事了，我必须找到她的下落，不然我于心不安。所以我在三宝山上守候了三十年，一有空就过去。古墓被发现的时候，我就知道她肯定出事了。因为整个三宝山都被我找了个遍，除了那处被马老师否决过多次的山神庙，他说下面没有古墓，言之凿凿，但是后来学校就是从那里挖掘出了古墓。现在想来，那个山神庙香炉下面的泥土就是他自己做的封土，用来掩盖自己亲手挖出的后室盗洞。他自己亲手挖的，怎么可以被人发现自己的作案现场呢，你说是不是，李警官？"

李振峰听了，不由得一声长叹。

"陈昌浩和赵刚，为什么会心甘情愿选择自杀？"

欧志城冷笑道："权力与名誉，他们不舍得放弃，哪怕是与性命相比较。就这么简单。"

"最后一个问题，你后悔过吗？"李振峰皱眉看着他。

"后悔？我当然后悔，后悔当初为什么要把苏老师牵扯进来，我应该早就在妮子被欺负的时候，直接跟他们拼命！我没有保护好妮子，这是我这辈子最后悔的事。"说着，欧志城的眼泪无声地滚落下来。

看着情绪激动的欧志城，李振峰突然意识到了什么，顿时感觉自己的后背阵阵发凉：欧志城的自首动机不纯，他只不过是用自己的自首，完成了对当年最后一个凶手的惩罚。马成宇因为时过境迁，其实早就想忘记当初的一切，甚至想好好对欧志城，一方面是弥补自己内心的亏欠，另一方面，也把他当作儿子倚靠。但当看到自己根本无法阻止欧志城的愤怒时，马成宇最后不得不逼死了赵刚，因为这样警方就没有证据抓自己了。

但是这个自负的老人做梦都没有想到，欧志城为了达到目的，竟然不惜用自首来完成心愿。

看着眼前这个普通的中年男人，李振峰心情复杂地问道："欧志城，王全宝怎么会答应帮你杀人的？"

"当年我人生低谷时跳河自杀，是他救了我。他是个好人，热心肠的人。我叔也这么认为。"欧志城微微一笑，"前几天，我向他提到张凯的事，他想都没想就一口答应了。我问他为什么要这么做，是为了钱吗？他说不是，是之前有朋友找到他，拜托了同样的事。他说他反正快要死了，就让他来承担那份罪孽吧，何况张凯也真该死。"

"所以他的骨灰被海葬的那天，你去送他了，对吗？"李振峰希望这个问题的答案是肯定的。但是他失望了，因为欧志城一脸的茫然："我为什么要去送他？人总是要死的，这是他心甘情愿做的选择，我不欠他的。"

李振峰心一沉，那天在码头上出现的人，原来是马成宇。而欧志城，早就已经被愤怒蒙蔽了良知与人性。但这一切的始作俑者，又恰恰是马成宇的懦弱与伪善。

可惜的是，他已经死了。

至于当初马成宇帮着方强他们将王佩妮骗到宾馆和将苏月

娥骗到后山的原因,是觉得苏月娥背叛了他怀了别人的孩子,还是根本不知道苏月娥怀孕,抑或是他发现古墓不上报被方强他们威胁,都随着当时参与人的死亡而无从得知了。

如果真的有来生,希望苏月娥能有更好的选择吧。

李振峰一边向楼上走,一边思考着欧志城最后说的话"我叔说齐倩倩特别像苏老师,是对苏老师最后的忏悔",突然,马国柱的声音打断了他的思路,他便去了马国柱的办公室。

两人坐下后,马国柱问道:"我有几个问题想问问你。"

李振峰咧嘴一笑:"知无不言。"

"少酸溜溜的,案件结了也别翘尾巴,要谦虚!"马国柱不满地嘀咕了句,接着问道,"欧志城为什么要拿走手机?他是怎么知道那五个人现在的住址和工作单位的?"

李振峰轻轻叹了口气:"之所以拿走手机,很简单,因为这五个人中的四个,都还保持着联系,马成宇也和他们保持着联系,而社交平台上的消息只有通过手机才能知道,我们通过营业厅只能查到通信记录啊。至于说那些人现在的住址和工作单位,马叔,这个问题我觉得应该由大龙来回答你,他天天干的就是抓这种在网上买卖个人隐私的家伙,那是他的一亩三分地。"

马国柱长长地叹了口气,皱眉说道:"这种贩卖个人隐私的行为确实很让人讨厌,我也一天到晚接到推销电话,要杜绝这种犯罪行为真是任重道远啊!"

"那下一个问题呢?"李振峰笑眯眯地问道。

"你说，欧志城在马成宇那里发现工作笔记后，为什么没有直接问他，或者直接报复呢？"

李振峰无奈地摇摇头："估计他还是有点心怀期盼吧，在发现苏月娥的尸体之前，他也不愿意相信那个父亲般的人竟是最残忍的凶手。"

"你说，这个马成宇，年纪这么大了，看不出来啊？"

李振峰脸上露出尴尬的神情："马叔，你去治安大队看看，问问他们现在抓的小偷有没有上了年纪的？这不能看年龄吧？马成宇也是人，他只是阴暗的一面藏得太好罢了，最后得知自己杀了孩子和恋人……唉，不过，马叔，这老头也忒狠，当时看到那一幕我都吐了。我真的很多年都没吐过了，这次不知道为什么，唉，或许我也老了……"

马国柱气得一翻白眼，咕哝了句："臭小子，滚！"

李振峰嘿嘿一笑，麻溜地敬了个礼，离开了办公室。

尾声

任何一场爱情都是出于偶然的邂逅。

赵晓楠感到饥肠辘辘,她抬头看了下墙上的挂钟,已经过了中午的饭点,不由得一声长叹。

"肚子饿吗?"

身后突然传来李振峰的声音,着实把赵晓楠给吓了一跳。

"这里是法医办公室,走路没声音,突然冒出声是会吓死人的!"

"你是法医,死人都见过,还怕什么?"李振峰憋着不敢笑。

"死人不会吓唬人,反而是你这一惊一乍的容易让人心脏出问题。唉,算了,你有事吗?案子都结了,我听小九说你们不是要出去聚餐吗?"赵晓楠诧异地问道。

李振峰微微一笑,脸红了:"我,我爸跟我妈说了,说你很瘦,瘦得跟竹竿一样,我妈就很心疼你,所以就煲了鸡汤让我给你送来,里面放了西洋参,补气的。"说着,他手一伸,把一个保温桶放在赵晓楠的办公桌上:"趁热喝吧,我走了。"

说完这句话，李振峰像个孩子一样蹿出了办公室。

赵晓楠追到门口，刚想开口叫住他，发现人早就跑没影了。

走廊里满是深秋的阳光，暖洋洋的。